飲めば都

北村　薫著

新潮社版

9821

飲めば都　目次

飲めば都

1

赤いワインの伝説

1

さて、都《みやこ》さんのことを話そう。

出版社に勤めている。年の頃なら、そう、当人は二十七八、三十でこぼこに見られるだろうと期待している。

思っている、と書かないところに、彼女の理性が、いささかうかがえる——のではないだろうか。

髪短く、鼻筋通り、すっきりとした顔立ちだ。そこで、自分という車のハンドルをきちんと握っている人物に、まあ見える。

この《まあ》が、大抵の場合、忍び寄る恋のごとく曲者《くせもの》だ。

思い出話になるが、職場の最初の歓迎会で、

――ご挨拶《あいさつ》の場なんだから……。

と、つい日本酒やらビールやら何やらの集中砲火を受け過ぎた。それまでにも勿論《もちろん》、文芸雑誌の仲間に連れられ、夕食という名の飲み会には行っていた。しかし、戻っても仕事があるとなれば、度は越せない、越さない。これが歓迎会ともなると、翌日は休みだし、仕事も一段落ついていた。となれば周りも飲ませたがる。

なあに、アルコールを喉《のど》から入れたところで、胸の内に新入社員という立場がある。緊張している。――羽目ははずさないだろうね、自分、と思っていた。

そして、宴たけなわ。

「コサカイと申します」

と、都さんはいった。新人が回って、注いで行く。

相手は、退職間近のうるさ型編集者だ。銀髪の頭を、首の運動のようにぐるっと回して、

「どう書く？」

「は……？」

「コサカイは、どう書く？　小さいに泉州堺《せんしゅうさかい》か？」

「はあ？」

都さんは聞き返した。文字にすれば分かりやすいが、センシュウサカイをいきなり耳にすると、——しかもあちらこちらで騒いでいる酒席で聞くと、はなはだ分かりにくい。小堺ではありません——とはいえなかった。

相手は、ぎょろりと睨《にら》み、いかにも馬鹿《ばか》な娘だという口元になった。笑っているようで笑っていない。見えない指が、唇の片端をきゅっと引っ張っているようだ。

「ふん、自分の名字も書けんのか」

この時点で、かなり入っていたから都さんはカチンときたね。しかし、まだ理性が崖《がけ》っぷちに留まっている。

「小さいに酒の井戸です、——でございます」

と、ややからむ口調になる。

「小酒井か——」と、宙に指で書いて、「小酒井《こざかい》フボクという作家がいた」

「はあ」

「——はあって、お前、読んだことあるのか」

「ありません」

「フボクって、どう書くか分かるか」

「存じません」

相手は、ドナルドダックの嘴《くちばし》のようにぐっと唇を突き出し、

「――不能のフに、唐変木のボクだよお」

不木だ。

「はあ、なるほど」

「何がなるほどだ」

「感心したもので」

満更、嘘《うそ》でもない。うまいことをいう、とは思った。

「こんなこって感心するな」

という。都さんは、返事代わりに、手に持ったお銚子《ちょうし》とビール瓶を示していった。

「どちらになさいます」

「馬鹿野郎。酒なんてえのは人に注いでもらうもんじゃあない」

「はあ」

――野郎かなあ、でも馬鹿女といわれるのも即物的でありるれろ。わゐうゑを。と、都さんは思った。発音としては、ありるれろ、わうぃうぅうぇうぉ――と思ったのである。

「また、はあ——か。息切れした夏の犬みたいな奴《やつ》だ」

「……へへへ」

と、都さんはいつもより低く笑った。あぶない兆候である。しかし相手は、慣用句を使うなら、神ならぬ身の知るよしもなかった——のである。

「俺はこいつしか飲まん。こいつを手酌《てじやく》でいくんだ」

といって、脇《わき》に置いた酒瓶を撫《な》でている。後で知ったところによると、傾倒する作家のお気に入りの銘柄らしい。それゆえ、これしか飲めない——という、もはや信仰の対象のような酒らしい。都さんには、ただ隠匿《いんとく》物資を抱え込んだ、吝嗇《りんしょく》な親父《おやじ》に見えた。

「——ミヤコです」

「ん？」

「わたくしの名前です。ミヤコは、東京都のトと書きます。エベレストのトじゃあない。——戸がないうちは不用心。——用心が肝心で、おどまかんじんかんじん」

ちょっと五木の子守唄《こもりうた》が入った。高校時代、合唱部に入っていた都さんだ。今でも第九のソプラノパートはすぐに歌える。

「何だそりゃあ」

「でまあ、わたくしめは、――小酒井都と申しますです。――マスデスと、――ハムレットとオセローとリヤ王が、シェークスピアの四大悲劇だ、アハハハハ」

しばらく笑いが止まらない。笑いながら俯《うつむ》きしばらく、とんとんとん、と畳を手で叩《たた》いている。肩の辺りから、凶悪な雰囲気が漂い出す。

「……お前、ひょっとして酔ってないか」

と相手は分かり切ったことをいう。都さんは、聞かばこそ、

「――でまあ、その――そのそのその、さっきの小酒井不木さんですが……」

「う？」

都さんは、ぐっと膝立《ひざだ》ちの姿勢になって威圧する。

「なんで、フボクなんですか。変な名前じゃあないですか。何で、そんな名前つけたんです？」

「う。……え、えーと」

「そんなのに比べたら、ミヤコは立派なもんだ。花がある。何てったって、花の都だぜえ。花はパリーかロンドンか。……ロンドン橋落ちたら大変だっ！」

相手は、都さんに見下ろされる形になって銀髪の頭を掻《か》く。

「ああ……そりゃあ、そうだろう」

都さんは、ひひひ、と嫌な笑い方をして、にじり寄る。

「……だけどさあ、フボクってえのは何だよお。木に不ぅつけてどうすんだ。木じゃあねえから、気にするなってえ……」

と叫びながら両手で、相手の枯れ木めいた上腕部を左右からがっちりと、いわゆる鷲摑《わしづか》みにしたという――そこから後は、翌日の朝には全く覚えていない。いや実は、そのかなり前から記憶のノートは白紙になっている。痛い痛い、分かった、勘弁してくれ――という哀訴の泣き声も、無論、耳に残ってはいない。

2

酔うと倒れる人がいる。横になって、寝てしまう。都さんは――いや、この辺でもうおなじみになったことだろうから、《さん》を取ろう。――都は、そうならない。やり取りしつつ、かなり飲める。

都内の某高校に通っていたが、行事の後、こっそり集まって飲む生徒が多かった。打ち上げというやつだ。

都もそういう時、人並みに付き合ってはいた。しかし、酒にいい印象はなかった。

男の子が酔いつぶれて吐いたりするのを見ると、ただもう容赦なく、

——みっともない。

と、思った。酔っ払いの介抱など死ぬまでするものかと、心に誓っていた。この十代の誓いは破られることがなかった。意志の固い都だ。ついに《する方》にはならなかったのである。うーん、意志の力かなあ。

ともあれ、そういう方面には冒険心がなかったからウーロン茶、それからビールをなめる程度にやっていた。乱れたことなどない。取り澄ましていて、可愛《かわい》げがないと思われたろうが、別にそれでよかった。

ところが卒業の時、仲のよかった女の子が男女同数の四対四で卒業旅行を企てた。いうまでもなく、企画者のお目当ての男の子が中に入っている。

旅行といっても、クラスに大会社の社長の息子がいて山中湖のほとりに豪華な別荘を持っている。そいつを利用して、安くあげようという算段だ。別に名所旧跡が見たいわけではない。屋根さえあれば——というような連中だから、こいつはいい、うまい話だとまとまった。

三人と三人はペアだけれど、ご令息には相手がいない。これは冷厳なる事実としていうのである。彼の方から見れば、気のある相手がその中にいる。発起人の、都の友

達がそれだ。だから、

——別荘でも借りられないかな。

と、水を向けられたら、歓喜の表情で、

——ぜひ使って下さい。

となった。その気持ちは、薄々といおうか、いや、かなり濃く分かっていた筈《はず》だ。

それなのに言われた方は、一片の遠慮もなかった。

そして早春の湖に、彼女は自分の彼氏のサッカー部員を連れて行ったのだ。全国レベル——というほどではないが、俊足のフォワードだ。校内では目立つ。おまけに、赤い門のある大学にストレートで合格している。いやはや、である。

若さゆえの残酷——というより、恋の強者は常に残酷なものだ。

とはいえ、さすがに三組で押しかけ、ひたすらいちゃつくのもどうかと思ったのか、そこで——都に声がかかった。こういうわけだ。

で、これがまた残酷。なぜなら都は、そのフォワード君に、ちょっとばかり胸をときめかせていたのである。

しかしまあ、根がリアリストだから、恋敵の華やかな美貌《びぼう》の前に、あっさり、あたしは負け組——と決めてしまっていた。

決めてさばさばしているわけでもない。しかしながら、人の心は測り難い。そうであればあるだけに、旅行へのお誘いは断りにくかった。

自然の成り行きとして、都とご令息の、二人になることが多い。ご令息は、漂白された河童《かっぱ》のような気の弱そうな顔をして、話しかける。主人役の、間《ま》を持たせようという配慮でもあろう。

「……こ、小酒井さん……」

てな具合。

そうなると都は、自分の立場を鏡に映して見せられたようで、いらいらする。頑《かたく》なに口を閉じてしまう。

そんなこんなで、三泊四日の湖畔の宿りが四分の三の人間には、またとない楽しい時として過ぎて行った。

最後の晩、都はキッチンに置かれた食料の残りを見ていた。酒は持って帰れない。それが一升瓶にかなり残っている。

飲んでやろう、という考えはなかった。ただ勿体《もったい》ないから、

——少し、胃に移しておこうか。

という気にはなった。最初は椅子《いす》に座り、気が付くと床にあぐらをかいて、くいく

いとやっていた。早春のフロアに直《じか》に座ると、下から冷え冷えとしてくる。

そして、くいくい。くいくい。

水のように、というわけではない。

――水だと、こんなに飲めないな。

同じ液体なのに妙だな、と思った。どれほど経《た》ったのだろう。いつの間にか、瓶が綺麗《きれい》に空《から》になった。

後は、人に聞いた話だ。飲み終わった都はすっくと立ち上がった。キッチンだから、流しがある。夕食の食器が積まれていた。

都はそちらに、排水口に向かう水のように吸い寄せられた。

「洗わなくっちゃあ、洗わなくっちゃあ……」

と、ぶつぶつ繰り返していたそうだ。

――そこに、一人、闇《やみ》に浮かぶ富士山を見ながら、チンしたピザの残りをぼそぼそと噛《か》んでいたご令息がやって来た。

元来、都はまめな方だ。綺麗好きだし、家事も嫌がらない。気は回る。人を裏切らない。つきあいやすい性格だ。

だがその時は、人格を捨て洗う機械と化し、スポンジを手にしていた。やや首を落とし、肩を上げるような妙な格好になり、積まれた皿を取っては、《一まーい、二まーい》と、キコキコ洗っていたそうだ。

ご令息は何げなく、そこに自分の皿を出していった。

「これも——」

すると、都はきっと振り返った。

「……何よお」

「は？」

「何であたしが、河童の皿を……」

洗剤の付いたスポンジを、さっと流しに振り捨てて、泡だらけの指をかっと広げた。そして眉《まゆ》を上げ、ご令息の二の腕を、骨も砕けよとばかりに摑んだという。

「ううう……」

というのは、被害者の声ではない。締め上げる都の、機械のごとき唸《うな》りである。一方、

「こ、こ、こ——」

ご令息は、鶏と変じて鳴いた。

《小酒井さん》といおうとしたのであろう。律義《りちぎ》な性格なので、皿を落とすまいとし

たから、余計、逃げにくかった。揉《も》み合いながら、何とか流しに皿を置いたのは殊勲賞ものである。

翌朝、都は何も覚えていなかった。

——本当かなあ。

と首をかしげた。しかし、ご令息の腕に、江戸時代の囚人の入れ墨のような、腕を囲む痣《あざ》を見ては、もうおそれいるしかなかった。武勇伝の物的証拠である。

「申し訳ありません……」

と、恥じ入った。

父母も、そんなに飲む方ではない。身近に酔っ払いを見て育っていない。だから、酔い方にどんなタイプがあるのか、その辺の知識がない。

どうやら自分は、飲んでもつぶれたりはしないらしい。吐いたり寝たりという、醜態はさらさないようだ。ただ別の姿はさらす。普段より、過激な行動をすると分かった。そして、何をしたか覚えていない——ということも。

3

そんなわけだから、歓迎会の翌週の月曜日、銀髪のベテラン編集者が、都のいる部署を訪れ、

「小酒井君、小酒井君」

と呼んだ時、同僚達は一様に顔を曇らせたが、当の本人は至ってにこやかに、

「はいっ！」

と、答えたわけである。銀髪氏は、唇を突き出し、

「小酒井不木が、なぜ、《不木》というか」

「はい？」

都は、《誰、それ？》と首をかしげる。相手は、眉を寄せ、

「君がな――聞いたんだよ。小酒井不木という作家の、ペンネームの由来を」

「そうなんですか？」

「ああ。不可能の《不》は、《木》という文字の、頭が出ていない形だ」

よく分からない。銀髪氏は、宙に指で文字を書き説明する。

「なるほど……」

「最初は《不》から始まり、しかる後、頭を出すぞという――謙遜《けんそん》でもあり、また心意気をも示す。こういうものなんだな」

どう答えていいか分からない。取り敢《あ》えず都は、感心することにした。

「勉強になりました。——わたくしも、まだまだ頭を出せない駆け出しです。よろしく、ご指導、お願いいたしますっ」

と、あくまでもさわやかである。

銀髪氏は、にっと悪魔のような笑みを浮かべ、背広を脱ぎ、脇《わき》の椅子の背にかけた。

「君は、ジギルとハイドということを知ってるだろう」

正確には『ジキル博士とハイド氏』だが、ここでは《ジギル》と発音された。ぐっと重い感じになる。

「はあ」

銀髪氏は頷《うなず》く。そして、ゆっくりと白シャツの袖《そで》をまくり始めた。都は、ただ黙って見つめているしかない。次に、半袖下着が肩まで上げられた。

都はそこで、あっといって口を押さえた。銀髪氏は、妙な格好で胸を張った。

「どうだ」

「……わたくし……でしょうか？」

鶏の足めいた痩《や》せた二の腕に、赤い痣の輪が出来ていた。相手は、手を腰に取り、

「でしょうねえ」

これがまあ、職場における酒と都の物語の第一話といっていい。

彼女のために恐怖を味わった男といえば、雑誌編集長の遠藤《えんどう》だ。この男、落語好きの駄洒落《だじゃれ》好き。ちなみに、《二十七八、三十でこぼこ》というのは、落語に出て来る言い回しだ。この男にいわれてから、都の耳に残るようになった。

遠藤の体は体育会系だ。がっしりした土台の上に能面系ののっぺりした顔が乗っている。仕事は出来るようだ。そうでなければ、《長》にはなれない。欠点といえば、駄洒落を思いつくと、いわずにいられないところだ。

缶詰になっている作家のところに出掛け、

「こう閉じ込められては、書くしかありませんね」

といってから、《あ、さて、さて。――さても監禁たますだれ》とやって顰蹙《ひんしゅく》をかったという。

「いやあ、僕は先生になごんでもらおうと思ってね」

と弁解する。《日米国旗がお目にとまれば、しだれ柳に早変わり――》といった具合に、ポーズをしただけだと当人はいう。

だが、わざわざ宴会用品売り場にたますだれを買いに行き、持って行った――というのが社内の定説になっている。

こうやって、現代の伝承説話が作られていく。だが、都と彼の間に生まれた《赤いワインの伝説》は本物だ。

4

都の雑誌でも新人賞の公募をやっている。選考の際、下読みは編集部でやる。ある程度の数まで絞るわけだ。

二人一組となって行う。都が新人の時、まず遠藤と組まされた。ベテランがついていれば安心というわけだ。

都は受け持ちの分を早々に読み終えた。

「編集長、あれの打ち合わせ――」

と持ちかけても、

「俺、まだ読んでないよ」

とかわされてしまう。

――大丈夫かしら？

と不安になった。ぎりぎりまで、その状態が続いた。いよいよタイムリミットとい

うところで、

「それじゃあやるか」

――本当に読んでるのかしら？

と、思いながら検討に入った。都の方は、細かいメモを取っていた。そして、剣で突くようにあれこれ問題点を出したが、遠藤は全《すべ》てに的確に答えた。どうしてこの作を残すか、どうしてこちらを落とすかが、明快に示された。

――なるほど、これがプロというものか。

と、都は少なからず感心した。

さて、数日後、あるパーティの終わった後、遠藤と都は、作家さんのお供をして酒場に行った。

夏がちらりと顔を見せたような頃合いだったから、遠藤は背広を脱いで脇にかけていた。最近では筋肉より、次第に余分なものがつき始め、汗をかきやすくなっている。

その姿で作家さんと向かい合い、あれこれ話している。クラシックの話題になると、

「あの、ほら、ホロビッツ。ピアニストのね、あの人が来た時、背広の内側をさかんに見ているんですよ」

「なんで？」

「裏地ミール・ホロビッツ」

なんてことを性懲《しょうこ》りもなくしゃべっている。その合間に、

「小酒井、飲んじゃ駄目だぞ」

という。都は、生ビールを二杯やった後、赤ワインにかかっていた。

「なんで？」

と作家さんが聞く。

「酒癖が悪いんですよ、こいつ。この間なんか、横断歩道の縞《しま》模様見て、波と間違えてダイビングしたんですから」

「ひどい。——あれは、足がもつれて倒れただけです」

信号の変わり目に走り込んだ。そこで転んだから滑り込みのようになった。ジーンズに穴が開いた。

「いやいや、ちゃんと飛び込みのポーズしてね、青になった途端、《小酒井、行きます》って宣言してね、ジャッボーンとやったんです」

「嘘《うそ》ですよ」

嘘の方が事実より面白い。

「抜き手を切って泳いで行くんだけど、下がアスファルトでしょう。なかなか進まな

い。道の真ん中で信号が変わった。——縦にしとくと危ないんで、僕が足持って、横にしてやりましたよ。——脇をびゅんびゅん車が通って行くんですよ。ありゃあ、スリルでしたね。《泳ぐのはやめてくれ》って頼んだら、《今度はシンクロやります》って——」

「編集長ー、酔って人をおとしめるのはやめて下さいよ。あたしなんか、編集長を、ほめちゃいますよ」

作家が、

「なんで？」

日常生活では、語彙《ごい》に乏しいらしい。

都は遠慮なく遠藤を指さし、新人賞選考のことを話した。そして、敬服した——という意味で、

「ほめてつかわす！」

遠藤は頭を搔《か》き、

「こういう奴《やつ》なんです」

能面が恐縮したような顔になった。その表情がおかしくて、都はワイングラスを持ったまま笑い出した。

体が前後し、手が大きく慄《ふる》える。気分はよかったのだから、別に遠藤に浴びせようという意志はなかった――筈《はず》だ。ところが、どういう物のはずみか、赤い液体は宙を飛び、ほめてつかわされた編集長の白いシャツに向かった。

「わっ！」

叫んでも遅い。

5

飲み食いの店だけに、こういうことも珍しくないらしい。

「染《し》み抜きが用意してあります。すぐにやれば、少しは落ちるかと思います」

遠藤はワイシャツを脱いで渡した。

無論、下着にも染みている。わびしい気持ちで、手洗い場の鏡の前に立った。紙タオルで腹と胸を拭《ぬぐ》う。それから、染みの部分を紙で叩《たた》き、水で濡《ぬ》らし、また叩くを繰り返した。ある程度やったところで、席に戻る。

下着に背広を引っかけた。妙な格好だ。屈辱的――ともいえる。

都は頭を掻きながら、

「どーも、すみません」

と、昔の落語家のようなことをいっている。

――こいつ、明日になると覚えてないんだよな。

と思うと、苦々《にがにが》しい。さすがの遠藤も駄洒落が出なくなった。

しばらくして、店の人が、

「お待ち遠様でございます。何とか、ここまでいたしました」

手に例のシャツを持っている。渡されて、広げた遠藤は、

「へえ、こりゃあ、たいしたもんだ」

と、素直に感激の言葉を発した。

予想より、はるかに綺麗《きれい》になっていた。割れたと嘆いた茶碗《ちゃわん》が、元に戻ったような気になった。多少の湿り気なら、体の熱で乾かせる。早速、着てしまうと、後はまた元気に話を始めた。

さて、ここまでなら何ということもない。恐い話にならない。

ところが遠藤には、こちらからの大恋愛の末、三拝九拝して、来ていただいた女房がいる。スタートがそれだったせいか、今も頭が上がらない。

翌朝、目を開けると、その愛《いと》しの女房様が遠藤の下着を広げ突き出していた。

口調が冷たい。ぞっとする。遠藤は瞬時に眠気も何もなくなった。夢から覚め、現実生活に引き戻された。

昨夜は遅くなったから、泥棒のようにこっそりと玄関を開け、洗い物はそれぞれに分けて籠《かご》に入れ、静かに風呂《ふろ》に浸《つ》かって寝入ったわけである。

その赤い染みのついた下着を女房が広げている。

「何よ、これ？」

「──あ、赤ワインだよ」

「匂《にお》いで分かるわ」

「あ、そう」

「こぼしたんじゃ、こんな風にはつかないでしょ」

「そうだよねえ」

「だから、どうしたんだって聞いてるのっ」

厳しい追及にどきりと身を慄わせ、

「女の子にかけられたんだよ」

《開く》のボタンを押されてドアが開くように、すんなり答えていた。

「──女の子？」

「ああ、新人」

女房の声がスローテンポになる。

「女の子に、ワインかけられるなんて、どんな状況？」

「う……」

「何かしたんじゃないのっ」

遠藤は、なかなか切れる方である。冷静さと客観性も持っている。なるほど、考えがそういう方向に行くのも無理はない。

「ち、違うんだよ」

こっちが寝ていて、あっちが立っていると、それだけで立場が弱い。遠藤は、身を起こしながら続けた。

「――かけられたって、その――積極的にやられたんじゃないんだ。向こうが手に持ってて、それがこう――」

「ぶつかったわけ？」

違うけれど、そうした方が説得力がありそうだ。

「うん、――うんうん」

女房は、《ふーん》といって出て行った。遠藤は、やれやれと思い、次の瞬間――

恐怖に打たれた。

体はがっしりしている。殴り合っても、かなりいけると思う。おかげで今まで、これといったピンチに遭遇していない。その身にして、初めて知る戦慄《せんりつ》である。

女房は、どこに行ったか。あの下着を手にしている。当然、洗濯機の前に戻るのだ。シャツは弱洗いだから、籠が別になっている。まず先に下着の方を手に取ったのだろう。赤く汚れている。

だがどうだ、――シャツは綺麗に染み抜きがされていた！

遠藤は今、自分の口から《女の子にかけられた》と口走った。シャツが綺麗で、下着にだけワインがかかっていたら、これはどういうことになる。

――待て、待てよ。

遠藤の頭の中に、これまでの人生のあれこれの場面が速回しで浮かんだ。

――これって、死ぬ時にこうなるんじゃないか。

田舎のおばあちゃんのうちで、西瓜《すいか》を食べた小学生の夏休みの情景が見える。空には、絵に描いたような白い雲。どこかで、のんびり牛が鳴いていた。平穏な日々。

――ああ、あの日に帰りたい。

と、思った時、女房がまたやって来た。

「ひどいわねえ」

ぐっとシャツを見せる。

そこに見えたのは、染みの広がりだ。

酒場は暗かった。酔いも手伝ったのだろう。綺麗になったと見えたのは、夜の酒場という場所が見せた、美化のマジックだった。

「うう……」

遠藤は、ほとんど泣かんばかりに安堵《あんど》の息をつき、顔を伏せた。

その日、職場に着いた彼が最初にやったのは、都の前に立ち、

「——以降、お前は赤ワイン禁止っ！」

と叫ぶことだった。

2
異界のしり取り

1

都《みやこ》も、入社三年目の春を迎えようとしていた。

どういう頃だったかを酒でいうなら、もう少し経《た》つと焼酎《しょうちゅう》ブームに火が点《つ》こうかという時分。つまりは焼酎維新の夜明け前、歴史の流れに譬《たと》えるなら、ぺるり提督も浦賀に来航、いよいよ時代の歯車のきしみが聞こえようか——という頃であった。

ところで、都のいる雑誌編集の現場は、若手でも見習い仕事などやらない。いきなり担当の作家さんを抱え、原稿を取って来る。ベテランでも若手でも、そういう意味では対等だ。

都も、色々な作家さんを割り当てられている。中には前々から作品を読んでいて、どうしても原稿を取りたい取りたい取りたいと、熱烈に願う相手もいる。そういう人が、《こちらの注文》というコインを入れたらぽんと《作品》の出て来る自動販売機なら、何の苦労もない。そうはいかない。だからこそ、あちらの会社こちらの出版社の編集者がしのぎを削る。

柳に風で、なかなか書いてくれない相手でも、いつかは——と願うから、繋《つな》がりを大切にしておきたい。そんな一人から、

「イゴやらない？」

と、声をかけられた。

「は？」

眼鏡の奥に温厚な瞳《ひとみ》を潜ませた紳士である。寡作《かさく》ながら、高い水準の作品を書く。その右手を突き出し、揃《そろ》えた人差し指と中指で何かを押すような仕草をする。

——ああ、囲碁か。

と分かった。

「初心者大歓迎」

と、勧誘の声が続いた。

学生にはサークルがある。同様に、囲碁の好きな作家、評論家、編集者などが、

時々集まっているのだという。

都は、五目並べもやったことがなかった。しかし、こんなことが原稿をいただけるきっかけになるかも——と思うから、

「はい。教えて下さい」

と、即答した。

時々、都内某所で集まりを持つ。他社の編集者も、勿論《もちろん》、顔を出す。初心者は、初心者同士で盤を囲む。

都は律義《りちぎ》だから、事前に入門書も買い、それなりに事前学習もしてみた。しかし、どうも今一つ飲み込めない。赤道直下に生まれ育った身が雪だるまの作り方を読むようなもので、根本的なところが飲み込めていない……ような気が、自分でもする。

この上は実戦が一番だろうと、碁石を握ったわけだ。

向かいに座ったのは、他社の同業者だ。年格好も同じくらい。都はどちらかというと、感覚で石を置いていく。相手は熟考している。練習用の小さな盤面が埋まって来た。

もう打つところもなくなって、

「えーと、これ、どっちが勝ってるんでしょう」

共に分からないから観戦者に聞いてみた。脇《わき》で、腕組みしていたその人が《都の勝ちだ》と教えながら、何度も首をひねる。

「どうかしましたか？」

「いやー、……不思議なものを見たと思って」

「はあ？」

「両方、碁石を持って、交互に打ってはいるんだがなあ……」

「それが、どうかしましたか？」

「……待って、待って……」

掌を、まるで喧嘩《けんか》の仲裁に来た人のような形に動かしながら、何かを思い出そうとしている。やがて、水からぽっかり首を出したような表情になり、

「分かった、あれだ！」

「ほ？」

「この間、電車に乗ってた。そうしたら、小学二、三年ぐらいの男の子が二人、しり取りしてたんだ」

微笑《ほほえ》ましい話ではないか。

「……ところがね、耳をすまして聞くと妙なんだよ。例えば、こっちにいる子が《ア

イスクリーム》という。向こうは握りこぶしを作りながら考えに考えて、やっと《むささび！》と答える。するとすぐ《ゴリラ》、向こうが苦悶《くもん》の末に《らっぱ！》。たちまち《自転車》。向こうは、《や……や……、やり！》、とたんに《じゃがいも》」

都は笑って、

「――面白いですね」

「うん。一所懸命考えてる子の方は、自分が答えるのに夢中なんだ。生涯、気がつかないな、あれ」

「案外、あるかも知れないですね、そんなこと」

「そうなんだよ。……どう見たって、しり取りなんだがなあ」

「――といいますと？」

「うん。君達がやってたのもねえ、遠くから見ると、どうしたって碁なんだけどねえ。……これ、一体、何なんだろう」

2

他社が主催する文学賞授賞パーティの後などは、比較的、体が自由になる。

春の初めという頃、都はそんなパーティの流れで、先輩二人の後を歩いていた。

書籍の部署にいる太田美喜《おおたみき》は、大柄で目鼻の大きい派手な顔立ちだ。着ているものの色の好みも明るい。昔は必要なところだけ豊かだったそうだが、今は全体にふっくらしている四十代。高校に入ったばかりの男の子がいる。

都の担当した連載小説が、今度、本になる。その仕事をしているのが美喜である。だから、近頃はやり取りすることが多い。

「いざ、居酒屋っ」

と叫んだのが、この先輩。

「おう」

と応《こた》えたのが、文庫の部署にいる瀬戸口《せとぐち》まりえ。ショートカットの髪。三十代未婚で、縁のはっきりした大きめの眼鏡をかけている。昔のコミックにあったような、《眼鏡をはずすと、見違えるように綺麗《きれい》だね》というタイプ。それに抵抗するように、コンタクトにしない。これもまた一種の自己主張なのだろう。美喜とは以前、同じ部署にいて、それ以来の気のあったコンビだ。

どちらも都にとっては、頼りになるおネエ様だ。書籍の書ネエに文庫の文ネエといったところである。

「《いざ鎌倉《かまくら》》っていう、いい方もありますよねえ」

「お、都ちゃん、感心だねえ。それぐらい知ってないとねえ」

と書ネエ。

「あれは何から来てるんです？」

「よくぞ聞いてくれました。あれはね、——秋田の小正月から来てるんです」

美喜は、秋田生まれで色白なのだ。

「へえ？」

「子供達がね、手に手に甘酒だの餅《もち》だの持って、鳥追い唄《うた》を歌いながら、《さあ、かまくらを作ろう》っていうんだよね。うーん、いいなあ。日本の原風景だ」

「本当ですか？」

文ネエが笑って、

「嘘《うそ》に決まってるじゃないの」

と、わあわあ申しておりますうちに、地下鉄でいえば一駅分ほども歩いてしまった。文ネエの知っている店に着く。階段をとんとん降りて曲がって、引き戸を開けた。《らっしゃーい》という声に迎えられ、ちょうど空いたらしい奥の席に向かう。

お定まりの、《とりあえずビール》というやつにして、それから、

「都ちゃん、何にする」

「えーと、揚げだし豆腐とか」

「可愛《かわい》いねえ。あたしゃ赤なまこ」

と、文ネエ。

「おいしいんですか」

「ウーン、冬はこれに限るねえ。季節もそろそろ、移りますからねえ」

「なまこにも色々あるんですか」

「色は色々。あたしの故郷の方に行きますとね、赤なまこを珍重するんです」

文ネエは、九州出身である。

「はああ」

「お品書きにも、《なまこ》というだけじゃない。ちゃんと《赤なまこ》と出ますねえ」

都は関東人だし、仕事に就くまで、あまり酒場とは縁がなかった。

「特別なんですか、どう違うんです？」

「そうねえ。赤の方が太くてふんわりしております」

《ふ》という音を文ネエは、唇を柔らかく突き出すようにして、いった。なまこが、ふくらんだ布団《ふとん》のようにソフトに感じられる。言葉は、続いた。

「——青なまこがコリコリなら、赤はくんにゃり、ぎゅっの歯ざわり」

「おお」

何だかおいしそうだ。文ネエの眼鏡越しの瞳も輝いて、

「そこから、海の味、酢の味が染《し》み出して、《お酒飲めー、お酒飲めー》というんです」

文ネエは斜め前に身を傾けくねらせ、自分が嚙《か》まれる赤なまこのように、つぶやいた。

「ふーん」と受けた書ネエが、「赤なまこ青なまこ黄なまこ」

「早口言葉ですか」

「へえ」

「でも、黄なまこはないでしょう」

と文ネエ。書ネエは大真面目《おおまじめ》で、

「いや、昔からいうんだよ。《黄なまこになって探す》とか」

文ネエが思わず、突っ込んでしまう。

「そりゃあ、ちなまこでしょ」

書ネエは一瞬、考え、

「アハハ、違うよ。——血まなこさあ」

わけが分からなくなって来る。そこに、ビールのジョッキが来た。

3

筑前煮《ちくぜんに》も、あちらでは《がめ煮》というらしい。そういった九州の味が運ばれる。

文ネエによると、この店には料理の他にも呼び物があった。

「あれ、お願い」

というと、心得たもので閉じたリストが持って来られる。

「何ですか、それ」

「ノートのリスト」

お客が、出身高校別にノートを作れるシステムになっていた。文ネエは、並んだ高校名を指で追い、

「これこれ」

といい、その番号をリクエストした。たちまち、ノートを持って来てくれた。

「へえ、面白い。学生気分ですねえ」

「そんなとこねえ」

福岡の人が来るらしく、高校時代の思い出やら近況やらを書き込んでいるらしい。

「九州限定ですか？」

「最初はそうだったんだけどね、近頃じゃあ、他のもあるみたい」

「わたし、都立なんですけど——」

書ネエが、豊かな胸を動かして笑い、

「都ちゃんが都立ってえのは、納得出来る話だね。——何だか、あんたが公費で育ったみたい」

「そういわれるのも何だかなあ」

とビールを飲む都。文ネエが、まだテーブルの上にあったリストを渡してくれる。

「見てごらん」

「はい」

都立高校の数は少なかったから、すぐに分かった。都はぽんとテーブルを叩《たた》き、

「ありましたよ」

「おや、よかったね」

持って来られたノートを開くと、まだ書き込みは数人分しかない。巻頭にあるのは建設会社勤務のおじさんの書き込み。一年半ほど前のものだ。野球部時代のきつい練習のことが書かれている。

「うちのクラスに、野球部の女子マネがいましたよ」

と、遠い日を思う声になる。窓から、はるかな景色を見ているような感じだった。

――最後の一人の書き込みを見るまでは。

太めの万年筆の真面目そうな文字で、まずはこう書かれていた。

わたしの高校時代の思い出といえば、なんといってもM・Kさん、あなたにつきます。あなたがいなかったら、ここにこうしていないかも知れない。なぜかというなら、あの日まで、わたしは酒を飲もうだなんて考えもしなかった。しかしながら、あの日、あなたに理不尽にも腕を締め上げられたあの日、俺も飲んでやろうと、火山が爆発するように思ったのであります。

――ん？

と、都は胸に手を当てた。

「どうしたの、都ちゃん」

「いえ、別に」

読み進む。こう続いている。

あのおりは、あんまり楽しかったとはいえません。しかし、今となれば、Kさん、わたしはあなたに感謝したい。なぜかというなら、世の中、つらいこと苦しいことはさまざまあります。あなたにやられたことなんか目じゃないよ。浮世の荒波くぐるにつけ、ああ、酒があってよかったなあと思うからです。今、こうして、よき友よき仲間と酒をくみかわせるのもあなたあればこそだよ、ありがとう、ありがとう、小酒井さん。

——おいおい。

と都は心中、叫んでいた。

——名前を出すな、名前を。

4

確かに、これを書いているのは卒業旅行というか卒業合宿というか、その時酔った都が、いささかの乱暴狼藉《ろうぜき》を働いた相手である。

それをきっかけに、彼が飲酒国に足を踏み入れたと聞けば、感慨がないわけではない。

ちょっと間が空いて、同じ万年筆ではあるが、明らかに千鳥足風の筆跡になって、こう書かれていた。

ていうか、とにかくさあ、飲まない奴はソンだと思ったわけ。でさあ、小酒井よお、俺はお前みたいに酔って乱れたりはしないよ。飲んで、へーじょー心をなくすヤツなんてさいてー。なぜかというなら、酔っぱらいだ、そいつは。おれは、よっぱらいはきらいだよ。でもさあ小酒井、おまえはよってもかわいくなくはなくなく。あの、とにかくその、なんだかさあ、お前のきまちも、

——気持ちだろう。

と、都は思った。

わからなくはないわけ。かわいーな、お前も。とにかくさあ、しょーぶ、こいや。今ならおれ、お前としょーぶしたって勝っちゃうぜ。のんでも、まったくかわりません。そこんとこ、みならえよ、こさかい、そこがちがうだな。

違うんだな、といいたいようだ。

とにかく、あまり強くなさそうなのは、よく分かった。

彼は、どこかの社長のご令息であった。バブルの頃とは違う。そういう立場なら、かえってつらいことも多いのだろう。

社会人となった今、戦友のようにあれこれと考え、《飲み過ぎるなよ》と気遣う都であった。

「何か、書かないの、都ちゃん。見てるだけじゃ、つまらないよ」

そういわれたが、ためらう。あまりにもど真ん中にストライクを投げられたバッターのような気分である。さしあたっては、あっと見逃すしかない都だった。

――もう一回、この店に来たら。――その時、何か、おとなしいこと書いておこう。

実は、すぐ《もう一回》来ることになる都だが、今はそんな未来予測の出来よう筈《はず》もなかった。

「ねえ、今度は焼酎《しょうちゅう》いってごらん」

と文ネエがすすめる。

「え、あれって癖が強いんじゃないんですか。匂《にお》いがきついとか」

「ううん。大丈夫なのもあるから。この店なら、結構、いいのが揃《そろ》ってる。そうねえ、都ちゃん、黒糖焼酎いってごらん」

「コクトウって、ひょっとして黒砂糖ですか」

「そうですよぉ」

好奇心から、頼んでしまった。口に含むと意外にまろやかだ。確かに、ふんわりと黒糖の香りがする。

「あ……」

「飲みやすいでしょ」

「いけるかも」

書ネエがさっと、

「からすみ、お食べ」

いたれりつくせりだ。思わず、《くいくい》の《くいく》ぐらいまでいきかけた都だが、そこでふと我にかえる。

「焼酎って、結構——後できくんじゃありませんか」

「人によりけりよ」

「あ、あの、私。実は今日、持ち帰りの仕事がありまして——」

と、横手の壁際《かべぎわ》に寄せ、腰のすぐ側《そば》に置いてあるトートバッグを手探りする。

都の担当している作家さんと別の作家さんの対談があった。それがテープ起こしされ、原稿になって来ている。これは勿論《もちろん》、原型。これから都が、雑誌に載せられる《対談》の形にまとめなければならない。

それが出来たところで、先輩編集者が手を入れる。相手の作家さんの担当をしている編集者だ。続いて、それぞれの作家さんにチェックしてもらう。

これだけの段取りが必要なのだ。

今夜中にまとめるのは無理だけれど、後々の日程を考えると構成ぐらいは考えておきたいところだ。

「――後ろから棒で殴られたみたいに、いきなり、きいてくるとアウトですし――」

そんな酒もある。

「そうだねえ」

「ここ、何だか居心地がよすぎて、長引いちゃいそうですから――」

都はすまなそうに、今日は《とりあえず、いいお店を教えていただいた》ということにして、適当なところで切り上げたいといった。

書ネエも文ネエも、雑誌の経験がある。締め切りのある仕事への理解がある。しつこく引き留めたりはしない。都は焼きおにぎりを頼み、それを締めにした。

先輩達は腰を据え、これから本番という構えだ。

「お幾らでしょう」

「義理堅いねえ、都ちゃん、いいからいいから」

といわれたけれど、何枚かの千円札を置いて席を立った。ちょっと足に来ているのが分かった。文ネエがめざとく見て、

「都ちゃん、車、使わないと駄目よ」

5

都が住んでいるのは、一応、マンションという名前のついた集合住宅ではある。山手線の外側にあり、広い通りからちょっと入って、また左に折れる。

頭は割合はっきりしている。だが、階段を上るのがつらい。足がもつれる。口当たりの良さにひかれて《くいくい》までやらずによかった。セーブして、正解だったと思う。

三階まで来て、見慣れたドアの前に立ち、さて鍵《かぎ》を開けようと思ったところで、

………！

手に何も持っていないのに気が付いた。さばさばしている。解放感がある。一瞬、笑い出しそうになった都だが、すぐ《そんな場合ではない》とぞっとした。

バッグはどこに行った？　スケジュールから何から一切合財書き込んだ手帳、携帯、そして大事な大事な対談原稿まで入ったトートバッグ。個人情報から仕事まで、ひとまとめにして入った宝の袋。そう、まさに今の都は、魔法のランプをなくした、お古い物語の主人公のように、焦燥の影に背中からぐうっと、のしかかられていた。

……待てよ。……ええっと、タクシーは降りられたんだよね。お金は払ったんだ。

……ということは、……どういうこと？

普段は、トートバッグに財布まで入れている。ぽんぽんと体をさぐったら、その財布がコートのポケットにあった。

……ええっと……。

書ネエと文ネエの前に千円札を置いた。あの時、トートバッグから財布を出した。確かにバッグを手にしたわけだ。

……それから、どうした？

とりあえず財布を持ったまま、片手にバッグをさげ出口に向かう。コートを受け取った時、かさばる方のバッグをその辺に置く。袖《そで》を通しながら、ポケットに財布を、ひょいっと入れる。

そんな自分の姿が、闇《やみ》に浮かぶ無声映画のように見えて来た。

……ありそうだぞ……。

いや、確かにそうだったような気がして来た。そうだ、それに違いない。

お店の人が、書ネエ文ネエに渡してくれれば、《都ちゃん、忘れ物》というメールが届いているだろう。だが、肝心の携帯までバッグの中なのだ。どうしようもない状況だ。

何より原稿をなくすなんて、編集者として、人にいえない大失態である。今からとって返せば、大丈夫。店が閉まる前にたどりつけるだろう。

店の名前は、財布と一緒にマッチが入っていたから分かる。ノートの件もあったから、気になってつかんで来たに違いない。

……その前に水を一杯。

と、体が求めた。だが、部屋に入れないのだから水も飲めない。とほほ——な都である。

視野が狭くなっている身で、今度は階段を下る。ふらふらしながら、あわてている。転げ落ちて、入院でもしたら弱り目にたたり目だ。

広い通りに出たが、この時間、都心でないとあまりタクシーが通らない。最寄り駅に向かう。駅前ならタクシーがいる。

幸い、あまり歩かないうちに、通りで帰り車らしいのを捕まえられた。

6

「あら……」

といったのは書ネエ。色白の頬が赤くなっている。

「……どうしたの？」

おネエ様方は、同じ位置に座っていた。だが、そのテーブルに片手をついて、何やら話しかけているダークスーツの男がいた。書ネエの視線につられて、彼がふっと振り返った。

「おおおっ」

髪形は変わっている。だが、漂白された河童《かっぱ》のような顔立ちは昔のままだ。ノートに書き込みをした都の同級生、あのご令息である。

後から聞いたところによると、彼はこの酒場に来て、まず例のノートを探したそうだ。ところがない。

都が中座したので、テーブルに残ってしまったのだ。

お店の人が、

――そちらの高校のノートなら、あのお客さんのところに行ってます。

と伝えたので、ご令息が直接、テーブルまでやって来た。そして、

「せ、先輩ですかあ？」

「いえ。あたし達は違うのよ。さっき帰った子がいて――」

などというやり取りが交わされていた。

まさにその時、都が再登場したわけだ。すでに、出来上がっているご令息は、感慨深げに叫んだ。

「こ、小酒井都っ」

本来なら、ここで都も驚くところだ。だが焼酎に心地よくふわふわと酔わされて、脳内の視野まで狭くなっている。相手がここにいるのが、別に不思議とも思えなくなっていた。それより、はるかに大事なことがある。

「トートーバッグー、わたしの……」

「とうとう会えた、そうだそうだ」

ご令息は、感慨深げによろよろ近寄り、握手を求める。知り合いだという判断力はあるから、都もさして抵抗せずに手を握られてしまう。

「いやはや、偶然というのは面白いもんだねえ。まさかこんなところで」

「忘れたのよ……」

「いやあ、忘れやしなかったなあ。あの日のことは」

「……見なかった？」

「見てるよ、小酒井クン。今、見てるって」

「大事なもんが全部、あれに……」

ご令息は、都の言葉を聞き懐旧の瞳《ひとみ》になりながらも、弱い自分を振り払うように首をぶるんぶるんと振り、

「いやあ、そりゃあ違うぞ、小酒井クン。思い出は大切だ。しかしなあ、高校時代が全《すべ》てってもんじゃあない。大切なのは、今を生きるってえことだ」

「置いてったの……」

「そうだ。残した思いは数々ある。しかしなあ」

都はもどかしくなり、ようやく右手を引きはがし、この腕にさげていたバッグよ――と、我が腕を軽く叩《たた》いてみせた。

相手は、大きく目を剝《む》き、

「――そうだ。あの腕の締めは強烈だったな、都クン。負けんぞお」

ぱっと手を離し、都の上腕部をがっしとつかむ。わけが分からないなりに、都もそう来るならこっちもとばかり、同じことをした。

「ううう……」

「ト……トートー……」

互いに声を出して、互いの腕を締めている。

「何なのこれ？」

と文ネエ。

「さあ――。都ちゃんの高校で流行《はや》ってたんじゃないの」

「ハグの一種かしら」

「そんなもんじゃないの」

「うるわしい光景ねえ」

7

結局、お店にバッグはなかった。となれば、タクシーに置き忘れたとしか考えられない。会社名は覚えていた。うちに帰って問い合わせるしかない。

部屋の方はどうするか。面目丸つぶれでも、管理人さんを起こして開けてもらうしかない。嫌な眼で見られるだろうと思うと、それもつらい。

初春の朧夜《おぼろよ》ではあった。しかしながら、むだ足の徒労感もあって都の胸は、ますます重くなった。

「そこで止めて下さい」

信号の少し前、いつもの定位置でタクシーから降りた。とぼとぼと進み、左に折れ、また左に折れる。ちょっとした上り坂になっている。飲んでいると息が切れる。その辺りでどっと疲れが出てふらふらした。

垣根の角のところに、車よけなのか大きな石が埋め込んである。高さが腰のところまである。ちょっとお尻《しり》を乗せて休むのに、ぴったりの位置にある。座って下さい

――と、いわんばかりだ。

都はその石に体を預け膝《ひざ》を曲げて、ほおっと息をついた。だらりと右手を下ろすと、指の先に当たったものがある。

……ん？

覚えのある感触。ぐっとつかむと、トートバッグの紐《ひも》の部分だった。

……あ、そうか……。

となれば、行って帰って同じことをしたのも、無駄ではなかった。抜けていたなあという腹立ちより、今はバッグの見つかった安堵感《あんどかん》の方が何倍も大きかった。

当たり前の状態に戻っただけだ。でも、それがこんなに幸せなこともある。

都は、トートバッグを引き上げ胸に抱き、声をあげて笑った。人が見たら、さぞか

し怪しい奴《やつ》と思ったろう。

3

シコタマ仮面とシタタカ姫

1

愚痴というのは聞き苦しいものだ。特に、いい年をした男の愚痴は嫌だな——と思う都である。

おいおい、これじゃあピラミッドが二つ、逆さになって両肩に乗ってるようなもんだぜ——と、ぼそぼそボヤきつつ、大変な量の仕事を、手を抜かず、着々とこなして行く大先輩もいる。プロ野球のどこかの老監督のごとく、ボヤきが芸になっている。これは憎めない。

何がボヤきで何が愚痴か——境界線は定かでない。しかしながら、前者にはいささかのユーモアと余裕があり、後者はひたすら暗い……ような気がする。

ところで、典型的な愚痴男が社内にいた。玉田文蔵《たまだぶんぞう》。幸い、都とは別の雑誌の編集部にいる。名前こそ年寄りめいているが、まだ三十を幾つか越えたところ。眉《まゆ》濃く眼光鋭い。顔の上半分は男らしい。しかしながら、開き気味の口が、文字通りしまらない。これで全体の印象を壊している。

シャツは胸元を開けて着る。ノーネクタイにジャケットというくだけた服装を、《センスよく着こなしているだろう》と——当人だけは、思っているように見える。

そして、持っている書類カバンが、ルイ・ヴィトンのソフトタイプ。

都が、初めて彼のバッグを見た頃には、まだ学生時代を引きずっていた。記憶にある男の中でヴィトンのバッグを持っているような奴《やつ》は、いうまでもなく一人もいなかった。提げている名の通った店のものといったら、せいぜい三越か丸善の紙袋ぐらいだ。

——女の子だけじゃないんだ、ブランド物、好きなの。

そう実感させてくれた最初の男性が玉田、ということになる。

雑誌の仕事だと、農閑期のようにふっと暇になる時期がある。そんな時、玉田がフロアを歩いて、

「どうだ。キラリきらきら夜景の綺麗《きれい》なバーにでも行くか。——おごってやるぞ」

と胸を張る。

随分と働いた後だから、先輩に慰労してもらってもバチは当たらないか、と応じると、通りかかった文ネエ——文庫の部署にいるおネエ様、略すとこうなる——瀬戸口まりえが、大きめの眼鏡の縁に軽く手をかけ、小さな声で、

「……あら、シコタマのお誘い？」

最初は知らないから、

——そうか、玉田さんて、したたま、おごってくれるのか。

と、思った。

女の子、何人かで付いて行くと、それなりに高級そうなところに案内してくれる。おいしいものも食べさせてもらえる。ところが、そこで愚痴が出る。自虐《じぎやく》的になる。

そういう人だと知った。

「ボクなんざぁ、全くのダメ男でね」

となる。

——そうですねえ。

と相槌《あいづち》も打てないから取り敢《あ》えずは、神妙な顔をしている。すると、

「つらいこと、苦しいことばかりある今日この頃だがな、酒でも飲んで……明日まで

生き延びるとしよう」

などと唇を曲げ、ふっと薄く笑う。暗い照明の中、ニヒルな影を漂わせたつもりなのだろう。

「……俺、生きててもいいかなあ」

などとも、つぶやく。都は、こういう発言にいらいらする方だから、

――お勘定までは。

と、心で答える。

職場であれこれ問題を抱えているのか、それなりに大変なのか、同情してもらいたいタイプなのか――と思うと、突然、妙に攻撃的になったりもする玉田だ。

今ならエクステとかいって、珍しくもないのがお洒落《しゃれ》付け毛だが、このお話、実はかなり以前のことである。まだ、そんなものは普通には見かけなかった。バーに同行した中の一人が、その巻髪を付けていた。すると、しつこく、

「それ、地毛？」

と、いい続ける。からむ。

いい方、表情が、酒の上とはいえ、濃い上がり眉の男にはふさわしくなかった。ねっとりしている。一同、おごられるのだからと耐えていた。さて、ようやくお会計と

なった。玉田は当然、顎《あご》を突き出し、

「ま、いいからいいから――」

女の子一同は、

「すみませーん」

そうしたら、遅れて出た都は、目撃してしまった。――胸をポンと叩《たた》いた筈《はず》の彼が、レジで領収書をもらっているのを。

翌日、文ネエに聞いたら、

「玉田さん、したたま経費を使うのよ」

――それで、シコタマか。

と、納得した。経理の方から、風と共に流れて来たあだ名らしい。

作家さんが何か賞でも取ると、各社編集者が集まり、お祝いの二次会三次会となったりする。そんな時、玉田は立ち上がって絶叫するそうだ。

「よーし、ここは俺が全部払うっ！」

――俺が、じゃないだろ。

と、心で突っ込んでいると、他社の人も気兼ねして、

「いやいや、各社割りにしましょう」

「だって、二十人はいますよ」

などとなる。ところが玉田は、眼を吊《つ》り上げ断固としていう。

「そーゆー問題じゃないっ！」

わけが分からない。まあ、酔っ払いは元々、わけの分からないものだ。とはいっても、自分で金を払うまでの乱心には至らない。そこが彼にとっての死守すべき一線なのだ。

使ったものが、ちゃんと経費になっているなら問題ない。ところが玉田の場合、その辺がはなはだ怪しい。

文ネエの話は、昼の光の中では、それぐらいで終わった。明るいうちはいいにくい事例が、他にも幾つかあるらしい。

昨夜の領収書も、《評論家ナントカ氏達と会合》とか《作家カントカ氏と打ち合わせ》とか書かれて経理に回るのだろう。

――だったら、《おごる》なんていうなよな。

問題はそこだ。

広くいえば社内融和のための経費だろう。正直なところ、勢いで、

「今日は会社のお世話になっちゃうか」

というなら、分からなくもない。だが、玉田のやり方は、ちょっと筋が違う。

――公費で、女にいい顔するな。

と思ってしまう。ヴィトン売って払えよ、といいたい。

しかしながら、その場に自分もいて飲みかつ食べただけに、――玉田が気に入らなかったから、少しでも彼の財布に仕返ししてやれとばかりに口を動かしただけに、威勢よくこぶしも振れず、都の胸の中は、どんより暗くなった。

2

《醜》という字は《しこ》とも読む。《醜玉》という当て字が浮かんだ都である。

こちらを悪玉とすると、そうでない男もいる。女子社員が社内人間地図を作った時、反対の位置に置かれるのが池井《いけい》広行《ひろゆき》だ。

「にいさんは、いいよねえ」

と、そういう話には恬淡《てんたん》としている文ネエもいう。玉田と同じ世代だが、与える印象が違う。面倒だろうに、仕事の上で悩む若手社員の相談に、真剣に乗ってくれる。クレーマーの執拗《しつよう》な電話に、ほとほと困っていると、さっと代わってくれ、見事に対応してくれたりする。

今の部署は文庫で、年は文ネエより二つ下ぐらいだろう。だが、文ネエは《池井さん》《池井クン》といわずに、

「ちょっと、にいさん」

あるいは、

「おにいさん」

と呼んだりする。どういうきっかけでそうなったのか分からない。年上の文ネエから見て、ちょっとした照れの混じった、親愛の表現だろう。

池井もごく自然に対応していて、その感じがいい。互いに、相手の仕事ぶりに敬意を払っているのが、よく分かる。二人が揃《そろ》うと何事もてきぱきと進んで行く。いかにも、名コンビらしく、あれこれの会話が阿吽《あうん》の呼吸で済む。

――この人と同じ部署になったら、気分よく仕事が出来るだろうなあ。

そう思わせる男だ。もっとも、二人三脚で走って行くには文ネエぐらいの能力がないと務まらないだろう。

顔立ちもすっきりしていて、好感度が高い。

《池井》でなく《池玉》という名字なら、玉田と並べて問題なく《善玉・悪玉》と呼

べるのだがと、ちょっと無念な都だ。

——惚《ほ》れてもいいか。

と思えるような相手だが、実は都には学生時代から付き合っている男がいた。

——あいつも、池井さんぐらいの容姿なら、人に見せられるんだけどなあ。

と、都は思う。不遜《ふそん》かも知れないが、《付き合ってやっているんだ》という気分が拭《ぬぐ》えない。自分に対する自惚《うぬぼ》れならある。男から告白されたことも何度かある。《ごめんなさい》と、いい続けて来た都が、その男、戸ケ崎弘《とがさきひろし》と出会ったのは、大学のゼミでのことだ。

格別、冴《さ》えたところもない。むしろ、都がアドバイスするような局面が多かった。だが戸ケ崎といると、不思議に落ち着いた。

男という奴は時に、自分より出来る女に反感を持つ心の狭い生き物だったりする。戸ケ崎にはそういうところがなかった。だから都にとって戸ケ崎は、勝手に手足を伸ばせる居間のような存在になった。

彼の前ではくつろげた。いいたいことがいえた。気が早いというか何というか、都は付き合い始めた頃から、年月を経《へ》、老夫婦になった自分達を思い浮かべた。それが、自然なことだった。

卒業すると都は今の出版社に、戸ケ崎は名前を聞いたこともない小さな会社に入った。共に勤務先が東京だったから、そうなってからも連絡を取り合って会った。時間的には都の方がきつい。こちらに合わせる形になった。それでも切れずに続いて来た。学生時代からの仲だし、あちらの給料の方が何ランクか下と分かっていた。彼の実家は宮城の名門で、故郷に帰れば《戸ケ崎様》とかいわれるらしい。広大な土地もあれば、立派な家屋敷もあり、テレビの骨董《こっとう》鑑定番組に出せるようなお宝が、蔵のあちこちに眠っているそうだ。だが、それとこれとは違う。断じて違う。付き合うのは《あなたとわたし》だ。食事をしても、基本的には割り勘ですませて来た。

3

そうして数年、気が付けば都も、四捨五入すれば三十という年になっていた。とはいっても、女の結婚適齢期はクリスマスケーキ、二十五を過ぎたらアウトといわれていた昔ではない。あせりはなかった。

だから、戸ケ崎から切迫した調子で、

「都ちゃん。来週の金曜、夕食どうかな」

という電話がかかって来た時も、微妙な気分になった。

——いよいよかなあ……。

という予感はあっても、嬉《うれ》しいというより当惑が先にあった。仕事も面白くなって来たところだ。もう少し、自由な身でいたい。

——イエスはイエスだけれど、もうちょっと待ってくれないかなあ。

そういうことを、やんわりと伝えたかった。とはいえ、プロポーズという運びなら一応は《記念すべき夜》になる。自分のためにも、また彼への思いやりからも、それなりの格好をして行きたかった。いかに気のおけない仲とはいえ、浴衣《ゆかた》に団扇《うちわ》といったくだけ方は出来ない。まあ、時が五月だったから、浴衣はあり得ないのだけれど。

そこで、いささかの感慨は抱きつつ、青山の店を回ってドレッシーなワンピースを買った。これならば——と選んだものだ。渋めのワインレッドに小さな白い花が散っている。黒のジャケットを羽織れば、そのまま職場に行ける。彼の前では、上を脱ぐ。

——ワンピース姿になれば、出来る若手社員から、たちまち女らしく変身だ。うん、よしよし。

新しい服を見たところで、

「やあ、素敵だね」

とは、いいそうもない戸ケ崎だった。しかしながら、彼のもっさりした顔を思い浮かべ、

——そこが、あいつのいいところかもね。

と考え、ニコリとする都だった。

仕事帰りに待ち合わせ、食事という時は、双方から見て中間地点にある小さなフランス料理店と決めていた。

もっとも都の方は、忙しい週なら連日、夜明けまでの勤務になる。仕事帰りに——などというのは、夢のまた夢だ。月の下旬なら、楽になる。戸ケ崎にも、それは分かっている。だから、電話して来たのだ。

彼が先に来て、待っていた。いかにも緊張しているようだ。このところ、都合がつけられず、ひと月ほど会っていない。

——何だか、着ているものが垢抜《あかぬ》けて来たみたい。

都は、成長した我が子を見るような眼で、戸ケ崎を見つめた。しばらく会わない内に、都の頭の中で《野暮というイメージ》が先行し過ぎたのか。あるいは彼もまた、記念すべき瞬間のため、ファッションに気を配ったのか。

——だとしたら感心、感心。

前菜を食べ終えても、表情が固い。都は余裕で、そんな戸ケ崎を眺めている。

——こりゃあ、水を向けてやらないと駄目かな。

そう思ったから、

「ねえ、話したいことが、あるんじゃないの?」

すると戸ケ崎は、静電気が苦手な人が車のドアに指をかけたようにびくっとした。

《う、あ……》とうめくような声を出し、それを助走にして、

「……あの、俺、結婚するかも……」

——そう来たか。やれやれ、遠回しなプロポーズだなあ。

と、思いつつ都は、胸に温かいものを感じた。彼の素朴さに合わせてやろうと、少女のような声で、

「へーえ、誰とぉ?」

と、いった。メルヘンの登場人物のような気分になり、首をちょこんと可愛《かわい》らしく傾けていると、戸ケ崎が答えた。

「……会社の子。前、話したろう」

都は、しばらく静止画像になっていた。それから、唇に笑みを浮かべたまま、首を

ゆっくりと動かす。真っすぐの位置に戻したところで、

「……は？」

4

「ほら、会社でいじめられてた子」

「あ……」

そういえば去年、そんな話を聞いた。

戸ケ崎の会社は規模が小さい。毎年、新入社員を採るわけではない。去年は事務に女の子が入り、その子からいじめの相談を受けたという。夜、思い詰めた声で電話がかかって来て、《先輩の女子社員からひどい扱いを受けている》と告げられた。

――真面目《まじめ》な子だけに思い詰めちゃったんだよなあ。

――それでなだめてやったわけ？

――うん。

そんなやり取りをした。戸ケ崎なら無料相談係になっても不思議はない、と思った。都はその時、深く考えたわけでもなく、

——美人なんじゃないの？

と、挨拶《あいさつ》のように聞いた。

戸ケ崎は生真面目に、彼女の姿を思い浮かべる顔つきになり、

——そうだなあ。まつげは長いし——声も可愛いなあ。やっぱりさ、そんな風だと先輩に嫉妬《しっと》されるんだろうなあ。

まつげも声も、どちらかというと作れるところだと、都は思った。だが、そういったら自分が小さくなる。口には出さなかった。

その後も相談を受けているのかどうかは、話題にならなかった。ただ秋口に、彼女が毎日、高校生の弟のためにお弁当を作っているのだと聞いた。戸ケ崎は心から感嘆しているようだった。

「あの……お弁当のこと……」

「え？」

「その子の作る……お弁当の話、してたよね」

「うん」

「あの時って、弘、そのお弁当、貰《もら》ったんじゃないの？」

去年の秋には、《大昔の、ドラマみたいだなあ》と思いつつ聞き流したが、どうも

そう思えて来た。戸ケ崎はきょとんとした眼になり、頷《うなず》いた。

してやられた……のではないか。

「どうしてまた、そんなもの貰ったの？」

「どうして——って余っちゃったんだよ。弟さんが何かの学校行事で、弁当いらなくなったんだ。そうしたら、たまたまさあ、その日が月曜日で……」

「月曜？」

「うん。週初めの午後に会議があるんだ。俺さ、昼休みに、資料のまとめやってるんだ。だから外に出られなくって……。月曜だと、パンとか齧《かじ》りながら、それですましちゃうんだ。彼女、そのこと覚えててさあ……」

——何が、《たまたま》だ。分かりやすい。あまりにも、分かりやすいぞ。

「……捨てちゃうわけにもいかないし。そんなに食べられないし。失礼だけど、貰ってくれないか……っていうんだ。筋が通ってるだろう。そうしたらさ……若い子なのに、煮物とかも入ってるんだよ」

コンビニで買ったのだろう——と、都は喉《のど》まで出かかる。

「……おにぎりがさ、《自分で握ったんで、形が悪くて羞《は》ずかしいんですけど》って。ほら、売ってるやつは大きいじゃない。それがさ、こんなに小さいんだ」

戸ケ崎は左手を出し上に向ける。右手の指先で、そこにくるんと輪を描いた。

都は思わず、自分の手を見た。

――あたし、てのひら小さいです――ってか？

「……お金のない中、やりくりしてるらしくってさ」

これは本当にたまたま、眼の前にしている料理が、お店自慢のフォアグラのソテーだった。戸ケ崎は、それを見ながら、

「……彼女、フォアグラ、知らなかったんだ。そんな子なんだ」

都は、握り締めていたナイフとフォークを置いた。

「その子、幾つ？」

「二十一」

ただの物知らずだ。

「料理の話になって、フォアグラのことといったら《知りません》って。……それでさ、しばらくしたら電話かけて来て、《あれ、テレビのクイズ番組で、今、やってました》って」

天真爛漫《らんまん》攻撃の、花を咲かせる気か。

「……《世界の三大珍味なんですね。フォアグラ、トリュフ……。フォアグラ、トリ

ュフ……。あれっ？》って」

おお、何としたたかな。これでは戸ケ崎などひとたまりもない――と思う都だったが、そこでふと、眼の前の皿を見直し、

「――あなた、その子を……ここに連れて来た？」

戸ケ崎は、はっとうろたえる。答えたも同然だ。

「――この席じゃないでしょうね」

戸ケ崎は、そろそろと手を上げ、斜め隣の席を指す。

「ふーん。そうなんだ」

「………」

「……ここは、止《や》めてほしかったな」

戸ケ崎は、額に手をやりながら、

「……だってさあ、食べたことないっていうんだ。教えてやりたくなるよ」

都は、《ふーん》と椅子《いす》の背にもたれ、

「感激してたでしょう？」

「……うん」

両のこぶしを顎《あご》に当て、まつげの長い眼をうるませて、《これが――これが、フォ

アグラなんですねっ！》とかいったのだろう。この半年ぐらい、その子の話題は出なかった。水面下で、ことは着々と進行していたのだ。

戸ケ崎の服装が、垢抜けたわけも分かった。そのシタタカ娘が、彼を着せ替え人形にしているのだ。

《都ちゃ……》といいかけた戸ケ崎は、向けられた視線のきびしさに、言い直す。

「……こ、小酒井さんはさあ、何でも自分で出来るし、能力あるし、センスもあるし……でも、あの子はさあ、俺がいないと駄目なんだ」

——すんごいステレオタイプ！

こんな言葉が現実世界で使われようとは、ましてや自分の耳に向かって投げられようとは、思ってもみなかった。

「……あの子は、俺とならと田舎で暮らしてもいいっていうしさ。……小酒井さんは、そういうの、ちょっと無理だろう」

ほおお、そうなるのか。《戸ケ崎様》の嫁になるのか。

「分かったよ」

「悪い子じゃないんだ。本当だよ。……世間ずれしてなくってさ。ちょっと手を握っただけで、ブルブル慄《ふる》え出しちゃうような、そんな子なんだ」

──駄目だ。こりゃあ。

「……小酒井さんのこともさ、正直にいったよ。そしたらさあ、その年の人だったら中途半端《はんぱ》にしちゃいけない。早くちゃんといってあげた方がいいって……」

《キレる》という言葉の意味が知りたかったら、わたしを見ろ──という気分になった。だが、プライドがある。暴れたりはしない。

都は、低い声でいった。

「ワイン、飲んでいい？」

「……あ、ああ」

「今日は、割り勘じゃないけど」

戸ケ崎が、こくんと頷く。

「……わたしが払うんでもないよ」

戸ケ崎は、さらに、こくんこくんと頷いた。ワインリストを持って来てもらった。小さい店だ。一番高いやつでも、今の都にはたいしたことがない。噂《うわさ》に聞くロマネコンティとかいうのがなくて、実に無念だった。

5

気が付くと自分のベッドにいた。

まだ暗い。目覚ましを取り、頭のところを押さえると文字盤が明るくなる。二時過ぎだった。

都は、悪酔いしない方だった。明け方まで、ぐっすり寝てしまう。起きた時、多少ふらふらしていても、水を何杯か飲んでいるうちに、段々まともな自分が返って来る。そんな感じだった。

ところが今度は違う。眼が覚めてしまった。調子の悪い自分と、無明《むみよう》の闇《やみ》の中で対面することになった。どんな飲み方をしたのか、口から内臓が、うううと飛び出しそうな、とてもとてもとても嫌な気分だ。

トイレに行って吐いて、

――あ、お酒飲んでこうなるの、生まれて初めてだ。

と、気づいた。かといって、カレンダーにマークしたいような、嬉《うれ》しい初めてではない。

体が苦しい間は、苦しさの沼に溺《おぼ》れていられた。少し楽になり、また横になると様々な思いに責められる。

薄い掛け物を肩まで上げようとすると、二の腕の辺りに力が入らず、そこの骨がふうっと薄くなったような気がする。頼りない。眼を閉じても寝られない。酔いつぶれないと眠れないのか、と思う。

──ということは、ショックを受けているわけだ。──変じゃないか。

そう自問した。

失恋したわけじゃあない、と思うのだ。

《恋》をしていた──という感じなど、かけらもない。それで失恋なんて理屈に合わない。ない袖《そで》は振れぬ。ちょっと違うけど、そういいたくなる。戸ケ崎は、憧《あこが》れの対象ではない。男らしくもない。ただ、側《そば》にいると気が休まった。

──それだけだよ、それだけだ。──でも苦しいってのは、どういうこと。結果から逆算すると、わたしは──つまり振られたわけ？　だとしたら……。

口惜《くや》しい。そこから、昨日の晩の自分の姿が、電光で照らしたように浮かび上がる。

首を傾《かし》げた自分がいう。

「へーえ、誰とぉ？」

都は、闇の中でわっと身を起こした。心臓の打ち方が速くなった。あまりにも間抜けだ。救いようがない。思い出したくない。

――神様。贅沢《ぜいたく》はいいません。他の全《すべ》てを受け入れます。たった一カ所。あそこだけは、カットさせて下さい。――そうしてくれたら、昨日のこと、映画にして全国公開してもいい。ですから、お願いです。

そう祈る。だが、時は戻らない。

頭のチャンネルを、何とか切り替えようとする。別のことを考えようとする。だが、あっという間に元の画面に返ってしまう。何度も、何度でも。

立ち上がって、またトイレに行き、鎮痛剤を飲んで横になった。窓が、うっすらと明るくなっていた。新聞配達の音がする。

――今日明日が、休める土日でよかった。

少しだけ、うとうとした。そこで、戸ケ崎の言葉がよみがえって来た。

「……こ、小酒井さんはさあ、何でも自分で出来るし、能力あるし、センスもあるし……でも、あの子はさあ、俺がいないと駄目なんだ」

髪をつかまれて引き起こされたように、せっかくの眠りから覚めてしまう。

あれが、あの台詞《せりふ》が一番、嫌だった。

──そんなの、くだらない責任逃れじゃないか。最低の自己弁護だ。

だから嫌なのだ、と思った。窓がすっかり明るくなり、鳥の声があちこちから聴こえ始めた頃、都はカードを裏返すように、違う、と悟った。

──わたしもだよ、弘。あなた、気が付かなかったの？　──そうだよね、わたし、自分だって、よく分からなかったんだもの。──駄目だったんだよ、わたしも。──あなたがいないと駄目だったんだよ。

都は、タオルケットを顔まで上げ、ちょっと泣いた。

6

休みが続くのが有り難い、と思っていた。だが週が明け、会社に出てみると、そうでもないと分かった。

うちでは満足に物が食べられなかった。レトルトのお粥《かゆ》や雑炊を、やっとのことで流し込んでいた。誰かに電話しようという気にもなれなかった。人と口をきくのもつらかった。

ところが、仕事となってしまえば否《いや》も応もない。こなしていかざるを得ない。同僚と一緒だと、昼の食事も喉を通った。

何となく、日常を取り戻せそうな気になった。夜は率先して、飲みに行く連中に付いて行った。

玉田もいた。飲み食いだけならともかく、彼のシコタマぶりは、かなりいかがわしい領域にまで及んでいるらしい。さすがにチェックの手が伸び、近頃は自粛しているようだ。愉快な相手ではない。だが今の都には、それを気にする余裕もなかった。

ひたすら、ぐでんぐでんになりたかった。

「小酒井さーん」

そのシコタマが都の隣から、からんで来た。

「はい」

「何だかさあ、調子悪そうだねえ」

「……よくないです」

「落ち込んでるのお？」

玉田はそこで、こう聞いて来た。

「星座は何？」

「牡羊座《おひつじ》です」

「ああ、そうなんだ。――牡羊座はおっちょこちょいだからなあ」

星座とか血液型とかで、人を決めつけて来る奴《やつ》がいる。玉田もそうらしい。都は、むっとしながら、

「まあ、落ち着きのある方じゃないですね」

「――だろう、だろう？」

と、手柄を立てたような顔になる。そして、続けた。

「――何かさあ、思い込んで突っ走って、一人で転んだんじゃないのお、すってーんって？」

都は、水割りのコップをつかみ、ぐいぐいと飲んだ。シコタマ風情《ふぜい》に、いい当てられるとは残念無念。ガツンとコップを置き、ふうっと息をつく。

「――勇ましいねえ、小酒井さん」

「はあっ」

「牡羊ってえと三月か四月だ。――どっち？」

この道に、詳しいようだ。

「四月です」

「何日？」

プライバシーだとは思うが、隠すのも大人気ない。

「――十五日です」

「あ、ひょっとして明け方？」

どうして、そんなことをいわれるのだろう。

「はい。まだ、暗い頃だったそうです」

「四月十五日、東雲《しののめ》来る前か」

「――どうかしたんですか？」

「その頃、タイタニックが沈んだんだ。アハハハハ」

この船のことを取り上げたアメリカ映画が流行《はや》ろうという年だった。おかげで都は、今に至るまでその映画を観《み》ていない。

それからは、とにかく、よく飲んだ。頭の中が、極彩色のアニメを見るような感じになった。

歪《ゆが》んだ景色の中に、デフォルメされた妙な男と女が登場し、耳まで裂ける口で笑った。

「我が名はシコタマ仮面。アハハハハハ」

「我こそはシタタカ姫。オホホホホホ」

——悪夢っぽいな。

と、都は思ったが、十分悪夢である。

後で聞いた話によると、都は二軒目の店を出たところで、まともに歩けなくなった。植え込みのところでダウン。しゃがみこんでしまった。顔色が真っ青だったという。

「《しょうがねえなあ》とかいって、皆が周りを取り囲んだんです」

と、時に丁寧語になる文ネエが教えてくれた。翌日のことである。

「はあ……」

「それからどうなったか、本当に覚えてない？」

「全然」

文ネエの話は、意外な方向に飛んだ。

「……都ちゃん。ヴィトンのソフトバッグ、幾らぐらいすると思う？」

「さあ……」

都は、きょとんとして、

「少なくとも、十万以上するわよねえ」

「……それが何か？」

「あのね、シコタマもね、都ちゃんの脇《わき》に座って様子見てたのよ。バッグを側に置いて」

「はい」

「そしたら、都ちゃん、苦しそうに胸元を押さえたかと思ったら、いきなりシコタマのバッグをつかんで、がばっと拡《ひろ》げたの」

その先は、聞きたくなかった。都は呆然《ぼうぜん》とし、ややあって、

「――そんなことって、あるんですか……」

「当人に、いわれてもねえ……」

「……」

「シコタマったら、随分、都ちゃんにからんでいたからねえ。まあ、深層心理学からいったら、頷《うなず》ける行動じゃないかしら」

都は当然、玉田のところに走って行って、頭を下げた。《弁償します》といった。玉田は、ちらりと心を動かされたようだが、周りの視線を意識し、すっすっと手を振った。

「まあ、いいから、いいから」

夕方になって、文ネエが都に擦り寄って来た。

「経理の人がいってたわよ」

「ほ？」

「でかした——って」

4

指輪物語

1

都は、この間、会社の先輩のブランド物バッグを駄目にしてしまった。――ちょっと人にはいえないやり方で。

「――お釈迦《しゃか》にしちゃったんだねえ」

生ビールを口に運びながら、村越早苗《むらこしさなえ》が、そういった。

早苗は、書籍の部署にいる。飲み仲間の一人である。大きめの口が、顔立ちを華やかにしている。とろんとした目元は、酒が入ると一層、愛らしくなる。男にもてるタイプだが、今は、もっぱら書籍の頼れるおネエさん、書ネエこと太田美喜にゴロニャンしている。そうしている分には面倒がない。

ほんのり頬が染まって来ると、書ネエの髪をいじり出す。

「こら、触るなよ」

と、いわれると、

「エヘヘ」

と、笑う。男子社員がやると問題だが、同性なら親愛の表現である。

冬場の通りを歩いている時には、書ネエのコートの垂れているフードを盛んに悪戯《いたずら》していた。そのうちに、後ろからえいっとばかり、頭に深く被《かぶ》せ、

「――怪しい人っ！」

書ネエがはずすと、さらに深く被せて、

「――指名手配っ！」

などといったりする。

色白でふっくらしていて、大きなマシュマロみたいな書ネエは包容力がある。子猫にからまれる親猫のように、うるさそうな顔をしながら受け入れている。

テーブルに並んで、

「サラダ、お食べ」

「ニャン」

などとやっている。

書ネエは家庭があるから、早く帰ったりもする。ある時、飲み屋から出て行く後ろ姿を見て、早苗が追いかけた。

普段なら、問題ない。ところが早苗はその時、脚がむくむと嫌だから——とブーツを脱いで飲んでいた。自分を置いて去ろうとする書ネエの背中に向かって、

「先輩ーっ、もっと飲みましょうよーっ」

悲痛に叫びつつ、転げるように駆け出したのだ。

気の利《き》く男性社員が、ブーツを持って追いかけた。証言によると、銀座の裏通りを、髪振り乱し両腕を上げ、ネオンと月光を浴びながら——履物なしで走って行く女の姿は、この世のものとも思えなかったという。

彼女はそれ以来しばらく、《裸足《はだし》で駆け出す、愉快なサナエさん》と呼ばれていた。

2

早苗の方が都よりひとつ上だが、まあ同年代である。その彼女が、《お釈迦》と、いい出した。

都がそんな振る舞いに及んだ裏には、ひとつの伏線があった。心を卸し金で磨《す》り下ろされるような出来事があったのだ。しかし、あれからふた月ほど経《た》っている。その痛みも癒《い》えかけていた。

今の都は、割合、気楽に応じられた。

「そうなんだよねえ。——でも、駄目になることを、どうして《お釈迦になる》っていうんだろう。お釈迦様ってさあ、駄目どころか、究極のっていうか——至高のっていうか、とにかく大変な存在でしょ？」

「うんうん」

と、早苗が頷《うなず》く。

「だったら変だよねえ、こんないい方」

書ネエが、お猪口《ちょこ》の酒を口に運びつつ、

「——よくぞ聞いてくれました」

と、身を乗り出す。

「——あのお方はね、ゴータマ・シッダルタとおっしゃって、本来、釈迦族の王子様だったのよ」

「はあ」

「だけどね、思うところあって世俗の道を捨てたわけ。で、――修行を始めちゃった」

「はい」

「それで、お偉いお釈迦様になった。めでたしめでたし――といえるのは関係者以外だよ。身内からすると、相当の困ったちゃんでしょ。責任ある立場を放棄しちゃったんだから。《やーめた》じゃあ、為政者失格よ。だから、《まいったなあ。あいつは、お釈迦だよ》と、――まあ、こうなったわけ」

都は、素直に感心し、

「へぇー、そうなんだ」

文ネエこと、瀬戸口まりえが、いつもの通り冷静な口元をきゅっと曲げ、

「嘘《うそ》だからね」

「え？」

文ネエは三十代未婚。髪はショートカット、大きめの眼鏡をかけている。書ネエに向かって、やれやれと首を振りながら、

「よくまあ、次から次へと出まかせがいえますねえ」

「あら、ゴータマは本当よ」

「そこだけでしょ。この子達は原稿の校正とかも見るわけですよ。いい加減なことが頭に入っちゃうと、いつか大怪我《おおけが》するかも知れない。——あたしゃ、心配です」

と、溜息《ためいき》をつく。

「その時こそさあ、《ひとつの情報源から入ったことは、裏付けを取らない限り信頼出来ない》という、大事な大事な原則が学べるんだよ」

などといって書ネエは動じない。どうやら今の説は、思いつくままに口から出たものらしい。

「——じゃあ、本当はどうなんです」

都が聞くと、博学の文ネエは頷き、

「鋳物《いもの》職人が、いい出したらしいよ。——《お釈迦》って」

早苗が眼を丸くし、

「芋の……職人？」

そういわれると、サツマイモやジャガイモを切って何か作るみたいだ。

「鋳物よ、鋳物。金属をね、熱ーくして、どろどろに溶かして、型に流し込んで色々と作るの。——仏様とか」

早苗は、ぽんと手を打ち、

「あ、鎌倉土産で大仏の小さいの買った」

書ネエが、《うふふ》と笑い、

「小さい大仏ってのも、矛盾をはらんでるわね」

文ネエは、かまわず続ける。

「ある時、職人のところに《お地蔵様を作ってくれ》という注文が来たんです。《分っかりました》と引き受けたんだけど、どう勘違いしたのか、大量の《お釈迦様》を作っちゃった。これじゃあ、引き取ってもらえない。全部返品。不良品の山になっちゃった——こういうわけでございます」

書ネエが腕組みし、そっくり返っていう。

「どう、都ちゃん。わたしの説と瀬戸口がいうのと、どっちが尤《もっと》もらしい？」

うーん——と考えて、

「……鋳物の方が、嘘くさいですねえ」

面白過ぎるなあ。日本昔話みたいだ——と、早苗もいう。文ネエは肩をすくめ、

「そうですか、そうですか。——真面目《まじめ》にコツコツ、真実を追求している人間が受け入れられない。現実とは、そんなものです、はい」

「世の中って哀《かな》しいねえ。——飲め飲め、瀬戸口、泣くんじゃないぞ。黒糖焼酎《しょうちゅう》、

いってみるか」

と、書ネエが煽《あお》る。文ネエは九州出身で焼酎が好きだ。書ネエは、煽りながら続けた。

「——ところでさあ、黒糖焼酎の好きなフランス人がいてね。文学者なんだよ、これが。ジャン・コクトオという……」

純情な都も、これは信じなかった。

3

「でも、男の人ってえのも、つらいとこはある、と思いましたね」

と、都がいう。早苗が、

「なになに？」

「わたしが、バッグ駄目にしちゃったでしょ。次の日、玉田さんに《弁償します》っていったんですよ」

「そうしたら？」

「《いいから、いいから》って」

書ネエが頷き、

「そりゃそうよ。第一、新品じゃあないわよ、あれ。前から使ってるんだもん。それでシコタマが弁償なんかさせたら」シコタマとは、玉田のあだ名である。「──《小せえ奴《やつ》だなー》って、社内の評判になっちゃうよ」

文ネエは、さらにきびしく、

「今だって、《小せえー》っていわれてるんだからね」

都はいう。

「──ですけどね、もし逆にわたしの方がやられたら、──玉田さんに十五万のバッグ、お釈迦にされたら、払ってもらいたくなりますね」

受ける声は、女声合唱となった。

「当ー然っ！」

「でしょう、だから《男はつらいよ》ってとこはありますね」

早苗は、そこでジョッキの残りを、ぐいっと飲み干し、

「そこで、つらさを表に出すかどうかよ。──わたしね、それで彼と別れたんだもの」

聞いて下さいよ──という口調である。書ネエが、赤みの差した頬を片手で叩《たた》きな

がら、

「へえ、どういうわけ？」

早苗も焼酎に切り替え、話し出した。

「付き合ってた男がですね、《学生時代の恩師にしばらくぶりで会うんだ》って、気合を入れてたんです。《その席に一緒に来ないか》っていうんです。尊敬してる先生なんですよ。そういう人に、わたしを会わせたいわけ。――こりゃあ、悪い気はしませんよね」

「うん。認められてるってことだもんね」

「そうなんです。――で、彼ったらね、その日のために十五万ぐらいの革のジャケット、買ったんです」

「おお、そりゃ頑張ったね」

「ええ。で、わたしもそれなりの格好して出掛けました。葉山の方で、十四、五人も集まるような飲み会でした。《おお、君がこいつの彼女かい、奴には勿体《もったい》ない》とか《テレビに出てなかった？》とか《何とお美しい》とか《ミス出版界だねえ》とか、あれこれいわれまして――」

「……よしよし、よーく分かった。それで、会はつつがなく終わったわけだ」

「はい。二人共ほっとして、いい感じに酔っ払って、帰りの電車ではグーグー、スヤスヤ。ゴトンゴトンという車輪の音も子守歌。自然、わたしは彼に寄りかかる。肩に首を預けて、心置きなく眠りました」

「眼に浮かぶようだね」

「そうして、彼のお部屋に着いたんです。そこで分かった」

「ほう？」

「彼のね、おニューのジャケットの肩に、わたしめの——よだれの跡が付いてたんですよ」

「なーるほど。口開けてグーグーが早苗ちゃんで、スヤスヤが彼氏か」

早苗は、こぶしを振り、

「そういっちゃうと、身も蓋《ふた》もないですよお」

「でも、そうなんでしょ？」

「——ええ」

「で、向こうの反応は？」

「それがね——超激怒なんです」

「はああ、がっかりだね」

思い出の晩が台なしだ。

「いたたまれないじゃないですか。《弁償するよ》っていうと、《いいよ、別に》。でも、さばさばしてないんです。じめじめしてるんです。高級クリーニング店、調べたり……」

「あ、やだなあ、それ」

「翌日は、朝から東急ハンズやら靴屋やら回って、汚れ落としのクリーム探しです」

「ふうん」

「何日か経って、やっと冷静になって《これも二人の記念になるね》とか、ようやくいい出したけど——」

「遅いよねえ」

「はい。こっちの気持ちは、すっかり冷めちゃって——」

「やれやれ、新品のジャケットは汚されるわ、女には逃げられるわ。彼氏も踏んだり蹴《け》ったりだけどねえ」

早苗は、口を突き出し、

「……でもねえ、やっぱり《わたしの気持ちとジャケットと、どっちが大事なのよ》となっちゃう。……こっちはね、《申し訳ないことをした》と思ってるんですよ。勝手ない分だけど、つまり苦しんでるわけでしょ。だったら楽にしてくれるだけの《大きさ》がほしいな。さっきの理屈でいえば、《小せえ奴だな》って感じになる」

書ネエは、ふうっと息をつき、

「ぐだぐだいうぐらいなら、金を取る。受け取らないなら、綺麗《きれい》にあきらめる。男ならそうしてほしいよね。……まあ、わたしだったら」

早苗は、首を傾けて聞いた。

「どうするんです？」

「弁償させた上に、ぐだぐだいうけどね」

4

そんな話をした翌週のことである。

都は、文ネエに、ちょんちょんと肩をつつかれた。お酒へのお誘いだが、今回は前もっての出席確認だ。新婚の男性を、肴《さかな》にしようというのだ。

結婚したのは、池井広行。文ネエと同じ部署にいる。二人とも仕事が出来る。先を読んで、無駄なく効率よく進めて行くタイプ。文庫オリジナル企画などで、息の合ったツートップぶりを見せている。

その池井が、新婚生活に入ったのだ。相手は同業者らしい。

池井は性格もいいし、顔立ちもすっきりしている。女子社員に人気があった。飲み仲間の女性陣で集まり、お祝いという名目でのろけ話を聞いてやろう——こういう企画を書ネエが立てたらしい。

当然、幹事は文ネエということになる。

「わっ、池井さんの話なら聞いてみたいですね」

都達までは、結婚式に呼ばれていない。二人がいかにして結ばれたか、興味津々《しんしん》。楽しいお酒が飲めそうだ。

「参加オッケーね」

「はい」

「花婿《はなむこ》さんはご招待ということになるからね、その分は参加者で割る。——人が集まった方が、会費は安くなる。——でも、多すぎてもまとまらない。ううむ、兼ね合いが難しいなあ」

文ネエはぶつぶついいながら、次の誰かの肩をつつきに移って行った。

結局、参加者は、よく残って一緒になる七人ということになった。開催は来週の金曜日。場所は、文ネエのマンションに近いイタリア料理のレストラン。味もいいし、何より顔見知りである。《お祝いなので》というと、多少、料金の方もサービスしてくれるらしい。

5

一同が揃《そろ》うと、眼鏡をきらりと光らせ、幹事の文ネエが口を切った。

「えー、わざわざ立ちません。座ったままでご挨拶《あいさつ》いたします。わたくしは、池井のにいさんが、初々《ういうい》しい新入社員の頃から面倒をみて参りました」

池井の方が二つばかり年下だが、文ネエは親しみをこめて《にいさん》とか《おにいさん》とかいう。どういうわけか、それがよく似合っていた。

「雑誌から文庫に一緒に異動するという、腐れ縁でして、そういう繋《つな》がりから本日の冷やかしの宴の、幹事とあいなりました。――花嫁のお顔は、結婚式の時に見届けて参りました。実に可憐《かれん》なお嬢さんです。――八つ年下ということで、さぞあちらの会社では、おにいさんの評判が悪かろう。《世間知らずの子をたぶらかす、とんでもない奴》といわれているだろうと、老婆心《ろうばしん》ながら心配いたしております。――それにしても、若い子なら社内で幾らでも調達出来るのに、隣の芝生に手を出すとは、けしからんと、都ちゃんや早苗が、さぞ激高しているものと忖度《そんたく》いたします、はい」

くすくすと笑いが起《つ》こる。

「で、本日、吊るしあげちゃおう——ということになったわけでございます。前置きが長いのは禁物、とりあえず乾杯と参りましょう」

オレンジ色のお酒のグラスが運ばれて来た。上の方は、ふわりと泡が覆《おお》っている。童話っぽい色が、新婚の祝いにふさわしい。

「では、新郎の新しい生活の門出を言祝《ことほ》ぎまして、乾杯っ！」

口に運ぶと、色と違った香りと味がする。

「……イチゴ？」

都がいうと、文ネエが、

「はい。スプマンテというイタリアのスパークリングを、イチゴジュースで割ったものです。池井のおにいさんに、これを飲んでストロベリー・ハッピーになっていただこうというわけです」

池井が照れた表情になる。歓声と拍手が沸き起こった。文ネエが、個人的に用意して来たらしい、邪魔にならない小さな花束を主賓に渡す。セレモニーはそれだけで、後は無礼講になった。

早苗が、新婦とのなれそめを聞いた。こちらの文庫オリジナルの企画を面白そうだと思い、あちらから電話して来たのが最初らしい。

池井は、ライバル社の発行部数の多い女性誌の名をあげた。彼女が、そこにいるのだ。

「本の紹介のコーナーを担当してましてね。影響力のある雑誌だから、取り上げてくれたら嬉《うれ》しい。早速、会って、シリーズのこれからとか話したんです。――なかなかセンスのいい子でしてね」

書ネエが突っ込む。

「センスもでしょ。見た瞬間に一目ぼれっていう噂《うわさ》よ」

「さあ、それは――」

文ネエが受けて、

「その後、次に出る巻の表紙見本を送るのにね、バイク便でことはすむのに、にいさんたら、あちらまで持って行ったようです」

《ふーん、わざわざ》という声が、ざわざわと起こる。

「いや、そりゃあ――書店回りの都合があったもんで」

文ネエは、ちっちっちと人差し指を振り、

「でもねえ、相手が親父《おやじ》なら、バイク便だったんじゃないですか？」

「……うーん。そりゃあそうかも知れませんね」

トマトの冷製スープが出て来た。セロリやアーモンド、紫タマネギといった薬味が、長い皿に点々と盛られて来る。彩《いろど》りが美しい。

文ネエが、形のいい頰に、軽く手をかけるようにして池井を見る。そして、おかしそうにいった。

「でね、聞いて下さいよ。それからあちらの原稿が出来た。確認取るにしたって、メールかファックスですますじゃない。普通ならね。ところが彼女、紙一枚持って、うちの近くの喫茶店まで来たんですって」

《おー》という歓声があがった。池井も、親しい文ネエには、そんなのろけをいっているのだろう。

「ついでがあったからって？」

と、書ネエ。文ネエが同じ言葉を、疑問文でなくして受ける。

「ついでがあったからって」

「やだなー、こいつら」

池井は、鼻筋の通った顔を幸せそうに輝かせ、

――いや、まいったな。

と、にこにこしている。

6

いつもは丁寧語を交えて、おっとりと語る文ネエが、酒とあわせてお祝いの雰囲気にも酔ったようだ。はしゃぎ気味に見える。

若奥様の麗《うるわ》しいお顔を、皆に披露するよう要求し、池井に携帯の画面を開かせた。池井もそれぐらいは当然、覚悟している。解説を加えて、何カットかを紹介した。

料理の方も、文ネエの顔がきいたのか、値段以上に豪華だ。函館産の何とかいう魚の松の実焼きとか、鹿児島産桜肉のカルパッチョとか、北から南から食材がご挨拶にやって来る。

銀座でこれだけ出されたら、財布が心配になる。その点は、都心から離れ、最寄り駅からもちょっと歩くという立地が有り難い。

料理がおいしいだけではない。素焼きの壺《つぼ》めいた色合いの壁に、ふわりと落ちる柔

らかな照明が心を和らげる。適度に洒落《しゃれ》ていて、いかにも文ネエが気に入りそうなところだ。

池井も満足そうである。

「いいお店ですねえ」

「でしょう?」

文ネエはワインを追加し、人にも勧めつつ自分も飲んでいく。

「瀬戸口さん、今日はハイピッチですねえ」

文ネエは尻上《しりあ》がりの《はいー》で受け、

「ここはね地元なの。帰る心配がないんです、あたし。――いわゆるひとつの《這《は》ってでも帰れるところ》ってわけ」

くいっとグラスを空ける。

「でも、瀬戸口さんは飲んでも乱れないからな」

文ネエは、口元にほのかな笑みを浮かべ、じっと池井を見た。

「尊敬しちゃいますか?」

「ええ」

「あたしだってね、――乱れたことあるんですよっ」

「へええ」

「大学の頃です。その頃ねえ、好きで好きでたまらなかった先輩がいたんです」

脇《わき》で聞いていた都は、《珍しい話になったな》と思った。文ネエは続けた。

「でもねえ、うぶだったから、そんなこといえなかった。学年二つ上でね。――思い出すなあ、あたしが二年になろうという春でしたよ。サークルの仲間が揃ってね、新入生勧誘の計画立てがてら、夜を徹して飲むことになったんです」

文ネエは、遠くを見る瞳《ひとみ》になった。十年一昔。それ以上前のことだ。

「――あたしゃ、お酒なんて、それまで縁がなかった。疎水《そすい》の近くに、広いお宅のある人がいて、そこに集まったんです。遠慮のない学生が、どんちゃんやってたんだから、おうちの人は迷惑だったでしょうね。あたしは下《した》っ端《ぱ》だったし、ほら、浮かれる方じゃなかった。酒飲みって、そういう奴《やつ》に飲ませたがるんです。結構、つがれちゃった。――でも、憧《あこが》れの人が同席してたから、あたし、夜明けまで気をしっかり持って、何とか耐えてました。けなげでしょ。――明るくなって、一人二人ダウンする人もいて、じゃあお開きということになった。そこから先の記憶がはっきりしないんです。ただ、……高くなった土手の道を歩いたんです。……桜並木が夢みたいに綺麗でねえ。朝の鳥が、ちーちー、ちゅんちゅん鳴いてました」

のどかな眺めであったろう。

「……気が付いたら下宿で寝てましてね。頭がガンガン痛かった。もう一生、酒なんか飲むまいと思いましたよ。――夕方になって、少ーしだけ楽になって来た。そうなると、彼の前で変なことしなかったか。それが心配でね。何しろ、並んで土手を歩いて来たんですから。――で、一緒に行った女の子に電話して、それとなく聞いてみたんです。――《あたし、乱れてなかったか》って」

「そうしたら？」

「――《桜の木ごとに、吐いてた》って」

7

若かった文ネエは、それでもう彼の前に顔を出せなくなってしまった。

今となっては懐《なつ》かしい、記憶の一コマだろう。都が初めて聞く話だった。――いや、誰もがそうだろう。

文ネエは、《自分にだって好きな人がいた》――などと口にするタイプではなかった。まして、それにからんで語られたのは失態である。どちらかというと文ネエは完《かん》璧《ぺき》主義者だ。自分のミスなど、気取《けど》られたくない方だ。

それが、こういうことを語る。

——珍しいな。

と、都は思った。

メインの料理が終わってデザートになると、文ネエは酒をグラッパに切り替えた。イタリアのブランデーである。かなり強い。

アウェーではない。這っても帰れるホームの特権だろうか。

「ねえねえ、にいさん」

「はい」

「指輪、見せて」

池井はちらっと左手を動かし、

「見えるでしょう」

「ケチー、貸してよー」

と文ネエは、まるで早苗になったように我《わ》が儘《まま》をいう。十年も一緒にいる先輩の言葉だ。池井は素直に指輪をはずして、手を伸ばした。受け取った文ネエは、これ見よがしに左の薬指を出し、

「嵌《は》めちゃうぞ」

「いいですよ、男物だから」

「ふふふ」

文ネエは、プラチナのリングを指に通した。華奢《きゃしゃ》な指には、勿論《もちろん》、大き過ぎる。くるくる回ってしまう。文ネエの指に、池井の指輪は嵌まらない。

その時、女性陣から新たなきわどい質問が出た。嬌声《きょうせい》と共に、会話はそちらに移っていった。

しばらく賑《にぎ》やかなやり取りを見ていた文ネエは、そっと左手を握った。

そのまま立ち上がり、トイレに行く。

コーヒーが出た時、書ネエが、都の斜め向かいから上半身を突き出し、小さな声でいった。

「……おい。……瀬戸口、遅くないか」

そういえば——と都は、目立たぬように席を立った。文ネエは、かなり飲んでいた。倒れているといけない。

トイレのクリーム色のドアを開ける。すると目の前に、文ネエの背中が見えた。薄地のカーディガンは、迫り来る夏に立ち向かうような潔《いさぎよ》い黒だ。覆《おお》われた半袖《はんそで》シャツの無垢《むく》の白が、下からうっすらと透けている。

とにかく文ネエは、洗面台に向かい、ちゃんと立っている。

――やれやれ。

と思ったのは、文ネエが振り返るまでだ。都は、反射的に叫んでしまった。

「――大丈夫ですかっ」

表情が普通ではない。今にも目鼻の配置が崩れそうな顔だ。その口が動いて、切れ切れに言葉を送り出した。

「都ちゃん。……あたし、とんでもないことしちゃいました。……もう、一生、ここから出られない」

「えっ、――えっ？」

「……手をね、洗おうとしたら、指輪が抜けちゃった。からんからんと音立てて、この穴に落ちちゃったんです。……どうしよう……どうしよう」

8

とりあえず書ネエを呼んだら、的確に動いてくれた。

必要なのはまず店長にいって、洗面台を使用禁止にしてもらうことだ。指輪は、排水管のU字の部分で止まっているかも知れない。明日にでも業者を呼び、見てもらわなければいけない。

「ご面倒なんですけれど——」

「明日にでもか……」

店長は、そうつぶやくと、入口に近い席にいたジーパンにポロシャツの客に声をかけた。

「おい、ショウさん」

「——ん？」

男は生ビールのジョッキを置き、こちらを見た。坊主《ぼうず》刈りの頭に不精髭《ぶしようひげ》を生やしている。四十前後といったところ。ショウ太郎なのかショウ助なのかは分からない。イタリア料理店には似合わない客だ。

店長は簡単に説明し、

「どうだろう、はずせるかな」

「ふーん、ちょっと見せて」

現場を覗《のぞ》くと、

「あ、いけるいける、ちょっと道具取ってくるわ」

飄々《ひょうひょう》と出て行った。

「どなたなんですか？」

と、都が聞くと、

「二軒隣の板金屋さん」

これも、山手線を外側に何キロかはずれた立地のおかげだ。料理を食べている間は優雅でも、たちまち下町めいて来る。

管をはずすだけなら、特別な技術もいらないのだろう。レンチやスパナ——そういったものさえあればいい。工具の扱いに慣れた人が居合わせてくれた。これが幸いだ。

出来るものなら文ネエのため、事態がそれと知られる前に解決したかった。だが時間はどんどん経《た》って行く。説明抜きというわけにもいかない。会合の仲間には事情を話し、しばらく席で待ってもらった。現場が狭いから、皆で詰め掛けるわけにもいかないのだ。

U字管をはずすこと自体は比較的簡単だった。——理科室の実験器具めいて見えるそれは、まず振られた。それから回転させるようにして、へこみの底に溜《た》まったものがないかを確かめられた。——残念ながら目指す指輪は出て来なかった。

文ネエは、酔いも一気に醒《さ》めたようだ。店長とショウさんに、繰り返し頭を下げた。

「……すみません。お騒がせいたしました。また改めて、お詫《わ》びに参ります」

だが、一番つらいお詫びの相手がまだ残っている。しおしおと席に戻って行くと、池井の方から近寄って、からりといった。

「心配しないで下さい。同じの作れますから。——平気です」

文ネエは、いいかけた言葉が喉《のど》から出ず、ただ、

「池井君……」

と、いった。《にいさん》ではなかったが、それこそ年下の娘になったような、壊れそうな声だった。指輪のない手が、何かにすがろうと宙に浮いた。涙が、ぽろぽろ頬を伝った。

書ネエが前に回り、文ネエを抱く。そして背中を撫《な》で、子守歌のようにいった。

「……泣くな、瀬戸口。泣くな……」

9

都は、書ネエと帰る方向が同じだった。タクシーに同乗した。

しばらくは黙っていた。だが、とうとう、いってしまった。

「あの……排水口……」

書ネエは黙って、都を見た。都は続けた。

「……口のところに、十字の金具が付いていたでしょう？　落とし物避《よ》けですよね。男物の指輪だと……引っ掛かるんじゃないですか？」

書ネエは、何ともいえない複雑な表情になった。長い沈黙の後、絞り出すようにいった。

「……いうんじゃないよ、都ちゃん。……武士の情けじゃないか」

都の胸に、忘れていた痛みが、ちくんとよみがえって来た。間を置いて、書ネエがいった。

「あいつ、何にもいわないから。全部、箱の中にしまって鍵《かぎ》かけちゃうから。……あのね、瀬戸口に《幹事やれ》っていったの、わたしなんだ。……自分が許せないよ。一生の不覚だな……」

途中で書ネエが降り、都は一人になった。車は、どろんとした七月の闇《やみ》の中を進む。黒い沼の底を行くようだ。

——後先の分からない酔いの中で、水洗トイレに流してしまったのだろうか。それともポケットに入れたのか。

いずれにしても、過失ではないような気がした。そうせざるを得ない激情が、突然、文ネエを襲ったのではないか。

タクシーを降り、戸口までの道を歩き出した時、都は思った。

——とにかく文ネエは、取り返しのつかないことをしたかったのではないか。そうすれば、泣くことが出来るから。

と。

5

軽井沢の夜に消えた

1

文庫の若手エース池井広行が結婚して、そろそろ一年経《た》つ。

赤ん坊が生まれるまでに十月十日というけれど、式から勘定すると、それより早く二世が誕生した。

女性はあまりやらないが、男性社員の中にはパソコンの壁紙に、子供の写真を使っている者もいる。時により、それで傷つく人間がいる——などとは想像も出来ないのだ。

池井も、早々と我が子の姿を公開していた。親から見れば、赤ちゃんは天使だ。顔を見れば、心なごみ幸せになる。つらい仕事も苦にならなくなる。勇気百倍になる特効薬である。

……だから。自分にとってそうだから。誰にとっても嬉《うれ》しいもの——と思っても無理はない。ましてや、泣いてもわめいても珍しい初めての子なら。

だが、北国では恵みの象徴である太陽が、赤道直下の国に行くと、そのイメージを苛酷《かこく》なものに変えることがある。

ことは実は、一般的な職場の常識——にとどまらない。この場合、具体的問題とかかわって来るから厄介だ。

都は雑誌の編集部にいる。だが、仕事には横の繫《つな》がりというものがある。当然、文庫にも出掛けて行く。池井の机の前を通り過ぎる時、ちらりとパソコンに眼が行き、複雑な思いになる。彼がとても《いい人》であり、仕事も出来る理想的な先輩であるから、なおさらなのだ。

ただ、春の人事異動で、文庫のおネエさん——文ネエこと瀬戸口まりえの、部署が変わっていたのが、せめてもの救いだ。

同じチームにいて、頻繁に打ち合わせをしていた二人だ。まりえは、この画面を見続けることになっていたろう。だが、そうはならなかった。

文庫を担当して、もう十年以上になるまりえだ。移ってもおかしくない。会社の人事は複雑だから、希望を出して簡単に通るようなものではない。ただ何らかの、当人と周囲の意志があったのかも知れない。

まりえの新しい担当は、書籍である。書ネエこと、太田美喜がうまく手を回して、引っ張ってくれたのかも知れない……と、想像したりする。

それは単なる想像で、勿論《もちろん》、聞いてみたりはしない。

「ええと、そうすると……文ネエも今年から書ネエになるわけですね」

人事の発表があった時、都はそう聞いた。

「そうなりますねえ」

まりえは、一昔前のコミックの意地悪な女教師がやるように眼鏡のツルに片手の指先をかけ、丁寧語で答えた。

「まぎらわしいですよ」

新年度から《文ネエ》でなくなるまりえは、形のいい鼻を、つんと上げ、

「だったらねえ、――まりえ様と呼んでもいいわよ」

「それは、ちょっと――」

何だか跪《ひざまず》いて、訴えるような調子だ。

「ちょっと、といわれたってねえ」

美喜は四十代、まりえは三十代だ。そこで都は、

「じゃあ、……オオショネ、コショネでどうでしょう」

「はあ？」

「大きい書ネエに小さい書ネエですよ。——書ネエにぴったりじゃないですか」

いつの間にか後ろにいた美喜が、何だって——と肩を揺らし、都の前に顔を出した。

「それ、体型って意味？」

「ち、ち——」と、都は大時計の秒針が時を刻むような声をあげ、「違いますよ。太田だから」

都の会社には、大曾根《おおそね》悠子《ゆうこ》——という切れ者の女性編集者がいた。歯に衣《きぬ》着せぬどころか牙《きば》に衣着せぬような物いいが、社内といわず業界中に知れ渡っている。今度の人事で、社の看板雑誌のひとつの編集長になった。今より、女性編集長が珍しい頃だったし、《あの大曾根が》と話題にもなっていた。あちらが業界の有名人である。オオショネというと、紛らわしい。

そんなこともあって結局、美喜は今まで通り書ネエ、文ネエはごく当たり前に——瀬戸口さんといわれるようになった。

2

都の雑誌の編集長も替わった。

前の遠藤が体育会系だったのに、新しくやって来た露木《つゆき》は撫《な》で肩の色白である。顔立ちも歌舞伎《かぶき》の二枚目っぽい。

その編集長から、軽井沢行きを命じられたのが、この夏だ。

「柿崎《かきざき》先生に、顔見せて来てくれ」

「へ?」

と、思わず声を上げた都である。

「それって、あの柿崎海彦《うみひこ》先生ですか?」

伝説的老大家だ。年齢は、八十前後だろう。

もう十年ほど、まとまったものを書いていない。それでいて熱心な読者が離れない。旧作が生きた古典になっている。懇願されて、新年号にエッセーを寄せることがある。柿崎の名が目次に加わるだけで、雑誌に厚みが増す。まさに文壇の重鎮——といった作家である。

「そうなんだよ。ひょっとしたら、先生、何か書かれるかも知れないんだ」

それは事件だ。

先だって、ある集まりがあった時、珍しく顔を出した柿崎と、今は重役になっている往年の担当編集者、島岡《しまおか》が会話を交わしたという。

「――ていうか、あれだけの大家になると、皆、おいそれと口がきけないだろ。年齢や実績だけじゃない。先生、いつも拷問《ごうもん》に耐えてるような、苦渋に満ちた顔してる。眉《まゆ》寄せて、歯を食いしばってさ。――あれじゃあ、ポンと肩叩《たた》いて、《いゃー、センセ、ご機嫌ですね》ともいえないよ」

相手が誰でも、それではなれなれし過ぎる。

「島岡さんぐらいになると、昔なじみだからさ、平気で寄っていける。ところが、話を聞くと……どうも、いけないんだ。奥様の具合が、思わしくないそうだ」

「《マリカさん》が？」

柿崎の代表的シリーズが、世に『マリカもの』といわれる。

涼しげな瞳《ひとみ》を持つ令嬢マリカと奔放無頼の作家の偶然の出会い、反発と恋情、人生への煩悶《はんもん》、別れと再会などが、いくつもの長短編に書かれている。

こう素材だけあげると、いかにも安物の小説だ。たちまち時代遅れとなり、絶版になりそうなものだが、——そこに筆の魔術がある。

話の展開の妙はいうに及ばず、間に挟む知的な寸言も読者を魅《ひ》きつける。だが、それより何より、マリカがいい。柿崎の手にかかると、清楚《せいそ》な彼女の髪の揺らぎや、指先の動きまでが眼に浮かぶ。

まさにマリカは、眼前に生きている。

我がままで女好きな主人公に翻弄《ほんろう》される彼女に、読者はいらだつ。そうなるともう、作者の術中にはまっているわけだ。

発表から時を隔てた今、細かく書き込まれた当時のファッションが、かえって興味深いのか、今時の女の子達が、マリカのイラストを描いて、会社に送って来たりもする。

愛欲描写は表面上さらりとしているのに、何故《なぜ》か生々しい切迫感があり、一作読むと、後をひくスナック菓子のように、次々に手を出させる。それでいて読後感が軽くない。

消える作品もあれば残るものもある。小説の命は微妙なところにあると教えてくれるのが柿崎の作だ。

その大家が、マリカのモデルとなった女性と結婚したのは、いわば文学史の常識

——として都も知っていた。だから、編集長の話を聞き、不思議な衝撃を受けた。

あの《ヒロイン》が、霧に溶けるように消えて行こうとしている。

都は、本を閉じるのとは別の形で、ひとつの物語の終焉《しゅうえん》を見るような、そんな気になったのである。

3

「でさあ、島岡さんによると、先生、奥さんがいけなくなって打ち沈みつつ、同時に何らかの意欲を持ち始めたような……そんな感じがしたんだって」

創作意欲か。それならあり得ることだ。人の不幸に付け込むようで申し訳ないが、そこは編集者。そういった《気配》を読むのが商売だ。

「天下の柿崎海彦だからさ。十年ぶりぐらいに小説を書いてくれたら、こりゃあ大変なことになる」

都は、ストップというように両手を前に出し、

「それなら、わたしなんかじゃなくって島岡さんか、——編集長が行くところでしょう？」

そういう大ものが動く筈《はず》だ。

「だからさ、まだはっきりした原稿依頼じゃないんだよ。もともとが、《おはよう》だの《いただきます》以外は、一日に何度も口をきかないような先生だ。様子がはっきりしないのさ。——そこんところを、お手伝いさんにでも、さりげなく聞いてさ、確かめてほしいんだ」

「でも、やっぱりわたしなんかじゃあ……」

「いや、柿崎先生、昔っから若い女の子が好きなんだ。野郎が行くと、石みたいに無愛想になる。少なくとも、君達みたいなのが行けば——」

「——君達？」

「あ、書籍の村越と行ってくれ」

村越早苗は、都の一年先輩。飲み仲間である。なかなかの美形だ。陽気で裏表がないから、気のおけない相手だ。一緒に行くのは歓迎である。心強い。

「村越がさ、この週末に——」

担当している作家の本のことで軽井沢に行くそうだ。その作家の、雑誌での担当が都だ。

「——な、タイミングがいいだろ」

午後、柿崎先生の別荘にうかがってご挨拶《あいさつ》、夜はその作家と打ち合わせして来い——という。自然な流れだ。

「男だと《ポストに名刺、入れといてくれ》で終わりかねない。君達なら、応接間でお茶ぐらい出してくれるよ」

何だか女スパイでも送り出すような口調だ。

分かりました、といってから、都はふと付け加えた。

「わたし、夏の軽井沢って初めてなんです」

このやり取りがあったのは、細かくいえば七月の二十日頃。うだるように暑かった。

「へええ」

「プライベートでもなかったし、——今まで仕事で出掛けたのも、春か秋だったんですよ」

当時はまだ、後に大渋滞を引き起こすことになるアウトレットも小規模なものだった。露木は、髭《ひげ》の薄い顎《あご》を撫で、

「そうか、俺が初めて行ったのは……うーむ、夏の軽井沢ってえのは」わざとらしく眼を閉じ、ややあって見開くと、「魔所だぞ」

「……マショ？」

「魔物とか魔人とかいうだろ。俺にとっちゃあ、――魔所だったな。忌《い》まわしいところだ」

部下を送り出そうというのに、意気阻《そ》喪《そう》するようなことをいう。

「何か、嫌な思い出があるんですか」

「うん。――俺が新入社員の頃は、社員旅行ってえのが、かなり大掛かりでさ。欠席なんかしにくい雰囲気だったんだ。夏にそれがあってさ」

露木の眼が、遠くを見る。

「その時の行く先が軽井沢だ。泊まるのが、格式の高いホテル。――昔は《軽井沢》ってだけで有り難みがあった。行けると聞いた時には、《いいなあ、社会人は違うなあ》と思ったよ。――ところがさ、昔は社員旅行のしきたりがあったんだ。《宴会では新人が芸をやる》っていう」

「はああ」

「幹事団の一人が、大曾根さんでさ、《あんた、何か出来る?》と聞かれた。――彼女もまだ、入って数年てとこだったんだけど、新人の眼からは、大ベテランなわけよ。緊張して《いえ》と答えたな。そうしたら、《ふーん、別に能がないんだ。――だったら、あんたトッツィーね》」

どこかで聞いたような言葉だが、分からない。

「何ですか、それ」

「俺には、薄々分かったな。——遺憾ながら」

「はあ」

「その頃、やってた映画なんだ。ダスティン・ホフマンが女装するやつ」

そういわれて思い出した。新聞に、かなり大きな広告が出ていた。

「ああ……。あれって、わたしが小学生の頃ですよ。そうなんだ。露木さんて、そんなに……」

「ジジイか」

「いえ。——ベテランなんですねえ」

露木は、フンと鼻を鳴らし、

「大曾根さんて、企画力があるだろ。だから、芸のない二人をくっつけて、漫才やらせようとしたんだ。まとめて片付けようってわけ。もう有無をいわせない。——で、出来たのが、下手な語呂《ごろ》合わせで《トッツィーとガンジー》ってペア」

ガンジーという映画も、確かその頃、話題になっていた。

「誰がガンジーになったんですか？」

「同期の蒲田《かまた》ってやつ。こいつも得意技がなくてさ、空中ブランコも綱渡りも出来ない」

普通、無理だろう。

「――そいつと組まされた。ガンジーの方は、シーツ巻くだけ。そうそう、頭にドッジボールか何かの、中に入ってるゴム球を半分に切ってね、海水帽みたいにギュッギュッと被《かぶ》った。――俺の方は、フフ……」と眼を細め、「女の先輩達に呼び出されて、取り囲まれてさあ、休みの日に衣装合わせだ。もう使わないボブの鬘《かつら》とか、赤いニットのミニワンピースとか、あれこれ取り出して、《露木クン、着て着てっ》って……」

《嫌な思い出》の筈だが、何だか嬉《うれ》しそうである。

「足はどうしたんですか？」

「靴ってわけにいかないから、女物のサンダルだよ。出されたのが二十四・五。俺の足、二十五なんだけど、これが何とか履けてねえ」

「へええ、リアルですねえ」

「そりゃあ、本当のことだからな」

準備万端整って、当日になった。昔の旅行はバスで行った。動き出すと同時にウィスキーやら日本酒やらを持ち出す猛者《もさ》もいたらしい。

軽井沢に着き、宴会の時間が近づく。

撫で肩色白の露木は、先輩女子社員達に女子トイレに連れ込まれ、着替えさせられ化粧までされた。

「ところが、終わると皆な、キャーハハハと笑って、逃げてった。俺も——出ないわけにいかないだろ?」

「そうですねえ。トイレでそんな格好してるとこに誰か入って来たら、大騒ぎですよ」

「だよなあ。……先輩達、あるべき処置として、皆なで俺を囲んで宴会場まで連れて行くべきだよ」

護送船団方式だ。

「はい」

「しかし、残されたんだから、出るしかない。そーっとドアを開けて、二、三歩足を踏み出した。——間の悪い時には仕方がない。その格式高いホテルの、格式を背中に背負《しょ》ったような蝶《ちょう》ネクタイのホテルマンが、ぱっと角を曲がって来ちまった。——こっちを見た時の表情が忘れられないよ。一瞬、はっと身を引き、それから、物凄《ものすご》ーく嫌な顔したな」

「分かりますね」

「眉間《みけん》に皺《しわ》寄せ、警戒心百二十パーセントという口調で、《お客様……でしょうな？》」

「アハハ」

「こっちは、首をちょこんと突き出すようにして《です》。《ご趣味ですか？》って聞くから、《いえ、罰ゲームで》」

そんな思いをして宴会場に着いたら、女子社員三人組が、当時流行《はや》っていた歌をもじり「クジラの兄妹」というのを堂々と歌っていた。酒の席では、案外、凝らない単純な物が受ける。やんやの喝采《かっさい》を浴びていた。

続いて、露木達がステージに上がると会場は——水を打ったように静かになった。

「せーの。僕の名前はトッツィー、君の名前はガンジー！」

と、陽気に歌い出したが、声は空《むな》しく響くばかりであった。

「針のムシロとはあれだな。——俺は打たれ強いからよかったよ。だけど蒲田は、その後会社を辞めて行方知れずさ。——噂《うわさ》によると、北アフリカに渡って、外人部隊に入ったそうだ」

4

――というわけで、軽井沢は魔所だ。気を付けろよ。

わけの分からない言葉に背中を押され、都は週末、長野新幹線に乗った。

冬季オリンピックの翌年で、東京からの行き来がすっかり楽になっていた。そういえば都の会社でも、金メダリスト関係の本を作って売った。オリンピック様々である。

隣の席に、早苗がいる。

「軽井沢は涼しいかなあ」

と、こういう時に誰もがいいそうなことをいう。

「そりゃあ、東京とは違うでしょ」

「暑い夏はねえ、危なくていけないよ」

「風紀が乱れて？」

ところが早苗の答えの方は、誰もがいいそうなものではなかった。

「違うよん、アスファルトが気持ちよくってさあ」

おやおや。

「酔った時？」

「うん」

　これは確かに危ない。早苗は続ける。

「――それよりいいのが大理石の床だよ。あのよさは経験がないと分からないね。ひんやりしてて、たまらない。頬ずりしたくなる」

　あちらこちらで寝てしまうわけだ。

「結婚したら、そんなに飲んでもいられなくなるでしょ？」

　早苗は秋に、ゴールインの予定だ。

　遍歴の旅はあったようだが、めでたく行き着く先を見つけたわけである。合コンで意気投合した相手らしい。

「大丈夫よ。ケン君、理解あるもん。――そうだ、この間、実家に彼、連れてったんだけどね」

　早苗は新潟の出身である。

「――取り敢《あ》えず、土地の銘酒で一杯やろうってことになってさ、そのまま夜遅くまで酒宴が続いたわけ」

「うちの人も酒豪なんだ」

「てえほどでもないけど、ま、普通に飲むからさ。ガンガンやってたんだ」都の考える《普通》ではなさそうだ。「──途中で、母親がダウンして《お先に失礼》と、寝に行った。その後も当然、やり取りが続く。深夜一時過ぎという頃、ふすまがガラッと開いた」

おお、何だか怪談めいて来た。

「座敷童子《ざしきわらし》?」

「──母親だよ」

「なあんだ」

「パジャマで、すっとこっちを覗《のぞ》いた。変な顔してケン君見て、──《誰、その人?》」

なるほど早苗のお母さんらしい。都は、けらけら笑って、わざと、

「ケン君、影が薄いんだ」

何とからかわれても嬉しい頃で、早苗はこぶしを振り回して、抗議してみせる。

「違うよお」

軽井沢の駅に着くと二時過ぎ。曇天であった。冷え冷えというほどではないが、東京の真昼とは全く違う空気だ。

都は、白地に水色のストライプのワンピース。上に、下界では脱いでいた白のカーディガンを羽織った。早苗は、グレーのパンツスーツである。

タクシーに乗り、すぐ柿崎先生のお宅に向かう。

車を降りると、苔《こけ》むした石塀の続く小道に入る。緑深い苔の上に、松笠《まつかさ》が並んでいた。上から落ちて来たのだろう。

松の木の並んだ先に、和風のこぢんまりとした別荘があった。それが巨匠の夏の住まいである。

「あれ、何かしら」

庭の、緑の下草に覆《おお》われたところから一メートルを越す、直立した茎が伸びていた。長い長いアスパラガスのようだ。

茎の中ほどにフキのような葉があり、先端に宝珠を長く伸ばしたような蕾《つぼみ》がついていた。どんな花が咲くのか想像出来ない。

大きさのせいか、――無遠慮に突っ立っている、という感じがした。

「東京じゃあ見かけないね」

辺りをちょっとぶらつき、約束の時間、三時きっかりにチャイムを鳴らした。

痩《や》せた手が、引き戸を開けてくれた。お手伝いさんではない。柿崎海彦当人の鋭い眼が、こちらを睨《にら》んでいる。どきりとした。

挨拶《あいさつ》を始めると、黙って手で招く。すぐ側《そば》の部屋が板敷きで、ソファが置いてあった。三畳ほどの狭い応接間だ。

並んで座ってかしこまっていると、巨匠自らお盆を持って来た。ペットボトルの紅茶とティーカップがのっている。

「あ、あの——おかまいなく」

ご挨拶の品として用意して来た、日もちのいい焼き菓子の詰め合わせを出す。これなら、歯にやさしいし、来客に出すことも出来るだろう。

柿崎は小さく頷《うなず》き、ティーカップにとくとくと紅茶を注いだ。

「あ、あの——」と、話の出だしが同じになってしまう。「お手伝いの方は？」

洗い物や洗濯が溜《た》まっているなら、おせっかいながら、やっていってもいいと思ったのである。

「……今、郵便局に行っている……」

ちょっと安心した。

しかし、マリカさんの気配がない。たおやかな人は、やはり、床にふせっているのだろうか。

「島岡がよろしくと申しておりました」

と、早苗が重役の名前を出す。柿崎は鶏がくっと首を出すように頷いた。それで終わってしまうから、話が続かない。

マリカさんのことも、深刻なだけに軽くは切り出せない。

都は、洋間向きに後から取り付けたらしいサッシの引き戸を通して、庭を見た。さっきの無愛想な花の仲間が、何本も立っている。緑の棒を突き立てたようだ。

「あれは——何というお花でしょう？」

柿崎は、ゆっくりと振り返り、

「……ウバユリ……」

5

思いがけず、庭に誘われた。

狭いところで押し黙っているのも気詰まりだから、丁度よかった。

玄関先のものに比べ、こちらの花の方が成長が早い。茎の先の宝珠は上へと背伸びし、割れて、それぞれが幾つかの蕾となっていた。思ったより多くの花を付けるらしい。

下の地面が柔らかなので湿気を感じたが、それだけではなく、実際、ふうっと霧が流れて来た。空は相変わらず曇っている。夏の午後——という感じではない。

早苗が、手のひらを上に向けてぱっと開き、

「あれが、こう開くんですか？」

と、天候に逆らうような、陽気な声で聞く。

柿崎は、無言でかぶりを振り、両手を前に突き出すと幽霊のように、がくんと手首を垂れた。都は、身振り言語を翻訳し、

「うつむいて咲くんですね」

唇が動き、《うむ》といったように見えた。

「お好きなんですか？」

と、早苗が聞くと、ようやく言葉が返って来た。

「……いや、辺りかまわず伸びて来る……」

「ウバユリって面白い名前ですね」

「……………」

「どうして、そんな名前なんでしょう？」

「……ウバは、婆《ばあ》さんだ……」

と呟《つぶや》く柿崎が霧に包まれた。谷川の途中に牛乳の滝でもあったように、白い流れが速い。あっという間に庭を覆う。

柿崎の声が、霧の向こうから聞こえた。

「……花が咲く頃、葉が皆……落ちる。歯が抜ける婆さんのように、ぽろりぽろりと落ちる……」

それでウバユリか、変わったネーミングだ——と思った時、白い流れの向こうに白い影が見えた。

「……あなた、あなた……」

あっ——と声をあげそうになった。マリカさんか。

「………」

柿崎は答えず、そちらを見ている。近づくにつれ、声の主の姿が濁った水から浮かぶようにはっきりして来る。

「……お客さんなの？」

何となく、療養施設から抜け出して来たような人を想像した。しかし、現れたのは、かなり太った六十ぐらいの女性だ。肉がついていても健康とは限らない。しかし、この場合は服装からして、いかにも元気そうだった。テニスウェアである。それで、白い影に見えたのだ。スコートから立派な太腿《ふともも》へと続いている。

近くに、テニスコートがあるのだろう。カバーを付けたラケットの柄《え》を持ち、耳かきのように軽そうにブンブンと振る。まるで、霧を振り払おうとしているようだ。

嗄《しやが》れた大きな声で、いった。

「早めに切り上げちゃったわよ、霧が出そうだったから。——大当たりだわ、大当たり」

6

ホテルにチェックインして、一休み。それから夜の打ち合わせに向かった。

名門ホテルの食堂で、中堅人気作家の芦田友太郎《あしだともたろう》と会食だ。同じ場所に泊まれれば楽だが、軽井沢の知られたホテルともなると、かなり前からの予約が必要だ。それでなくとも若手社員二人組なのだから、贅沢《ぜいたく》は出来ない。

とはいえ食事だけでも、リゾート気分が味わえるのは嬉《うれ》しい。

おまけに芦田は、ざっくばらんな人柄だ。神経を使わないですむ。

ステンドグラスの飾られた廊下を抜けて食堂に入る。満席だった。シーズンだから無理はない。夏休み中の、男の子女の子の姿も多い。

まずはビールで乾杯し、料理に合わせ白ワイン赤ワインと空けて行く。三人とも、気持ちよく酔い、仕事も話も快調に進んだ。

早苗は本の装丁などについて詰めた。都はいい気分になっている芦田に来春からの連載を約束させ、手帳にメモした。動かぬ証拠である。

明日は日曜だし、今夜はタクシーでホテルに帰ればいい。開放的な気分になる。

食事の後はバーに行き、モスコミュールやソルティドッグ、それから強めのマティーニをきりっと飲む。

「いや、あの企画は面白かったな」

と、芦田が上機嫌でいった。

「何ですか?」

「あれさ、漱石にならって、十人でやったやつ」

「『嫁十夜』ですか」

「そうそう、あれ、誰の企画」

「編集長ですよお。——露木のトッツィー」

芦田はけげんな顔になる。

「何それ？」

分かるわけがない。都はかまわず、

「えへへ。《こんな嫁を見た》って、出だしで十作ね。『眠れなくなる嫁十夜』――でも、あたし、芦田さんのが一番、印象に残りましたよ」

「うまいなあ」

「お世辞じゃありません。眼を見て下さい。澄んでるでしょ」

「しかしなあ、俺のは、ほとんど漱石のままだから」

といいつつ、芦田は満更でもなさそうに、ミックスナッツをつまむ。

「そこが技なんですよお。――あれ、しみじみと怖かったなあ」


こんな嫁を見た。

嫁を負ぶっている。たしかに自分の嫁である。

左右は青田である。路《みち》は細い。鷺《さぎ》の影が時々闇《やみ》に差す。

「田圃《たんぼ》へかかったわね」と背中で言った。

「どうして解《わか》る」と顔を後ろへ振り向けるようにして聞いたら、

「だって鷺が鳴くじゃないの」と答えた。

するとと鷺がはたして二声ほど鳴いた。

自分はわが嫁ながら少し怖くなった。こんなものを背負っていては、この先どうなるかわからない。どこか打っちゃる所はなかろうかと向うを見ると闇の中に大きな森が見えた。あすこならばと考え出す途端に、背中で、

「ふふん」と言う声がした。

「何を笑うんだ」

嫁は返事をしなかった。ただ
「あなた、重い？」と聞いた。

「重かあない」と答えると
「今に重くなるわよ」と言った。

という風に、『夢十夜』の通り進む。《文化五年辰年《たつどし》に、この嫁と結婚したんだ》と思ったところで《背中の嫁が急に石地蔵のように重くなった》と終わる。

7

芦田を二人で見送ってから、自分達もタクシーに乗る。

運転手さんの耳や眼があるから、それだけでも緊張はしているわけで、早苗も都も、まだまだしっかりしていた。

自分達の部屋に入ると、ふわっとした気分になる。それでも反省会はする。つまりは——雑談である。

ビールのロング缶を冷蔵庫から出して来て、仕上げに飲む。まずは芦田先生の連載を確約させたことに乾杯。

それから必然的に、柿崎先生の話になった。移動のタクシーの中では、巨匠のことなど、うっかり話せない。

雑誌編集者をやっていると、帰りが午前様になるのも珍しくない。社の前からタクシーを拾う。こちらが出版関係と分かっているから、業界の噂話《うわさばなし》をして来る運転手さんもいる。客のやり取りから拾ったネタだ。《えっ、こんなことが洩《も》れてるの！》と、ぞっとする場合もある。

タクシーや電車の中で、作家さんや会社のゴシップを話さないのは編集者の基本だ。ただし、完全に酔っ払ってしまったら、何をいっているのか、もう分からないけれど。

「結局さあ、柿崎先生の奥さんの話ってえのは、妄想だったわけ？」

都がそういうと、色っぽく頰を染めた早苗が、にっと笑い、

「——ていうか、願望っていいたい？」

芦田の『嫁十夜』を思い出す。テニスウェアのマリカさんを背負った、柿崎の姿が浮かぶ。

「《重くなった》のかなあ？」

「おやおや、結婚について疑問を抱き始めましたか、小酒井ちゃんは？」

「そんなわけでもないけど、そんなところもあるのかなあ……と」

「迷ったら、まずやってみることだね。結婚て、——一度はしてみるもんだよ」

「村越さんだってまだでしょ、そりゃあ目前だけど」

「わたしゃ、もう、してるようなもんだよ」

御馳走様《ごちそうさま》と、いうべきなのだろうか。

早苗は、柿崎の話題に戻り、

「——センセ、別に《重くなった》んじゃないと思うよ」

「そうぉ？」

「うん。柿崎センセって、あんな鶏が拷問《ごうもん》にあったような顔してるけど」随分な物言いだ。「昔の写真からあの通り。てことはさ、マリカさんも、年とってから豪快になったんじゃない。——昔からああだったんだと思うよ」

「へええ。じゃあ、二人の仲って最初っから妄想だったの？」

「ていうか、当ったり前だけど、書いたものは創作だよ。——それでね、あのマリカ・シリーズが生まれるには、生身のあの人が、——やっぱり必要だったんじゃないかな。そこんとこはさ、子供の足し算みたいに、簡単にはいえんけどさ。——でも、あの人を見てるとセンセの内に何かが湧《わ》いて来るんだよ、きっと」

「そういうもんかねえ」

「イエスですよ、ウィですよ。——そこが二人でいることとの不思議さでね。結局のところ、愛だね」

「そう来ますか」

「うん。老境に達してさ、あの人との別れを考えたんじゃないの。——でもセンセ、我がままなんだよ。自分の方が二十も年上なのに、こっちが死ぬことなんか考えられない。《……マリカがどうにかなったら、わたしは。ああああ……》と考え始めた。

そのストーリーが頭の中で進行してるのさ。惜別のストーリーが」

「はあ」

「どうなるにしろ、こうなるにしろ、あのセンセにとって、生きてるってえのは、ものを書くってことでしょ。そう考えたら、マリカさんがセンセを生かしてるんだ。――絆《きずな》だねえ。ねえ、小酒井、これを愛と呼ばずして、何と呼ぶ？」

都は、曖昧《あいまい》に口の中で《アイアイ》とつぶやいた。早苗はいう。

「うちの母親も、常々いってますよ。《人生、愛こそほぼ全《すべ》てだ》ってね」

「ほぼ？」

「うん。《愛は、貧乏以外の全てを越える》んだってさ」

早苗は、そこでバスに立った。かなり広い二人部屋で、ソファや椅子《いす》の他に、立派な化粧台やカウンターキッチンもついている。ベッド二台の置かれた寝室にも、ドアを開けて入って行く形になっている。ホテルというよりマンションという感じだ。

都は、ソファに背をあずけ、ビールの残りをちびちびやっている内に寝入ってしまった。

ふと、気づくと物音がしない。その静寂が気になった。時計を見ると、一時間ほど経《た》っている。

早苗がバスから出たら、声をかけてくれる筈《はず》だ。飲んで湯に入って、倒れていたりしたらどうしよう。

酔いがふっと抜けて立ち上がった。

8

倒れてはいなかった。だが、事態は別な形で深刻だった。

バスに入った形跡はある。ところが、寝室のドアを開けて覗《のぞ》いても、ベッドは空なのだ。

改めてバスに戻ると、横手の洗面所に下着が置いてある。

外に出ることなど考えられない。それでは早苗は、どこに消えたのか。

——軽井沢は、魔所だからな。

露木の声が、耳に響いて来た。

——誘拐？

そんなこともあり得ない。どうやって入って、どんな風に連れて行くのだ。

都は、もう一度、部屋の中を確認した。馬鹿《ばか》馬鹿しいとは思いながら、流しの下の

戸まで開けてみた。無論、早苗がそんな所に、裸で隠れていて、

「ばあ」

と、顔を出すわけもない。出したら脱力して、怒る気にもなれないだろう。

こうなれば外しかない。都は、白いドアに近づき、覗き穴に眼を当てた。

——!

かつて想像もしなかったものが見えた。円形の時計のような視界の、四時と八時のあたりから、八の字といおうかハの字といおうか、そんな形で伸びている、肌色の細い棒が見えた。

——足だ。

あわててドアを開錠して押したが開かない。向こう側で、つかえているものがある。

——今に重くなるわよ。

「……冗談じゃない」

金色のノブを握り、肩を押し当てて、力をこめた。

「う、ううーん」

という、のんきな声が向こうでした。なおも押すと、早苗が少し動いたのか、わずかにドアが開く。透き間から滑り出る。

オレンジ色のバスタオルを軽く巻いただけの早苗が、廊下にぺたんと尻《しり》を着け、体を浮かしながらも器用に眠っていた。

「村越さんっ」

いった途端、早苗はふらついていた背中をすうーっとドアにあずけた。

「あっ!」

感覚的には、スローモーションのように見えた。オートロックのドアは、早苗の背中に押され、ふわーりと動いた。都は咄嗟《とっさ》に反応出来ず、金縛りにあったように固まってしまった。

どうなるかは明白だ。無情な音をたて、ドアは二人を、深夜の廊下に閉め出した。

9

「──こ、小酒井クン、大ピンチ」

都は思わず、とぼけたことを口にしていた。

早苗は、口からよだれを垂らし、気持ちよさそうに寝ている。

眠れる美女だ。起きている自分が何とかするしかない。こうなっている──ということを知らないまま、解決してやれたらいい。

　とりあえず、よだれを拭《ふ》いてやりバスタオルの形を整え、自分の着ていたカーディガンを脱ぎ、かけてやった。

　それから、人が来ないことを祈りつつ、フロントに駆ける。

　チンチンとカウンターのベルを鳴らすと、すぐに深夜勤務らしい人が現れた。鍵《かぎ》を持たずに外に出てドアを閉めてしまう客など珍しくないらしい。別に事情も聞かれず、《すぐに参ります》といってくれた。

　戻って、ドアの前で待っていると、女性の係員が鍵を持ってやって来た。女の客が相手だから、配慮しているのだろう。ホテルとすれば常識的な対応だろうが、この場合は特に有り難い。早苗を見ても《ご趣味ですか？》とは言わない。いろいろな修羅場をくぐっているのだろう。あっさり、マスターキーで開けてくれる。

「どうも、すみません」

「いいえ」

　と、笑顔で答えてくれる。

　二人になると、心配だからまず部屋に入り鍵を取って来た。早苗の腋《わき》の下に手を入れ、体をずらしドアを完全に開いた。

　——さて、これからどうする。お姫様だっこなんか、出来っこない。

　耳元で、

「村越さん、村越さん」

　と、連呼する。早苗は、眼をつむったまま、

「……分かったよーん……」

　と、全然分かっていない。それでも、肩を貸しつつ、何とかベッドまで連れて行った。倒すように寝かせて、掛け物をかけてやると、

「……ありがと、ケン君……」

　ケン君じゃねえよ——と、小酒井クンは思う。

　ぐったりと疲れた。

　化粧を落とさないと、面倒なことになると分かっていたが、とりあえずソファに倒れ込む。

　マンションのような室内を改めて見ているうちに事情が飲み込めて来た。早苗の住んでいるところの作りが、きっとここと似ているのだろう。

　ただし、部屋の配置は違う。バスを出て、左手に向かうと寝室がある。早苗は、温かいお湯につかっているうちに、とろとろとして来た。夢うつつで出て、バスタオル

を巻き、いつものように左に向かってドアを開けた。そこでダウンして、眠り込んだのだ。

──間違いない。

謎《なぞ》は解いたぞ、名探偵小酒井──と思いつつ、都は、安心感と疲れから再び眠りの国に引き込まれていった。

途中で、早苗の気配がした。目が覚めて、トイレにでも行ったのだろう。ふわっと何かが掛かったのは、クーラーで冷えるのを心配してくれたのだ。攻守が入れ替わった感じだ。

「……ありがと……」

都は、夢見心地でいう。

そして、一度ぐらい結婚してもいいかなあ──と、ぼんやり思った。

6

コンジョ・ナシ

1

二〇〇〇年問題がどうのこうのと騒いだ年の繋《つな》ぎ目も、無事、通り過ぎた。

パソコンの設定上の問題である。西暦の千の桁《けた》が替わった途端、あちらこちらで、とんでもない不都合が起こるのでは——と、世間が疑心暗鬼になっていた。過ぎてみれば、《あれは何だったの？》というしかない。

会社でも、これといった混乱は起こらなかった。都が太平楽で気づかなかっただけかも知れないが、雑誌や書籍の部署の誰かが不測の事態に備え泊まり込んだ、という話も聞かなかった。

そうして迎えた二〇〇〇年。都にとって、年頭の変事といえば、頭を壁に打ち付けたことぐらいだ。年頭だから頭——というわけでもない。

新年を祝ってということで、ちょっとばかり飲み過ぎた。路上にしゃがみ込み、見知らぬ化粧レンガの長い壁にもたれ休憩していた。壁の見た目は暖色系でも、それは色だけの話である。冷え冷えとしている。通りがかった親切なカップルが心配してくれた。冬だったから、行き倒れになる可能性がある。

「大丈夫ですか？」

「温かいところに行った方がいいですよ」

と、ぬくもりのある声をかけてくれた。

大都会にも、まだ人情は残っている——と感激した都は、心ではすっくと、客観的にはふらふらと立ち上がった。そして寒風に向かって叫んだ。

「……ら、らいりょうふ」

人間の言葉に翻訳すると《大丈夫》ということになる。

「……れす」

こちらは《です》。

都は、声に出すだけでなく、自分がしっかりしていることを、大胆にも身をもって示そうとした。にこにこにこ——と笑い、口を開けたまま、頭を力強くブンブン振ってみせた。そして壁に打ち付け、昏倒《こんとう》したのだ。

自分の耳が、ゴンという音を確かに聞いた。それを覚えている。舌を嚙《か》まなかったのが、不幸中の幸いだ。

博愛の国から来たような善意のカップルに助け起こされ、幸い、すぐに意識を取り戻した。だが、頭はかなり痛み、手を当てると嫌な触感がある。ぞっとして、酔いが半分ぐらい醒《さ》めた。

翌朝、まだズキズキするので午前中休みを取り病院に行った。……未来が見えれば翌二〇〇一年、夏のよく晴れた日、酔いから醒めた都は、全く別の心配で別の医者に行くことになるのだが、いやいや、それはまだ先の話だ。

さて、病院には診察に備えて書く、問診表というのがある。外科的な外傷に関しては、どうしてそうなったかも書く。

「小酒井さーん」

というソプラノの声に呼ばれて、診察室に入った。白いカバーのかかった丸椅子《まるいす》に座り、医者と向かい合う。そこで、まずいわれた。

「正直な人だなあ」

……感心している。どちらかといえば、偽りの少ない方だと思う。しかし、病院でかけられる台詞《せりふ》にしては、いささか妙だ。おっちょこちょい、うかつ——といった言葉の方が似合うだろう。怪我《けが》をして、なぜ道徳的に称賛されるのか——と首をひねる。

医者は続けた。

「女の人はね、大体、こういう時——《転んだ》とか書くんですよ」

そういって問診表に指を伸ばし、怪我をした理由の欄を、愛《いと》しそうにトントン叩《たた》いた。そこには力強く、

——泥酔《でいすい》のため。

と、書かれていた。

2

波瀾《はらん》万丈の年になりそうな幕開けだったが、その後は意外に平凡な日々が続いた。季節が一巡りしてまた風が冷たくなるまで、これといった武勇伝もない。

記憶に残ることといえば、夏に、大曾根悠子先輩から《コンジョー》について語られたぐらいだ。

大曾根さんは、社の看板雑誌のひとつの女性編集長。独身。四十を幾つか越したと

ころである。体格もよければ気っ風《きっぷ》もいい。中学高校の頃は、レディース《花のオオソネ組》か何か率いていた、といわれるが——これは無責任な噂《うわさ》である。

会社の近くに、リエージュという店がある。夜が更《ふ》けて来ると客の顔触れが社員食堂っぽくなる。お酒のメインは、ベルギービール。一応、閉店は夜中の二時ということになっている。だが、気のいい店長は顔見知りを追い出さない。それどころか、三時頃、クローズドの店にやって来て、コツコツと戸を叩き、

「一杯だけ——一杯だけいい?」

と、いう奴《やつ》もいる。無論、こういう奴が一杯で帰るわけがない。

可哀想《かわいそう》な店長は、朝方カウンターにもたれて寝ている。何とか会計まではすませるが、後片付けの気力体力を奪われているのだ。

そんな時、例えば大曾根悠子が広い肩を揺らしながら側《そば》に寄り、

「痛ましいねえー」

というと、店長は顔を伏せたまま呻《うめ》く。

「……お前に……いわれたくない……」

社員からすると家族的な付き合いをしているその店で、都がちょっと可愛《かわい》い系の装《よそお》いで遅い夕食をとっていた。すると大曾根さんが入って来て、都を指さし、

「コンジョ、コンジョー」

と、いった。夏の八時頃だった。

――頑張れ、というのか、それにしてもこのタイミングで何故《なぜ》？

そう思ったところで、大曾根さんが都の前に座った。

店は混んでいた。そして、都は一人だった。テーブルを無駄に使わないために、社員同士が同席するのは、お店に対する当然の配慮である。部署は違うが、都も大曾根さんも共に雑誌で働いている。名前と顔は知っていた。

さて、この店で出す生ビールは、ベルギーのヒューガルデン・ブロンシュというやつ。ほんのりコリアンダーの香り漂う白ビールだ。夏と来れば条件反射的に生ビール――というわけで、都も飲んでいたし、大曾根さんもそれを頼んだ。

そしてまた、

「コンジョだね」

「ほ？」

どうやらファッションのことらしい、と気づく。だが別に、肩肘《かたひじ》張って一所懸命、着ているわけではない。

「いえね、――あたし、この間、エチオピアに行って来たんだ」

と、話が変わる。夏の休みを取ったのだろう。しかし、エチオピアとは意外なところだ。

「観光ですか？」

「スタディ・ツアーっていうんだ。同行者が五、六人」

「はあ」

「エチオピアってさあ、大旱魃《だいかんばつ》なんかもあって砂漠化してるんだって。日本人が緑化運動やってる。――ていうか、あたしの知り合いが、やってるんだ。でね、《大曾根、日本にいたって、やれることはあるぞ》ってわけ。こちらでお金出すと、向こうから《苗木を植えました》って報告が来る」

「ほう」

「そうなりゃ、木にも愛着が湧《わ》くじゃない。――どんなのがどう植えられてるか、見て来たの」

「へええ」と頷《うなず》いたところで、都はエチオピア、即《すなわ》ちアフリカと考え「――暑いんでしょうねえ」

《夏に行くのは、何だかつらそうだなあ》と思う。ところが大曾根さんは、顔の前で手を振り、

「違うんだなあ。エチオピアって高地なんだよ。だからさ、イメージとしたら軽井沢みたいだった。――紫外線が強いから、日焼け止めは塗ったよ。でも、身を覆《おお》うのは避暑地の清涼感。日中もパーカー引っかけてたし、夜になるとぐっと温度が下がる。朝は、爽《さわ》やかな野鳥の声で目覚める。ピピピピ、ピー」

「そりゃあ、いいですねえ」

大曾根さんは、ごくりとビールを飲み、

「小学生が、木を植えたり、水やりなんかしてた。そういう活動が根付いたんだ。――それを見学した」

それでスタディ・ツアーか。

「女の子は、髪を細かく編み込んでる。よくこんなに出来るなと思うぐらい丹念なんだ。そこが――母親の腕の見せどころらしい。頭にスカーフ巻いてる子もいたな。――男の子は普通のシャツなんだけど、その色が、何ていうか、気兼ねのないような鮮やかさなんだよね。洒落《しやれ》てますとか、飾ってますとかじゃなくて」

澄んだ空気の中にいる子供達が見えるようだった。

「――ただ眺めてるだけじゃない。あたし達も苗木を植えてみた。労力として役に立とうってんじゃない。《こんな具合にやってます》っていうのを体験するわけ」

「なるほど」

「それでね、あたしが穴掘って苗木を植え始めたら、子供達がわっと周りを取り囲んで口々にいうわけ……」

気を持たせるように間が空いたので、聞いてみた。

「――何て？」

大曾根さんが答える。

「コンジョ・ナシ――コンジョ・ナシ！」

3

都が、きょとんとしていると、大曾根さんが、してやったりと唇をにんまりさせ、

「――何だか、釈然としないでしょ」

「ええ」

「それがね、あの辺で使ってるのがアムハラ語っていうんだけど、《コンジョ》が《可愛い》とか、《素敵》とかいう意味なんだって」

「ああ……」

最前、都には《可愛いね！》といってくれたわけだ。この話が種明かしだ。大曾根さんは、続けていう。

「それで《ナシ》が女性に対して使う《です》」

ふに落ちた都は、

「要するに、《素敵な女性だ》と、皆なで褒めてくれたわけですね」

年頭、都が医者から貰《もら》った《正直な人だなあ》より、ずっと真っすぐな感激の言葉だ。

「そうなんだよ。――そうなんだけどさ、木を植えてるそばで周りから、一斉に《コンジョ・ナシ》と浴びせられると、何か複雑だね」

「うーん」

「知らないと、《お前ら、よってたかって何いうんだ》って気分になるよね」

「あはは」と笑ったが、何となく納得出来るので、「――大曾根さん、根性のない奴って嫌いそうですものね」

「――そうなんだよお！」

と、早くも生ビールをお代わりする大曾根悠子である。その声が、真に迫っていたから都は、

「誰か、《根性無し》がいたんですか」

「ああ、大きな声じゃいえないけど、うちの若いの」

そういいながらも、声のボリュームを下げない大曾根さんである。

「え、あの――」

「月形《つきがた》だよ」

今年から、大曾根編集長の雑誌に配属になった男性社員である。名字も名前も珍しい。月形瓢一《ひょういち》とかいった。色白の、睫《まつげ》の長い二重瞼《ふたえまぶた》。なかなかの美形である。今なら、編集王子とかいわれるかも知れない。都より、二つ、三つ年下である。

「はああ……」

聞いては悪いようだが、そういわれると続きを待つ気分になる。大曾根さんは、無言のご要望に応《こた》え、

「うちの記事でさあ、どうしても使いたい写真があったんだよ。その相手がガードの固いとこでさ、なかなか《うん》といってくれないの。担当に押すようにいっといたんだ。――そうしたらさ、この間の金曜、外から戻って来てそいつの机の上見たら、写真が置いてあるんだよね。《ああ、もう済んでるのか、さすがにベテラン、仕事が早いな》と思いつつ……何か、嫌ーな胸騒ぎがしてね、携帯に電話入れたんだ」

社にいなかったんですか」

「そいつも、前の日から出張になってたんだ。岡山に行ってた。すぐに繋《つな》がったんで、写真のことといったら――」

「はい」

「――絶句した」

「どうしたんです？」

「写真が手に入ったのが、出張直前でね、土曜までに返さなくちゃいけない。だから、入稿を月形に頼んで、大あわてで会社を飛び出したっていうんだ」

「ありゃりゃ」

「写真は今、印刷所に行ってないと、いけないわけよ。会社にあっちゃあ、いけないわけよ」

これはスリルだ。出版の現場にいる人間にとっては、並のホラーよりずっと怖い。

「そ、そうですね」

「そこに月形が来たから、《どうしたの、これ？》って聞いたら、悠長な声で《あ、お帰りなさい》。《挨拶《あいさつ》なんかしてる場合じゃないでしょ》って問い詰めたら、《だって、編集長に見せて、印刷所に回せ――っていわれたんですよお》と、いいやがるんだな、これが」

要するに、ベテラン氏は、《大曾根さんに確認して貰って》という一言を付けたわけだ。まあ、当然のことである。ところが大曾根さんがいなかった。そこで月形君は——そのままにしておいたのだ。

「——《だったら、すぐに電話入れろよ。あたしにでも、担当にでもっ！》と怒鳴った。怒るのは後回し、とにかく急いで入稿しろといったんだけど、奴、涙目になってやがる。それがまた恨みがましい眼でねえ」

「おやおや」

「叱《しか》られるのが嫌じゃあ、仕事なんか出来ないぜ。弱いんだなあ、そういうとこが。——あいつ、大学は超一流なんだぜ。だけど、気がきかない——小回りがきかないんだ。いらいらするから、あたしが怒る。そうするとさ、後でいわれたりするんだ。——《月形さん、非常階段のとこで泣いてましたけど、何かあったんですか》って」

「うーん」

当人が美形であるだけに、一部女子の母性本能をくすぐるのかも知れない。

「《あたしゃ、いじめっ子ですか》って、いいたくなるね」

都はとりなすように、

「でもまあ、そういう人が突然化けるってこともあるかも知れませんよ。若き日の逸話が笑い話になったりして――」

「まあ、それも続けていけたら――の話だね」

と、大曾根さんは容赦がない。

4

同じリエージュで、寒風が吹き出す十一月になってからのことである。

都は、瀬戸口まりえと飲みかつ食べていた。今月号の仕事も終え、比較的のんびり出来る時期だった。

飲む方はビール。濃いルビー色の、シメイの赤から始めた。

「ベルギービールって、修道院とかで作ってるのもあるんですって？」

「そうなんですかあ？」

と、先輩なのに丁寧語で受けるまりえである。

「そんな話、聞いたような気がする」

「収入源？」

「ですかねえ」

シメイは、赤から始めて、白、青と飲んで、少しずつアルコール度数を上げて行く。副編から編集長、部長に進むようなものだ。

「あちらの信号って、色がどうなってるんでしょう？」

と、都が文句をいう。

「何ですかあ？」

「このラベルですよ。――まあ、赤っていうより小豆色《あずきいろ》ですけどね」

「はい」

「三色で度数が上がるなら、青から黄、黄から赤になるのが常道でしょう」

「――そういわれてもねえ」

などといいながら、口当たりのいいビールをくいくい飲み、鶏肉とドライトマトのペペロンチーノ・スパゲティなどを口に運んでいる。これがまた、ビールに合う。

気分のよくなったところで、まりえが、ちょっと口を突き出すようにして、

「あたし、この間、――怒っちゃったんです」

相手に通じにくい皮肉なら、まれにいうこともある。しかし、おおむね感情の変化を表に出さない、まりえだ。

「瀬戸口さんが怒るのって、珍しいんじゃないですか」

「そうよねえ。椅子《いす》から、立ち上がったんだもの。その場の四人が一斉によ」

「ん？　――どういう状況なんですか？」

「あたし達の仲間――大学以来の仲良し五人組がいたのよね」

「五人組？　――江戸時代の組織じゃないですか」

「それとは別」

「ロシアの音楽家とか――」

「それとも別」

「――ムソルグスキーとか」

まりえは、サラダの中のひよこ豆をフォークですくって口に入れ、ウムウムと食べながら、

「……違うっていったでしょ。――その中の一人が、ま、行きがかりだから仮にムソルグスカヤとしましょうか――そのムソちゃんが、結婚することになったんです」

「ほう」

「ムソちゃんはね、外資系の証券会社でバリバリやってたんです。かなりの責任ある地位についてたし、《彼女は相当のところまで、行くんだろうなあ》って、あたし達も

思っていた」

「はい」

「ところが、結婚するんで、案外あっさり辞めちゃった。相手はお医者さんで、一緒にニューヨークに行くんですって」

「何だか、――絵に描いたようですね」

「イメージ的にね。でも、あたし達は学生時代から知ってる。だから、ムソちゃんの才能を惜しんだわけです。もっと、やれる人なのになあ――って」

「分かりますねえ」

「惜しむ気持ちとは別に、自然、ムソちゃんを祝う会をやろうということになった」

「それも分かります」

「大学で研究職やってる――この子の方は、結婚して離婚したんだけど――まあ、仮にボロディンから取ってボロちゃんにしましょうか。学内でのいじめにも負けず、薄給にも負けず頑張ってる、いい子なんです」

といって、まりえはシメイの青を口に運んだ。色白の頬が、少し紅潮している。ムソルグスキーもボロディンも、ロシアの作曲家グループ《五人組》の仲間である。

「――回り持ちで幹事をやってたのが、丁度、ボロちゃんでね。論文の発表とかあって大変だったみたい。それでも、頑張ってくれました。皆なに連絡取ったり、お祝いのパンフ作ってくれたり、ボロちゃん、一所懸命。ここぞという中華のお店も手配してくれました。——肌寒くなって来たから火鍋《ひなべ》はどうだろうっていうんです」

「火鍋って——？」

「中華のしゃぶしゃぶですね。スープに唐辛子が入って真っ赤。お肉や野菜をくぐらせて食べる。ぽかぽか温まろうという企画です」

5

「まずは前菜のピータン豆腐やクラゲの和《あ》え物などをつつきまして、和気あいあい。のろけとからかいが交差する。そこに紹興酒がやって来る。火鍋も、どかんと登場する。お鍋の真ん中に仕切りがあって、普通のスープと辛いスープに分けられてる。お好みによって、しゃぶしゃぶ出来るわけね。——ボロちゃん、いうには《この赤と白とが陰陽合体、鴛鴦《おしどり》火鍋、中国語ではユァンなんとか。おめでたいのよ》。それはそれはと、また盛り上がります。——お鍋はグツグツ煮えたぎる。高身長美人のムソちゃんは、普段から目立つ方だけど、ゴールイン直前のオーラも輝いて、さらにキラキラしてましたあ」

お祝いとして、理想的な展開ではないか。

「——ところがです。宴たけなわのところでね、お酒の入ったムソちゃんが、うーんと顎《あご》を突き出すようにして、いったんです。——いっちゃったんです。——《何のかんのいったって、この中で一番幸せなのは、わたしよね》って」

おっと、それはちょっとまずい、というより哀《かな》しい発言かな——と思う都であった。

「残り四人組の一人が、テーブルを叩《たた》いて《ちょっと待て》といいました。示し合わせたわけじゃないけど、気が付いたら四人、立ち上がっていました。——あたしはね、情けなかった。《ずっと友達だと思っていたのに、これだけの人だったのか。こんな言葉を聞くために集まったのか》って感じ」

まりえは以前、自分にとってつらい会の幹事をやったこともある。意識せずとも、ふと思いがボロちゃんの心に擦り寄ったのかも知れない。

その時、ドアを開けて大曾根さんが入って来た。ラフなVネックの半袖《はんそで》セーターだ。薄手の青いブランケットを持っている。仕事の時、膝掛《ひざか》けにしているやつだ。目と鼻の先の会社から、ストール代わりに引っかけて来たのだろう。

後ろに——首に縄は付けていないけれど、そんなイメージで引き連れている男性社員がいた。美形の月形瓢一だ。

大曾根さんは、《おお》という顔付きになり、こちらのテーブルにやって来る。

「誰か、まだ来る？」

まりえが、《いいえ》と応えたところで、相席となる。もう頼むものが決まっているらしい。大曾根さんは、形だけメニューに眼を通し、

「――猪《いのしし》のシチュー」

クリークというベルギービールで煮込んだ、季節の名物だ。飲み物は、デュベルという麦の風味の強いビールを頼んだ。

月形クンが、《えーと、えーと》と迷っていると、

「これおいしいよ。鹿《しか》のロースト。肉がほんのりピンクでさあ、付け合わせの桃との相性が絶品だね」

といい、カウンターの向こうの店長に、

「――この取り合わせ、グッドだったよ。口に入れると、すんごいエロい」

細身の店長、我が意を得たりとにんまりし、

「ありがとっ、それ最高の褒め言葉だな」

やり取りの間、編集長、店長と視線を動かしていた月形は、

「……じゃあ、それにします」

都は思わず、

「猪と鹿ですか。もうひとつ欲しくなりますね」

花札はやらない。しかし、《猪鹿ナントカ》という言葉なら、聞いたことがある。

大曾根さんは、セーターのV字の先辺りを叩き、

「蝶々《ちようちよう》かい。料理はないけど、あたしがいるよ。我が社のミス・バタフライさ。蝶のように舞い蜂《はち》のように刺す」そこでジロリと月形を見て、「――蛾《が》だとか、いうなよ」

月形クンは動揺し、

「お、思ってませんよ、そんなこと」

時代劇の農民がお役人様を前にしたような表情になる。そして、付け合わせの食材に合わせたのか、桃味のビール、リンデマンス・ペシェを頼んだ。甘いビールだ。酒飲みなら頼まない。

まりえは先程の話を繰り返した。大曾根さんはキリキリと眉《まゆ》を吊《つ》り上げ、

「――そりゃあ、あたしだって立つな。許せんぞ」

月形が驚く。

「そうですか？」

「当ったり前よ」

「だって、……ずっと友達だったんでしょ」

「だからさ」

といっているところに、猪と鹿が来た。

「でも、気まずいじゃないですか。そこで怒っても、……結婚式には行くんでしょ？」

大曾根さんは、猪の肉を嚙《か》み、

「行かないよ、そうなったら」

月形は恐怖の表情になり、

「そ、そんなに……」

当事者のまりえも、深刻な表情で大曾根さんに賛同する。

「わたしも行けなくなりました。招待状には、用事が出来たと書くつもりです」

自分ならどうだろう――と都は思う。微妙なところだ。

6

月形は釈然としないようだ。

「だけど、……男だったら、そんなの何でもないですよ。美人と結婚した友達が、《まあ、こん中で、俺が一番幸せだな》っていっても。……皆で、《ふざけやがって》っていうぐらいでしょう」

「フン」

「第一、結婚のお祝いでしょう？　相手が、《不幸だ》って沈んでたら、全然盛り上がらないですよ。《わたしが一番幸せだ》ぐらいに思ってて、丁度いいんじゃないですか」

「フフン」

鼻を鳴らしつつ、大曾根さんは猪を嚙む。

「あ……、思ってるのと……いうのとは違うってことですか？」

まりえが、しんとした声でいう。

「そうじゃあないわ。思ってるところでアウトなの」

月形は、ちょっと身を引き、

「そんなあ。厳し過ぎますよ」

「自分が《幸せだ》と思うのはいいのよ。どんなに思っても。でも、《一番》って、どうして思うの——友達と比較するの。比較出来るの？　それは、そういう人だってことでしょう」

月形は、ちょっと返答に困ったようで、薄く切られた鹿肉にフォークを伸ばす。肉は、ほんのりピンクがかっている。

まりえが続ける。

「——それにね、わたし達はお相手を知らなかった。花婿《はなむこ》になるのが、確かにとてもいい人かも知れない。だけど、その《幸せ》のうちに、医者とかニューヨークとかいう、ステレオタイプな価値観が混じってるような——そんな匂《にお》いがした。だからね、——《そんなことで、幸せを判断するの？》っていう、がっかり感もありましたよ。——そう思っても全然オッケーです。だけど、それは《あなたの幸せ》であって、《全《すべ》ての人の幸せ》じゃあない」

月形クンは肉を食べ、桃を食べ、肉を食べる。大曾根さんが、顔を寄せ、

「どうだ、エロいだろう？」

「……は、はあ……」

と、生返事した月形は、考えをまとめたらしく、

「……でも、それって結局、やっかみじゃないんですか？」

間髪を入れず、大曾根さんが、

「何だと」

月形は、甘いビールで喉《のど》を湿らせ、

「だって、相手次第で変わるでしょ？　結婚する男が一文無しで、見てくれも悪くて、先の見込みもなかったらどうです？　そういう奴《やつ》と結婚するのに、《あたしが一番幸せ》っていってたら、《潔《いさぎよ》し》と思うんじゃないですか、《けなげだなあ、可愛《かわい》いなあ》って」

ちょっと考える都だった。

ムソちゃんの発言を聞いた時、感じたのは風の吹き抜けるような寂しさだった。人の繋《つな》がりのもろさというか切なさというか、そういったものを感じたのだ。

だが、月形のいうような状況だったら確かに、少し違っていたかも知れない。

しかし、まりえの表情は同じだった。

「同感出来ない。仮にそうでも、やっぱりわたしは、《自分が一番》といわれるのに

は、耐えられません」

「そうだよなあ」

と、大曾根さんも頷《うなず》き、ビールを変える。より度数の高い、デリリウムになった。グラスも、チューリップ型のそれ用だ。紫の文字で《DELIRIUM TREMENS》と斜めに書いてある。この横文字は、ラテン語らしいが、英和辞典にも載っている。医学用語なのだ。——デリリウム・トレメンス。辞典には《アルコール中毒による振顫譫妄《しんせんせんもう》》と出ている。早い話が、アル中の禁断症状で震えや幻覚が来ることだ。それを酒の名前にしているところが凄《すご》い。

文字だけではなく、グラスのあちらこちらに小さなピンクの象が描かれている。可愛らしくて、都は好きだけれど、この《ピンクの象》というのは、アル中患者の見る幻覚の代名詞である。

まりえは続ける。

「多分ね、男の人は、それまでの付き合いとかこれからの付き合いとかが、自動的に計算のうちに入るんでしょう。それだけ純粋な判断をしてないんだと思う。——ステージを変えたら分かりやすくなるんじゃないかしら。昔からの友達でも、ビジネスの上で卑劣な裏切りをしたらどう？　許せないと思うでしょ？」

月形は、眉を寄せ、

「そりゃあ、お、男として許せませんね」

まりえは、ふっと笑い、

「男としてね——人としてじゃないの？」

「……え、ええ？」

「そういうところが、男の枠作りね。でもね、女はそういう変な見方はしないの。《わたしが一番幸せ》も《ビジネスの上》も同じ。裏切りなのよ」

——分かりやすい、確かにそうだ。でも自分なら、その場でいいたいことをいい、結婚式には出るかな。

と、都は思った。月形は黙る。

大曾根さんは、度数の高いビールをこくこくと飲み、

「さっきから生意気な理屈いってるけど、この子、連れて来たのは説諭が目的なんだ。——なあ、月形、丁度いい、お前の言い分が世間で通るかどうか、このお姉さん達に聞いてみな」

7

今日は、大曾根さんの雑誌の最終校了日。先程、最後の責了ゲラ——つまり、訂正の赤字を入れ終えて、後は印刷所におまかせとなったもの——を戻し、今月号の仕事はおしまい。本来なら、ほっと、安心出来る日だった。

ところが、その夕方、とんでもないことが起こった。

長期連載のエッセイをいただいている大家がいた。性格的にも難しいところのない、穏やかな方だったし、原稿の一回分も多いとはいえない。若い奴でも大丈夫——ということで、月形が担当していた。

半年ほど前から、伸び過ぎたゴム紐《ひも》のようになっていた連載を、《この辺で打ち切ってもらおうか》という話になっていた。その次の号が最終回になる筈《はず》だった。対応は、全て月形にまかせてあった。

そして今日、電話で最後のやり取りをする月形の言葉が、編集部一同を戦慄《せんりつ》させた。

「……はい、今月号も本当に面白かったです。毎回毎回、勉強になりました。……それで今月号で連載が最後になります。ええ、最終回です。……あ、はい、はい。そうなんです。……そうですよ、ええ。……もう、そろそろということになりまして。どうも今まで長いこと、本っ当に、有り難うございました。はい、感謝いたしております。……じゃあ、失礼しまーす」

受話器を置いた月形は、――皆なが凍りついたまま自分を見つめているのを発見する。

「あれっ、どうかしたんですかあ？」

大曾根編集長が、ひとつ咳《せき》をしてから、ゆっくりいう。ごく、ゆっくり。

「――月形さん」さん付けだ。「あなた、まさか連載終了のこと、今、初めていったんじゃあないよね」

「何ですか、編集長。気味が悪いなあ」

と、にっこりする美青年。大曾根さんは、こぶしを握った。

「答えろよ、月形っ！」

月形は大きな眼を、さらに大きくし、

「え、ええ？　そうですけど、何か？」

大曾根さんは、がっくりと首を折り、

「……ああ、千疋屋《せんびきや》のメロンが二個になったよ」

「な、何なんです」

「いいか、月形。あたしゃ、連載終了のお礼に、メロン持って伺うつもりだったんだ。ご挨拶《あいさつ》だよ」

「はあ」

「だけどこれで、持ってくメロンは二個になったよ。一万円のが二個だぞ。勘違いするな。──こいつはな、金のこといってるんじゃないんだ。とんでもないことだっていってるんだ。──校了明けも休みはないぞ、あんたもあたしも」

「ええ？」

「今から先生に電話する。明日、お詫《わ》びに行くんだ」

8

──ということがあったわけだ。大曾根さんは、事態を語り、

「何だか根本的に飲み込めてないようだから、ビールと一緒に飲み込ませようと思って連れて来たんだ。ねえ、小酒井さん──」

年は、まりえより上だけれど付き合いは少ない。《都ちゃん》と呼ばず、《小酒井さ

ん》になる。

「小酒井さん——あんた、雑誌が長いから分かるでしょ、この衝撃」

都は頷き、

「そりゃあ、まずいですよねえ」

「——どうだ、月形、言い分があったらいってみろよ。ごめんなさいだけじゃあ、明日に繋がらないからな」

月形の眼が、少しとろんとしている。アルコールに弱いのだろう。そのせいか、舌が滑らかになっている。

「ぼ、僕は純粋に、よかれと思ってやったんですよ。うっかり、いい忘れてたわけじゃないんです」

「その心理が分からねえ」

月形は、身を乗り出し、

「だって僕だったら、もうすぐ……連載終わりだって知ったらテンション下がりますよ。意欲をね、意欲がね、創作意欲が——」どこかの調子が狂ったのか、言葉を繰り返す。

「うせるんじゃあないか。そりゃあまずいと思って——だからね、考えた末に最後にいったんです」

「そりゃあ違うよ。礼儀ってものがあるだろう、世の中の常識ってえやつが」

まりえがいう。

「そういう扱いって、いかにもお払い箱って感じですよ」

「だって、えーと、ビジネスじゃないですか」

「ビジネスは人がやるのよ。相手は人よ」

「はあ……」

「あなたのね、その《創作意欲が》っていうのも、相手の気持ちを考えたから出て来る言葉でしょう。あなたには、それが出来るの。ただ、考える方向について、勉強した方がいいのかなあ。――勉強っていうと偉そうだけど、それが経験ってことでしょう。皆な、そうやってトライアル・アンド・エラーしながら大きくなって行くんだもの」

「は、はあ……」

月形は、話の内容より、まりえの柔らかな口調に感銘を受けたようだ。軽く、頭を下げていう。

「べ、勉強。……勉強になりまっすねえ」

何だかその口調が、上司に似て来る。普段、耳にしているせいだろうか。

「こいつ——」

と、いいかけて大曾根さんはちょっと肌寒くなったらしい。セーターの胸元の開《あ》きは大きいし半袖《はんそで》だ。椅子《いす》の背にかけてあったブランケットを取り、肩からかける。前で合わせ、首元をつかむ。ぶるっとして背が丸め加減になる。冬の夜のマッチ売りの少女っぽい、寄る辺ない感じになった。

「あ……」

と、月形が声を上げた。

「何だ」

「意外っすねえ、……編集長。はかなげですよ。……い、いいなあ」

「何だと」

「エ、エロいっすよ、編集長」

「ば、馬鹿《ばか》野郎っ」

月形クンは、ポケットから煙草《たばこ》を取り出し、《いいですか？》とも聞かずに、ライターで火を点《つ》けた。そして、

「へ、編集長はね、いつも頭ごなしじゃないですか。同じことでも、今のこちらみた

いに、理路整然といってもらえれば胸に入って来るんです」

「――ギロチン」

と、大曾根さんがいったのは、次のビールの銘柄である。ラベルに首切り台の絵が描いてある。無論、度数は高い。

大曾根さんがそれを、こくこく飲むのに合わせるように、月形は煙草をスパスパやり、あれこれいった。同じようなことの繰り返しである。そして、首を突き出し、

「き、聞いて下さいよ、編集長。僕はね、つまり――褒められて伸びるタイプなんです」

大曾根さんはさっと立ち上がり、テーブルの横を抜け、月形の隣に仁王立ちになった。彼は、はっと身の危険を感じ両手を脇《わき》に構える。口に煙草をくわえたままだ。

「いいか、月形」

大曾根さんは低い声でいうと、美青年の口の煙草を抜き取った。そして、それを彼の手の甲に当てた。

「うわっ！」

大曾根さんは、煙草を床に落とすと靴でギリリと踏み、丹念に火を消す。消えたところで、つまみ上げ、

「ポケットにでも入れて持って帰れ。いっておくがな、あたしゃ、部下を——褒めて伸ばすタイプじゃねえんだ」

都は声も出なかったが、心で叫んでいた。

——コンジョ・ヤキ！

根性焼きという言葉は、昔の暴走族などにあったものだ。どこからどう伝わったものか、その後、大曾根悠子はやはりレディースのヘッドだったらしいという噂《うわさ》が社内で流れた。

9

エレベーターで二人だけになった短い一瞬、大曾根さんが都にいった。

「あれから、月形、頑張ってるよ。根はいい奴《やつ》なんだ」

——まあ色々なことを経験しつつ、月形君も大きくなっていくんだろうな。

と思いつつ、新年を迎えた都であった。

年明け早々、哀《かな》しいことに文壇の長老が亡《な》くなった。護国寺で盛大な葬儀があった。もう温暖化などといわれていたが、その日は身の引き締まるような寒い日だった。

喪服を着て石畳を歩いていると、向こうから顔見知りの他社の編集者がやって来た。都を見ると、ちょっと首をかしげ、

「お宅、社長代わったの？」

と、妙なことをいう。

「いえ」

と、返した。

相手も手伝いの仕事がある。それ以上の応答にはならず、忙しそうに歩いて行く。花輪の列のところまで来て、都はあっといって足を止めた。

――これか！

都の会社では、葬儀の際、花輪や香典を出す係が決まっていない。縁のある部署で手配する。

社で出すものは社長名義になる。二重にならないよう、社長室の秘書に、どこどこから手配したと報告しておく。それで問題の起こったことはない。今回は、大曾根さんが引き受けたのだろう。そして――誰に手配を命じたかは一目瞭然《りょうぜん》だ。

花輪を頼む時は、《贈り主》を記す。社名に続き、それが代表取締役社長誰々――と墨書される。もし、ただ手配を命じられただけの平社員が、ふっと勘違いしたらど

うなるか。《贈り主》の欄に、発注している自分の名を書いたらどうなるか。

答は今、護国寺の花輪の列にあった。

政財界のお偉方、各社の社長名が並ぶ中、都の会社の花輪の札には、墨痕《ぼっこん》鮮やかにこう書かれていた。

――月形瓢一。

7

智恵子抄

花輪の件は、我が眼で見たから印象が強い。それをいい触らす都でもなかった。しかし、気にはなる。

直属の上司だから、大曾根さんは知っているだろう――と思い、二人だけの時、ちらりといってみた。すると、

「うーん。あれはね、花屋がまずかったみたいよ。電話でやり取りしたっていうけど、話してりゃあ、月形が社長かどうか、分かる筈《はず》だろ。それなのにさ――」

と、同情的であった。

他には、社内でこれといった風評も聞かなかった。

ところが一月の末、何となく、どこからともなく、来年度、月形瓢一は現在の部署からはずされる……という噂《うわさ》が聞こえて来た。

社内人事は、無論、極秘である。ところが稀《まれ》に、ごく早い時期から情報が流れたりする。完全な憶測の場合もあるし、担当の重役がうっかり洩《も》らしたせいか、蓋《ふた》を開けてみたらビンゴ！――という年もある。

事実だとしたら異例もいいところだ。月形はまだ、今の雑誌に配属されて一年目である。それで移されることなど、普通は考えられない。普通は――である。

――社長の逆鱗《げきりん》に触れたとか……。

あらぬことを考える都であった。その頭に護国寺の花輪がちらついた。しかし、冷静になれば、それぐらいで目くじらを立てられるとは思えない。ましてや、異動までさせられる筈がない。

月形は、男子には珍しい美形である。目立つ。いったん流れ出した噂のせせらぎは、確実な川となって行った。

となれば探求心というのは誰にでもある。

お酒が入ると、人は大胆になる。恐れを知らぬ男の一人が、大曾根悠子の側《そば》に擦り寄り、

「あのー」

「何だ」

「わしー、ひとつ、聞きたいことがあるんですけど」

「だから、何だよ」

「いや、ホント、馬鹿《ばか》げたことなんですけども、――わしは、いっとらんです。いっとらんです、ハイ。だけどもね、大曾根さんがね――あの月形の奴《やつ》をイビリ出すという――いや、ハハハ」と、虚《うつ》ろに笑い、「そんな説をば、流しとる奴がおるとか、ねえ、――おらんとか」

大曾根悠子が、じろりと見る。男は、ひゅっと肩を引き、身を縮め、

「――い、いやあ、わ、わしはいっとらんし、思っとらんですよお、ハイ」

大曾根さんは別に怒りもせず、ただただ鬱陶《うっとう》しいという表情になり、

「……そんなこたぁ、四月になれば嫌でも分かるだろ」

「あ、ハイ。――さようでございますねえ」

と、男は下がって行った。

都は至近距離にいて、このやり取りを耳に入れた。現実問題として、人事は編集長クラスが左右出来るものではない。

——それにしても、どうなってるんだろう。

と、首をひねった。

2

南青山のデザイン事務所に行った。

都の担当する小説の挿絵を、そこのイラストレーターに頼んでいた。近くまで行ったので、打ち合わせに寄った。事務所はマンションの二階である。入ってすぐのところが応接スペース。壁のホワイトボードが、嫌でも眼に入る。

——はて？

と、都は思った。

人の名前が書かれている。その名字を、都はまず《小柴》と読んだ。ところが縦書きで、いささかぞんざいに書いてあったから《小此木》とも読める。

用が終わったところで、聞いてみた。

「これ、《こしば》って書いてあるんですか？」

「……ん？」

と、相手は都の指の先を見て、あっさり、

「ああ、《おこのぎ》だよ。――オコジョさん」

一瞬、雪の中に立ち上がった小動物の姿が浮かんだ。その人とは、仕事をしたことがなかった。

「デザイナーさんですか？」

「イラストと版画もやってるよ」

といって、背中のラックからファイルを取り出してくれた。何の気なしに開いて、都は最初に眼に飛び込んで来た絵に驚かされた。

白黒で描かれている。単にそのせいでなく暗い。燭台《しょくだい》を持った人の絵なのだが、深い苦しみと絶望が伝わって来る。訴える力はあるのだが、重過ぎてこちらがやり切れなくなる。

「はああ……」

溜息《ためいき》のような声を上げると、相手はのんきな調子で、

「オコジョさん、面倒見が良くってね」

「はい？」

「さっきも、展覧会の打ち合わせやってたんだ。若い人達のためにね、粉骨砕身しち

ゃうんだよ」

と、妙に昔めいた四字熟語を使う。そして、ホワイトボードに止めてあったハガキを取って、見せてくれる。展覧会の案内だ。小此木啓介《けいすけ》と仲間達といった感じの小さな集まりである。表の下半分に、会場の案内、裏にカラーで刷った作品が五つほど並んでいる。その一つの下に小此木の名前があった。

都は、眼をしばたたいた。

猫の版画だった。おかしいことに眉《まゆ》がついている。それで表情が豊かになる。猫らしくもあり、人間らしくもある。

「ああ、この絵なら……どこかで見たような……」

《猫》の絵は、雑誌を開けばよく見かける。最も多く描かれる素材のひとつだろう。それだけに他と紛れやすい。だが、この人の猫は、随分昔、遠い町角ですれ違ったのに、ある夕暮れにふと思い出してしまうような――そんな存在感があった。

「うん。オコジョさんの猫は、結構、色んなところに出てるよ」

だから若い人をリードすることも出来るのだろう。小説の挿絵には難しいかも知れない。でも、心にとめておこう……と思ったところで、

――ん？

と、首をかしげた。

猫を見た瞬間、引っ掛かるものがあった。それはたちまち、眉毛猫の表情に、にゃんころりとくるまれてしまった。だが、一拍置いてそれが返って来た。

——ファイルの絵と、違い過ぎる。

手法の差だけではない。同じ作者のものとは考えられないようなところがあった。ファイルのページをめくると、数枚は先程の暗澹《あんたん》たるタッチの作が続き、風景のスケッチがあり、やがて眉毛猫を中心とした、心の広がるような版画になった。

「このハガキ、まだ余裕ありますか？」

「ああ、そりゃあ一杯あるよ、案内用だから。何枚でも、持ってって。——宣伝してくれたら、オコジョさん、喜ぶよ」

会場は、事務所から歩いて行けるところ。あと一週間ほどしたら始まる。

——行ってみよう。

と、都は思った。

3

煮魚、焼き魚、子持ちししゃもの焼いたの、生姜醤油《しょうがじょうゆ》のよく合う油揚げ。まあこんな、酒を飲めといわんばかりのものを前にしつつ、――やっぱり酒を飲んでいる都だった。雑誌の仕事が一段落したところで、近くの店に入った。

今日の相手は、村越早苗。なかなか可憐《かれん》な容姿をしている。だが猫と見せて虎《とら》、酒の武勇伝には事欠かない。

「村越さん、変わんないねえ」

と、都がいう。

結婚して姓の変わった早苗だが、職場ではずっと旧姓で通している。編集者は、作家さんやら何やら、人との繋《つな》がりが財産になるのだから――と、そこまで大袈裟《おおげさ》にいわなくとも、姓が変わると行き違いの生じることもある。

無論、春に配られる社員名簿は公式のもので、戸籍通りになっている。しかし仕事上、旧姓をペンネームならぬ編集ネームとして使う女子が少なくない。

「ええ？」

「いえ、結婚しても変わらないって話」

姓が？――とはいわない早苗だ。

「美貌《びぼう》が？」

「酒量ですよ」

「へへへ」

「ケン君、怒らないんですか」

「怒らないよ。理解あるもん」

「でも、もう玄関先で、吐いて寝てたりしないんでしょ?」

壮絶な実話である。結婚前の話だが、朝の四時頃、玄関で眼を覚ました。しかし、妙だと思った。

——わたしは汚れた女。

そう感じた。

吐くにしても、普通は気持ちの悪くなったところで植え込みに行ったりする。ところが、わざとやったように、衣服が汚れている。そこで思い出した。

——わざとやったんだ。

深夜、タクシーを降りて歩きだした。まだマンションの戸口まで細い道がしばらく続く。そこで、《襲われたら大変》と思った。防御の手段はないかと考えた時、かなりむかむかすることに気づいた。そこで、

——こいつはいいや。

グッドアイデアとばかり、右に左に吐きながら歩いて来たのだ——という。遭遇したくない光景だ。

酒飲みの論理というのは、時に軽く常識を超越する。それにしても早苗は凄《すご》い。《そんなこと考える奴、他にいないよ》と評判になった。

「まあねえ。でも吐かないけど、ただ寝てることならあるよん。——そしたら、この間、お空を大型テレビが飛んで行った」

「はあ？」

わけが分からない。眉を寄せたところで、早苗が次の酒を頼む。

「都ちゃん、大七《だいしち》飲んだことある？」

「ううん」

と、都が首を振る。

「この料理にだと、ばっちりだよ。行ってみようか」

「あいあい」

升に入ったコップが出され、新しい酒が満たされる。口の方を運び気味に啜《すす》ってみる。しっかりしている割に、すっきり感もある。なるほど味付けの濃い料理に合いそうだ。

「うーん」

と、飲んでいる早苗は喜びに満ちた表情。今の話を忘れたようだ。都が、続きを催促する。

「――で、どうしたの？」

「……何が」

「テレビ」

「ああ、それね。――去年の暮れから、ＢＳデジタル本放送とかいうのが始まったでしょう」

《びー・えす・でじたる》とリズミカルな呪文《じゅもん》のようにいう。

「ほう」

機械に弱い都は、噂には聞く、という程度だから曖昧《あいまい》に頷《うなず》いた。

「そういうことが始まるとさあ、新型テレビとか、走って行って買う奴がいるんだよね。四十万とか五十万とか出してさあ」

「まあ、いるね。――男だよね」

「男だよお。映像マニアって奴。気が知れないよね。シドニー・オリンピックをハイビジョンで見ましょ――とか、いっちゃってさ」

「――ちゃってねえ」

と、こだまのように相槌《あいづち》を打つ都である。

「ケン君の友達にも、そういうのがいるんだよ。そこでさ、ピカピカの最新型買うと、自然、前のがいらなくなるじゃない」

「そりゃそうだ」

「ケン君が、そこんちで見たら、これが使用上全く問題無しの大型テレビ。うちのなんかより、ずっといい。国内予選落ちと金メダルぐらいの差で、向こうの方がハイレベルなんだって」

早苗は、話しつつ、子持ちししゃもをかじる。話の先が見えて来た都は、

「なーるほど。そりゃあ、《いただこう》という話になるわ」

「うん。だけどさあ、いつとは聞いてなかったんだ。――でね、この間、あたしが玄関でダウンしてアジの開きみたいになって寝てたら、廊下の方でゴトゴト音がするんだよん」

「おお!」

「《こんな夜中に引っ越しか》と思ったら、鍵《かぎ》がカチャッと回ってさ。ケン君達が、テレビ運んで来たんだよね。ケン君は普通にドア開けて、よっこらしょと片方持って

入って来る。友達も入りかけて――《うわっ！》」

「そりゃあ叫ぶわね」

「ケン君はね、あたしをまたぎながら、《あ、気にしないで。よくあることだから》。でまあ、お友達もテレビの片方持ってるから、後に続いて――」

早苗さんは、一家の主婦としては、かなり変わったお出迎えをしたことになる。

「ご挨拶《あいさつ》はしなかったの？」

「薄目開いてたから分かったけどね、下から《こんばんは》という気力もなかったよ。それにさ、アジの開きが挨拶したら、かえって気まずいでしょ」

「死んだふりが一番か」

「そうそう。――だけどさ、玄関で寝てる上を、大型テレビが飛行船のように、悠々と通り抜けて行く光景なんて、あんまり見られない。――なかなかシュールな眺めだったよ」

「いや。上から下を見ても、十分シュールだったと思うよ」

「そうかなあ。――それにしても非常識だよね」

と、早苗は首を振る。

「ほ？」

「夜中に、そんなでかいもの運んで来るなんてさ」

「うーん。——あいこだったんじゃないかな。いや、どっちかっていうと村越さんの勝ちじゃない？」

「そうかあ、あたしの勝ちかあ！」

と、何だか嬉《うれ》しそうな早苗である。

4

「このお酒はさあ、この間、福島の人と来た時、飲まされたんだよね」

「するってえと、あちらのお酒？」

「うん。——会津ばっかりじゃあないぞっていってさ。同じ福島でもさ、微妙に対抗意識があるみたいよ」

会津は酒どころとして名高い。

「ふーん。じゃあ、これはどこの？」

と都は、また口に含む。こくはあるが、後味がすっきりしている。

「二本松」

「あ、……知ってるぞ。聞いたことある。教科書に載ってた」都は、記憶を呼び戻す歯車の潤滑油のように大七を飲み、「《みちのくの安達が原の二本松》。——高村智恵子だ」

早苗は、《そうそう》と、人差し指を振り、

「智恵子のうちって造り酒屋だったんだよね」

「へええ、それが大七？」

「違うよ、——花霞《はながすみ》」

「よく覚えてるねえ」

「中学生の時、読書感想文に書いたんだ。——智恵子の本、読んでさあ。夏休みの宿題だった」

「それだけでお酒の名前、忘れないかなあ。センダンは双葉より——だね」

「お酒だけじゃないよ。智恵子のお父さんの名前だって覚えてる」

「へえ？」

「知らないでしょ」

「そりゃそうよ」

「——今朝吉《けさきち》」

「ふうん」

「中学生で、それ読んだ時、《智恵子は覚えてても、皆な、今朝吉は覚えてないんだ》と思って……何だか哀《かな》しくなったのよ。それでね、親父《おやじ》さんのところにいって《今朝吉ー》っていってすがったんだよ。……切ないなあ、人間て」

早苗は、ふうっと遠い眼になり、《もっとも、うちの親父さん、どっちかというと酒吉だけど》といい、《ちょっとの違いだ》と付け足した。

「そういうこと、感想文に書いたの?」

「違うけどさあ」

早苗は、コップを軽く宙で支え、わびしい口調でいった。

智恵子は東京に酒がないという
本当の酒が飲みたいという
あどけない酒の話である
「うーん。話の分からん東京人が聞くと怒るぞ。《東京にも、いい酒はあるぞ》って」

都が、澤乃井《さわのい》とか喜正《きしょう》とかの名前を挙げ出すと、

「そりゃあ、お門違《かどちが》いだよお。故郷を思う言葉だからね。本当に《ない》わけじゃあない。——主観がいわせるんだもん」

無論、原典で《東京に空がない》という智恵子の上に広がるのは、東京の《きれいな空》である。心の眼で見ない限り、灰色に曇ってはいない。戦前は東京の空も青かった。

「何事も、人がいうのは主観ですからね。早い話、あたしならやっぱり、越後の酒をひいきするしね」

早苗は新潟県人だ。そういって、さらに続ける。

こく、こく、こく——

人間商売さらりとやめて

智恵子飲む

そして、酒を口に運ぶ。

「うーむ」

朗唱はすらすらと続いた。

そんなにも、あなたは酒を待っていた
わたしの手からとった一杯の酒を
あなたの喉《のど》がごくりと飲んだ
その数滴の天のものなるしずくは
ぱっとあなたの意識を正常にした

やや沈黙してから、早苗がいう。

「冒瀆《ぼうとく》かなあ?」

「かもね」

早苗は、ちょっと涙ぐんだ眼の縁を指の先で拭《ぬぐ》い、

「でもさあ、中学生の時は、こういうの素直に読んで感動してたわけ」

「こういうのって、——酒の?」

「そうじゃないよ、本物だよん。——『智恵子抄』。だけどさ、大学生とかになると、色んな人の書いた本とか読むじゃない。そうすると、《光太郎の側《そば》にいたことが、芸術家智恵子にとって、とんでもないストレスだったろう》っていう視点が出て来る」

「うん」

「確かにさ、一生賭《か》けようと思ってたことがあって、その道でさ、ジャンプしたって何したってかなわない相手が身近にいたら——たまらないよね。《光太郎と一緒にならなかったら、智恵子は狂わなかったろう》っていわれると、《そうかもなあ》って思ったりする。——でもさあ、あの二人は逃げようのない二人だったって思うしかないじゃない。そう考えると、夫婦って難しいなあ」

「まあねえ。……分からんけどさあ、他人だった二人が一緒に暮らすなんて、不可思議なことだよねえ」

「うん。どうならうまく行く——なんて公式ないもんね。似た者夫婦でグッドなこともあるし、でこぼこ夫婦でいいこともある。——いずれにしてもさ、都ちゃんは、結婚生活これからなんだ。相手の本性は、よーく、見極めた方がいいぞお」

「何だか怖いな、そのいい方」

「えへへ。結婚してから、がっかりしたり、びっくりしたりしないようにですよん。——お酒なんぞいいリトマス試験紙だよお。例えばさあ——」

と、早苗は、そのお酒で舌を洗い、話し続ける。

5

「うちの兄妹、五人なんだよね。今時としちゃあ、多い方。それでね、——末の妹が今、大学生。多摩に下宿しております」

「多摩か。東京も広いからなあ。あっちは自然豊かな感じだね」

「そうなんですよん。大自然なら、うちの方にもある。都会の雑踏に憧《あこが》れそうなもんでしょ。だけど、うちの妹はね、そんなとこないんです」

「しっかり者ですか」

「そうなのよ。どういうわけか、一族の異端児でね、——お酒も飲まないの」

「ははあ、何となく分かるなあ。上を見て育ったわけだ」

「……ん？」

「気にしない、気にしない。——で？」

「う、うん。……それでさあ、去年の話なんだけど、……妹の大学にはゲリラ祭とかいうのがあるんだって」

「学園祭？」

「そうなんでしょうけど、まあ部外者には、学生のやることなんぞ、うかがい知れないね。詳細はともかくとして、とどのつまり夜になれば飲んで騒ぐ。金がないから、妹の先輩達が演劇サークルの部室で、どんちゃんやってたわけ」

「妹さん、演劇やってるんだ」

「うん。だけど飲まないから、この日はあっさり帰ってた。男四人が色気なく、安酒を飲んだ。出来上がったところで外に出る。ゾンビのように、ふらふらとね。——でさあ、学校の近くに、多摩テックがあるわけ」

乗り物系の充実していた遊園地だ。惜しいかな、二〇〇九年閉園となった。

「ああ、知ってる。聞いたことある。男の子の好きそうなものの一杯あるとこでしょ」

「そうなんだけどさ。——大学の側にそんなものがあって、酔っ払いの男子学生がいたら、何が起こるか想像がつくでしょ」

「ああー」

閉園後の遊園地は、人の迷惑など考えない若者にとって、格好の餌食《えじき》であろう。無論、ゴーカートや絶叫マシンを食べはしない。しかし領界侵犯ぐらいなら、いかにもありそうだ。

「《ここから入る》って、ルートになってるとこがあるんだってさ」

「けもの道？」

「——確かにね。フェンスはかなり高いんだけど、金網でさあ、足がかけられる。おまけに上に有刺鉄線もない。——そんなの《越えて下さい》っていってるようなもんじゃない？」

「——いってはいないと思うけどね」

「とにかくさ、よく、そこから大学生が侵入するんだって」

「警備員は？」

「回って来るんだけど、園内がやたらに広い。眼が行き届かないんだよ。それにさ、巡回する時の足が、スクーターなんだって。ドコドコドコドコって、エンジンの音がする。《ドコっていわれても教えるもんかい》と、いけない奴《やつ》らは隠れちゃう」

「困った連中だなあ」

「全くですよ。で、この日も、そいつらは夜の遊園地という神秘空間で、鬼ごっこだか追いかけっこだかやって青春を謳歌《おうか》していたわけですよ。——妹の方は、何の関係もなくスヤスヤと寝ておりました」

「うん」

「ところが、二時と思《おぼ》しき頃、突然、携帯が鳴り出した」

当時、すでに高校生まで携帯を使うようになっていた。大学生は普通に持っている。

「そりゃあ、驚いたろうね」

「驚きますよ。故郷《くに》の父母が酒で倒れたか、兄が酒で倒れたか、上の姉が酒で倒れたか、中の姉が酒で倒れたか、下の姉が酒で倒れたか——などと、色々なことを考えたらしい」

「色々じゃないじゃん」

「まあまあ。——とにかく、跳び起きて出てみると、先輩の切羽詰まった声で、《む、村越、助けてくれっ！》」

「どうしたんですか」

「妹もそう聞いたよん。そしたら《——た、助けると思って、助けてくれ》とか訳の分からんこといってる」

6

「電話の相手が、学業優秀、いつもはクールな先輩なんだって。酔ってる上にあわててるから、とにかく落ち着かせて聞いたら、馬鹿馬鹿《ばか》しいったらない。観覧車の中に閉じ込められたんだって」

「誰にやられたんです？」

「うーん。言葉が正確じゃなかったな。自縄自縛なんだよ。《あっちだ、こっちだ》とふざけてるうちに、観覧車の一両に入った。四人で座って、ワイワイやって《さあ、次だ》となったら出られない。——観覧車ってさ、動き出してから開いたら危ないでしょ。だから、外からしか開閉出来ないようになってるんだよね」

「おお、それはいい仕掛けですね」

「そういうわけでさ、馬鹿な四人組の標本みたいに、閉じ込められちゃった」

「痛快ですねえ」

「当人達はそうでもないらしくてさ。すぐ近くに、妹が下宿してるの知ってるから、SOSをかけて来たわけ」

「はは−ん」

「妹は、さすがにムッとしましたね。《わたくしは女ですよ。女の子に、こんな夜中、多摩テックの観覧車まで行けっていうんですか》と叫んだ。クール君は立場が弱いから平身低頭。《分かる分かる。君が正しい。無理は承知だ。そこを何とか——》とすがって来る。《朝になったり、巡回の警備員に見つかったりしたらまずい》っていうんだよ。まずいのはそっちの勝手だよ。だけど、何だか哀れになった。——近くに知り合いの男子がいたら、バトンタッチするんだけど、あいにく、他の仲間は、ちゃちゃっと間に合わないぐらい離れている」

「結局、出掛けたわけですか」

「仕方なくてさ。金網、乗り越えて行った。観覧車は目立つから、すぐ分かる。鍵《かぎ》は外からなら、すぐにはずれる。四人組は、転がるように出て来た。だけど、見てると三対一になってて、何か嫌な雰囲気なんだ。《ありがとう、ありがとう》という感謝の声も、今ひとつ盛り上がらない」

「どうしたんですか」

「次の日、中の一人に聞いて分かったそうだ。原因は、クール君の言動にあった。彼は司法試験を受けることになってた。在学中の合格、卒業後すぐに司法修習生になる——っていう青写真が、すでに出来てた」

「司法試験って難関ですよね」

「そうだけどさ。クール君はストレート合格してもおかしくないくらいの奴だったんだって。まあ、それが——仇《あだ》になったんだよね」

「はあ？」

「閉じ込められちゃってもさ、中には泰然自若としてるのがいて、《警備員さんが来たら、助けてもらおう。土下座して謝ろう》というのもいた。ところが、クール君が真っ青になって立ち上がった。そして、いった。《ぼ、僕は、お前らと違うんだ。司法試験、受けるんだぞ。前科がついたら、受けられなくなっちまうんだぁ。立場が違うんだぞお！》と騒ぎ出した。そして、妹のところに電話して来たわけ。パニクってる彼を見て、他の三人は酔いも醒《さ》め果て、しらーっとしちゃった。大顰蹙《だいひんしゅく》だよね」

「ああ……」

都は、去年の末に聞いた鴛鴦《おしどり》火《ひ》鍋《なべ》の話を思い出した。

「以来、《正体見たりクール君》とでもいいましょうか、そんな眼で見られるようになったらしい」

思わぬところで、人の繋《つな》がりは切れたりする。逆にいえば、――繋がったりもするのだろう。

7

《オコジョさん》と仲間の展覧会が始まったのは、そのすぐ後だった。出掛けてみると、平日の昼間ということもあってか、お客がいない。

受付には、長髪の男性が座っていた。社名と名前を記帳して、ぐるりと見て回る。狭い会場だから、すぐに終わった。

もう一度、見返してみる。やはり、小此木の猫が気になった。一点だけだが、はっきりとした個性が目だつ。見つめているうちに、素朴なタッチの底から、何かが浮かんで来るような気がして来た。

受付の男性に聞いてみた。

「あのー」

「はい」

丁寧な声だ。背が高く髭《ひげ》も生え、何となくキリストの絵が飾られているようだ。都は、小此木の版画を指し、

「この方ですけど、いつも猫をお出しになるんですか」

「あ……、はあ」

「……そうですか」

バッグを肘《ひじ》にかけ腕組みして、また見入った。いつもは資料やら何やらで一杯だが、その時は軽いバッグを提げていたのだ。すると、和製キリストが、

「……それが何か？」

「いえ、ちょっと」

しばらく間があった。睨《にら》んでいると、どんどん味が出て来る。都は考えた。

――取り敢《あ》えず、エッセーとか、そういうものの挿絵を頼めないかな。

まだ客は来ない。二人だけだ。男性の声がいった。

「……それ、わたしのですけど」

都は、あっと腕組みを解いて振り向き、

「小此木さん？」

雪の間から、オコジョがちょこんと顔を出したようだ。

「そうです」

いきなり出会えてしまった。若い人達の発表の場を増やすために努力している――

という話だったが、労力奉仕もやっている。

「店番なさってるんですか」

「ええ、交替です。ちょうど今、人がいなくて。でも、――絵といると楽しいですよ」

と笑う。

本物のオコジョの顔など、しみじみ見たことはない。だが、こちらの《オコジョさん》は、目元が愛らしい。似ているのかも知れない。年の方はよく分からない。都から見て、十歳上にも思える。それでいて、髪を切り、さっぱりさせたら意外に若いのかも知れない。

都が名刺を出す。小此木が、椅子《いす》から立ち上がって受けた。

「事務所で、お作のファイルを拝見しました」

「ああ、それはどうも。――有り難うございます」

「で、ひとつ、とっても不思議なことがあったんです。――それで、こちらまでうかがってしまいました」

小此木はちょっと首を傾け、先を促す。都が続けた。

「――あのファイルの初めの方に、とても暗い絵があったでしょう。力はあるけれど、あり過ぎて、わたし、つらくなってしまいました。――だけど、こちらの猫のシリーズは全く違います。——プロならタッチを変えられる。それは知ってます。注文によって、がらりと画風を変えてくれる人もいます。——でも、そういうんじゃなくて、別な何かが——テクニックの問題じゃない、何かがあるような——そんな気がしたんです」

都はちょっと息をついてから、続けた。

「——創造上の秘密かも知れない。聞いていけないことなら、ご返事いただかなくても結構です。でも、よろしかったら——教えて下さい」

小此木は、にこりと微笑《ほほえ》んだ。そして数歩進み、自分の版画の前に立った。

「別に、特別な秘密なんかありません。——今から七、八年前でしょうか。地元の小学校の先生から依頼があって、版画教室をやったんです。そうしたら、父兄の方の中に、近くの——老人介護施設の関係者がいらしたんです。そちらで、《刷るのだけでいいからやってくれないか》という話です。——《だったら、何がいいかなあ》と思った。はっと閃《ひらめ》いて、こういう猫の版木を幾つか作って持って行ったんです。そうしたら、皆さん、本当に喜んで下さってね。自分の手を動かすと、次々に猫が生まれて来る。——失敗してずれたら、それも個性です。いい味になる。笑ったり、声を上げたりして——素敵な時間でした。猫の顔の中に、お孫さんや、自分達や、知ってる色んな人が重なってるみたいでした。――後から、本当に嬉《うれ》しい、お礼の言葉もいただきました。皆さん、自分の刷った絵を飾ってるって――人によっては、色を付けて楽しんでるって、いうんです」

「ああ……」

「重い絵は、僕の原点にあるものです。何を描いても、それは僕の背後にある。――だけど、こういう絵も、――人に喜んで貰《もら》える絵も、決して軽いものじゃあないと、その時、分かったんです。それを、ただのふわふわしたものにするかどうかは――そう、作り手の心次第なんですね。――だから僕は今、こういう絵を迷いなく描いていられるんです」

言葉は、身構えた《宣言》からは程遠いものだった。川が、瀬音を聞かせようと思わぬように、無理なく、溢《あふ》れて来た。聞いているうち、何故《なぜ》か、こちらがくつろいで来るようだった。

都は、《この人の絵をもっと見てみたい》と思った。そこで――ふといった。

「オコジョさん――とおっしゃるんですね」

「……は？」

「小此木だから、オコジョさん。何だか、とても似合ってます」

「いやあ……」

と、小此木は照れた。

しかし、そのあだ名には、――別の意味もあったのだ。都がそれを知るのは、後のことである。

8

人事の正式発表は、三月の初めだ。

パソコンで名前を打った、まるで昔の連判状のような巻紙が、長々と掲示される。張り出す場所は、廊下の目立つところだ。

総務部の担当が、朝、早めに来て張るらしい。

「おっ、出ましたね」

などといって、人が集まって来る。受験の合格発表のようだ――という。伝聞の形なのには、わけがある。編集の人間は早朝帰って、昼出て来たりする。都達は、人の波が収まった頃、のんびり眺めることになる。

月形瓢一は、営業部に異動になっていた。噂《うわさ》の通りだった。

事の次第について、あれこれいわれた。しかし、憶測は憶測でしかない。理由がはっきり分かったのは、何と五月に入ってからだ。

机の上に今年度の、社員名簿が配られた。部署ごとに分けられ、顔写真と住所氏名が載っている。

新入社員の時は、自分の顔がどう刷られているか気になり、すぐ手に取った。しかし、今は何年か同じ写真を流用している。飛びついて見るようなものでもない。

そのままにしておいたのだが、小一時間して電話が鳴った。

「……都ちゃん」

書籍の瀬戸口まりえだ。通話口を手で押さえ、ひそひそ声で話しているような、妙な調子だ。

「はい？」

「……社員名簿、見た？」

「いいえ」

「……大曾根さんのとこ、見てよ」

「はあ？」

「……わたしはね、素直に《おめでとうっ》といいます。だけどね、書籍の方じゃあ

《これって犯罪?》という者もおりました。……無論、やっかみながらの、お祝いのメッセージですけど」

何だかよく分からない。受話器を置いて、すぐに名簿を開き、あっといった。

――月形悠子。

と、書かれていた。《月形》の二字で、全《すべ》ての疑問が一瞬に氷解してしまった。一年目でも部署を移ることはある。同じ部内に新郎新婦が誕生した時である。

重役が、どこかでついうっかり、しゃべりたくなった気持ちも分からないではない。加えて、大曾根さんの言動のあれやこれやに、今にして思えば……というところもまた、ないではない。

――参ったなあ。

それにしても、男と女って分からないものだと、都は改めて思った。

8

カクテルとじゃがいも

1

色白の編集長、露木が《百年の色男》という座談会を考えた。

二十一世紀は二〇〇〇年からか二〇〇一年からか、といわれても、

「およっ？」

と、とまどう都だが、これは明らかに《前世紀を振り返る》という企画だろう。ということは——、

「今年からだよ。『二〇〇一年宇宙の旅』なんてえのがあったろう」

「はあ」

「思えばあれも、次なる世紀のこと——桁違《けたちが》いの未来って意味だろう」

「……なるほど」

「頼りないな」

「数字のことはちょっと。――文系ですから」

「俺もそうだ」

「えへへ」

「笑えば済むと思うなよ」

都が座談会の内容をまとめることになった。物知りの先生方が集まって、戦前からの色男を選び出す。

同席して耳を傾けていた都だが、困ったことになったと思う。近いところの吉行《よしゆき》淳之介《じゅんのすけ》などは、ぴんと来る。しかし、山本五十六《いそろく》などといわれると像がかなりぼやけてしまう。《男》を語るのだから、当然、女性が何人か入っている。異性からの意見がないと始まらない。ご高齢の女流作家の方が、うっとりとおっしゃった。

「森雅之《まさゆき》はよかったわねえ……」

都の記憶には、全くない。しかし、周知の名として話は進んで行く。どうやら、連合艦隊司令長官ではなさそうだ。

「貴族の道楽息子を演《や》って、あんなに色気のある人なんて他にいないわよ」

俳優らしい。映画評論家も頷《うなず》いて、

「あの時代の空気をしょってますからねえ。今時の若い奴《やつ》がなぞったって下種《げす》になるだけだ」

ゲス――という言葉を吐き捨てるようにいう。

「そうよお。『夜の鼓《つづみ》』だって、まあ、事の成行はあるけど、相手が森雅之じゃあ、ま、仕方ないわよねえ……」

わけが分からない。しかし、この後の会話の流れからいって『夜の鼓』という映画が、座談会の大きなポイントになってしまった。まとめるには必見である。読者に分かるような説明も付け加えねばならない。

翌日、急いで貸しビデオ屋を廻り、何とか借りることが出来た。DVDではない。まだ棚にビデオテープが並んでいた頃だ。

監督は今井正《ただし》。原作が何と、――近松門左衛門《ちかまつもんざえもん》である。

「……うーん、昔の映画だなあ」

と、思わず独り言をいったが、別に近松が脚本を書いたわけではない。

座談会の速記が上がって来るまでに五日ぐらい。それまでに、あがった人物などをチェックしておかないといけない。

――山本五十六って、確か、海軍の人だった。しかし、バルチック艦隊と戦った時の指揮官ではないらしい。

といった、あやふやなことではまとめられない。今回は自称色男の露木が、力を入れている企画だ。座談会にも大御所を集めてしまった。となれば、十六ページは取りたい。うち三ページぐらいは写真やタイトルで取られるだろう。まあ、本文十三ページといったところだ。大きい。

これだけあると、まとめるのにどうしても一週間はかかる。仕事にかかってから、あの資料が足りない、この資料が見つからない、などとあわててはいられない。話の流れはメモしてある。下準備なら出来るわけだ。その第一歩が手にした『夜の鼓』――というわけだ。お仕事というだけでなく、あれだけ熱く語られた《男》への興味もある。

マンションに帰り、あれこれすませたところで、テープを機械に入れた。ガッタンと音がする。再生が始まる。画面は闇《やみ》。そこに、鼓が浮かんで来た。

――よぉー、おー。

という物々しい声と共に、手が鼓を打つ。

――宝永三年初夏。

という字幕が出た。聞いたこともない年号だ。今は平成。そこに繋《つな》がっているのは確かだ。しかし、マンションの離れた部屋の住人のように馴染《なじ》みがない。次に大名行列が出て来るから江戸時代だと分かる。

参勤交代を終えて帰った因州《いんしゅう》鳥取藩士、小倉彦九郎《おぐらひこくろう》。これが三國連太郎《みくにれんたろう》。都からすると、ただ《釣り好きのおじいさん》といったイメージだった。ところが観《み》て驚いた。

……昔はバタ臭い二枚目だったのだなあ。

と、感じ入る。

故郷で彼を出迎えたのは、ひたひたと波のように寄せる噂《うわさ》。妻である種《たね》が、夫の留守中、不義を働いた——というのだ。

まだ、その噂を知らぬ彦九郎が、しばらくぶりに若妻と差し向かいになった場面。演ずるのは有馬稲子《ありまいねこ》。彦九郎が杯をすすめるが、種は受けない。

彦九郎は首をかしげる。

「どうした、酒の好きなお前が？」

2

……お？

と、思ってしまう。続く種の科白《せりふ》が、

「もう、あまりいただかぬことにしましたので」

映画を観る側は、《噂》を知っている。

……酒？　酒がどうかしたの？

と、考える。

彦九郎は笑って、

「いくら飲んでも、乱れたことのないお前ではないか。――飲め」

種が酒を飲む。彦九郎が飲む。見つめ合う二人。彦九郎の指から、ふと杯が落ちる。はっとした夫は照れ隠しに団扇《うちわ》を取り、《蚊がいたのだ》と弁明するようにバタバタと辺りを扇《あお》ぎ立てる。その団扇が行灯《あんどん》に向かい、火を消す。ふわりと落ちた闇の中で、性急に若妻を引き寄せる夫。

段取りがうまいなあ――と思ってしまう都だ。

さて、噂の方だが、京からやって来た鼓師と種との間に、何事かあった――というものだ。彦九郎が問い詰めると、その男を呼んだのは、ただ子供に鼓を習わせるためだけだ、という答えだった。

ここからの回想シーンで初めて、《森雅之》が出て来る。鼓の師匠として、扇子でリズムを取っているのは、なるほど都から来たというのにふさわしい文化的な顔だ。渋い知的な、いい男である。

挨拶《あいさつ》に出た母親を見て、鼓師はその若さと美しさに驚く。子といっても連れ養子、実は種の弟なのだ。

その種の、夫を愛し、つつましい生活を送る賢妻ぶりが描かれる。およそ、不義などとは縁遠い。

「どうだった。ビデオは？」

と、翌日、露木が聞いた。さすがは編集長、森雅之のことなど、とっくにご存じなのだ。

「面白かったですよ。あれ、原作が近松なんですねえ」

「うん。そいつを、うまいこと映画にしてる。何せ、脚本《ほん》が橋本忍《しのぶ》と新藤兼人《しんどうかねと》だからな」

「その人達、——凄《すご》いんですか」

露木は、唇をつぶされたように歪《ゆが》めてから、

「説明しても、猫に小判だなあ。さすがの脚本だから、随所にどきっとするところが

ある。例えば、あの女房が酒好きだろ？」

「ええ」

「それで実家に行く。気が緩む。で、つい——くいくいやっちゃう」

「森雅之も、そこにいるんですよね」

「そうそう。で、あの時が春の祭りでさあ。——何祭りだか、しつこくいってた。覚えてるか」

「え、……そんなの出て来ましたっけ？」

露木は、フンと鼻を鳴らし、

「どこ見てんだよ。あんなとこが、脚色の腕じゃあないか。俺なんぞ、あすこで背筋がゾクッとしたぞ」

「ほ？」

「《桃祭りだ》って何度もいってたんだ。桃は豊饒《ほうじょう》の印。春の祭りだ。——中村苑子《そのこ》を知ってるかい？」

突然、話が飛ぶ。露木の話は乗って来ると蘊蓄《うんちく》が多くなる。

「いえ。——自慢じゃないけど知りません」

「全く自慢じゃない。——有名な俳人だよ。桃の名句が多いけどな、中に《翁《おきな》かの桃の遊びをせむと言ふ》なんてえのがある」

都は、ふと去年の月形瓢一の、とろんとした顔を思い出した。

「——要するに、エロいってことですか」

「いかんなあ。——そういっちまったら、もう別なものになるんだよ。それじゃあ、表現じゃあない。——とにかく、あの場面でもう、悲劇は約束されたんだ」

「はあはあ」

夫が江戸に行き、長く家を空けている美人妻である。いい寄るものがいた。金子信《のぶ》雄《お》扮《ふん》する脂《あぶら》ぎった感じの男だ。思いをかなえてくれと迫る。

「金子信雄って、料理好きの変なおじいさんだと思ってましたけど、いやあ、あんなヒヒ爺《じじ》いの役が似合いますねえ」

「あのねえ——、森雅之は知らないのに、どうして《ヒヒ爺い》を知ってるんだい」

なるほど、かなり古めかしい言葉だ。

「——そういわれても」

多分、酒場で耳から入ったのではないか。カンガルーがオーストラリアに住むように、ヒヒ爺いは、よく酒場に生息する。意味など簡単に実感出来る。

ところで種は、取り敢《あ》えずピンチを逃れるため《許す》といってしまう。無論、その気はない。ここは実家だから、まずい。いつ人が来るか知れない。後で――といって逃れようとする。そこに、外から謡《うた》いの声。鼓師が様子を聞いていたのだ。仰天した金子信雄は、冗談だよ、と弁明しつつ逃げて行く。不義は法度《はっと》だ。表ざたになれば命にかかわる。一方、急場を逃れた種だが、さて、

――《許す》といったのを聞かれたか？

と思うと、いても立ってもいられない。混乱した頭で、何とか証人を籠絡《ろうらく》しなければと、たと度胸をつけようと酒をあおる。

だそれだけを考える。

種は、ふらつく心と身体《からだ》で森雅之のところに行き、黙っていてくれ――と必死でからみ出す。春の夜のねっとりとしたやり取り……。

「そこでまた酒。――お酒が間違いの潤滑油になっちゃうでしょう」

「というか、お種の抑圧された願望が、表にぬらっと出て来るわけだな。酒が、人妻の心のヴェールを剝《は》ぐわけだ。フフ……」

と露木は、嬉《うれ》しそうに解説する。理性という錠に、酒という鍵《かぎ》が刺さる。そして回る。

「まあ、そうもいえますけど。……でも、森雅之だから仕方がない――ってのは分か

りましたよ。あの鼓師が金子信雄だったら、話は違うでしょ」

「そうか」

誰でも——というわけにはいかない。

「そうですよ。いっくら酒を飲んだって、どっかに理性は残りますからね」

露木は顔をしかめ、

「そうは思えん奴らも……いるがなあ」

3

座談会のまとめは、まず自宅での作業、続いて会社の会議室にこもってやった。資料室が使えるから、効率がいい。大まかにまとまったところで、露木に第一稿を見せる。

ここはもっと突っ込めとか、何々さんの発言が少ないとかいった、冷静なチェックが入る。

露木は、《クールな出来る男》というのを売りにしている。立場上、酒の席に連なることも多い。そういう後でも会社に戻り、緻密《ちみつ》な仕事をする。

都が原稿チェックを受けた日も、酒癖がよくない作家さんの接待に出掛け、遅くなってから編集部に、ふらつく足で帰って来た。

「大丈夫ですか？」

露木は、どすんと自分の椅子《いす》に座り、

「あ、ああ。……送っとかないといけないメールが出来たんだ……」

と、パソコンに向かった。いつもとアドレスの違ったメールが届くのも失礼だし、何より自宅にまで仕事を持ち込みたくない。会社から送ろうという気持ちは分かる。

だが指が動かない。横から見ると、首が斜め前に一段階、かくんと落ちている。瞼《まぶた》を十秒下ろしては五秒上げ、また下ろしている。気持ちが悪いようだ。

——《大丈夫ですか》は、さっき使用済みだからな。

そう思って傍観していると、露木はふらりと立ち上がる。このままでは、まともな文章にならないと思ったのだろう。風に当たるのをかねて、近くのコンビニに行ったらしい。栄養ドリンクを買って来た。

戸口で、

……何をしに出掛けたんだっけ？

というように、手にした硝子《ガラス》瓶を見つめ、《おお、そうだ》とばかりにキャップを廻す。そして万能の秘薬のごとく飲み始めた。ぐうっと頭を上げるとこたえるのか、ちびちび入れる。

飲み終えてしばらく静止していたが、劇的な効き目はないらしい。露木はそこで、都の机に近寄り、

「頼む」

「はい？」

自転車のハンドルぐらいの太さの硝子瓶が、都に向かって差し出された。

「……これで俺の頭を殴ってくれっ」

思わず受け取ってから、都は、

「ご趣味ですか」

「——あのねえ」

まあ意味は分かるから立ち上がり、可愛《かわい》くコツンして差し上げた。

「そんなんじゃあ駄目だ。もっと思いきりっ！」

都は腕を組み、

「今日に限ってねえ、どういうわけか、許せる気分なんですよ」

「何だと、——肝心な時、役に立たんなあ」

別に、肝心な時でもないと思う。露木は、男性社員に頼んでガツンとやられた。うッ——と叫んでかがんでから、両肩を何度か揺らしつつ身を起こし、

「よし、やるぞっ！」

と、席に戻って行った。

気合の入れ方は様々だ。要するに、酒などには飲まれない——というのを形にして、自分と他人に見せてもいるわけだ。

露木の酒の得意ジャンルに、カクテルがある。都も、青山の洒落《しゃれ》たバーに連れて行ってもらったことがある。露木の背中を見ながら、

——そうだ、あそこで。

と、都は思った。

何のことかといえば、初めての打ち合わせの場所である。

夏から、人気のある作家の連載エッセーを始める。担当が都だ。作家さんは人柄もいい。締め切りも守ってくれる。これといって問題はない。後は、カットを誰に頼むかだ。

そこで二月に会った小此木が——小此木の版画が、というべきなのだろうが、画と一緒に——彼の顔が浮かんで来た。

あれから気をつけて見ていると、デザイン事務所の人のいった通り、小此木の作品はあちこちで使われていた。人を魅《ひ》きつけるものを持っているからだろう。通販の雑誌にも載っていたし、意外なところでは新聞の経済面のコラムでも見かけた。猫や犬が自由な表情、勝手なポーズをしていた。およそ似合いそうもない取り合わせが、記事の堅さを和らげ《読んでみようか》という気をおこさせていた。

だが今まで、小説誌では見かけなかった。これをいいかえれば《新鮮》ということになる。

作家さんに、ためておいた小此木のカットを見せると《いいんじゃないの》と了解も得られた。露木にも、その線で行きたいと報告した。

そこで、正式な依頼と顔合わせ——ということになる。小此木のいるデザイン事務所が南青山だ。

露木に教えられたバーが近い。

4

梅雨時の夜、小此木とそこで待ち合わせることになった。朝から曇っていたが、降り出しては来なかった。

都は食事をすませ、早めに行って待っていた。深みのある青のシルクのニットに、ラインの綺麗《きれい》なアイボリーのフレアスカートにした。靴は白のパンプス。仕事の場ではあるけれど、相手は美術の仕事をしている。まあ、それなりに考えた末である。

定刻ちょっと前に、背の高い男が入って来た。きょろきょろと中を見回す。問いかけるような視線が都のところで止まった。表情がふっと弛《ゆる》む。

――やあ。

という感じだ。

都は一瞬、抱いていたイメージとその顔の落差に、事情が飲み込めなかった。だが、こちらを見てにこりとした目元が記憶の通りだ。

立ち上がって礼をする。小此木がテーブルに近づいて来た。

「どうも……」

「小酒井です。おいでいただきまして、ありがとうございます」

「いえ、近くですから……といっても、ここは初めてですけど」

お店の人がやって来る。都が、小此木に聞く。

「何になさいますか」

「ああ……、こういうところは、よく分からないんで……」

「じゃあ、連載の初めのお祝いということで、――シャンパン・カクテルにしましょうか」

「はあ」

「ブラック・ベルベットで？」

小此木は素直に頷《うなず》く。分からないのでは、そうするしかないだろう。

シャンパングラスで、濃い糖蜜色《とうみついろ》のカクテルがやって来る。きめ細かい泡が美しい。

「……ええと、《ベルベット》って何でしたっけ」

「ビロードです」

「ああ、なるほど。そういう手触りの……感じか」

口に運んだ小此木が、なるほど――という表情になる。シャンパンにギネス――である。口当たりがいい。都は、ちょっと小此木の方に顔を寄せ、

「驚きました」

「え？」

「この前、お会いした時と違うんで」

「あ……」

小此木は照れ臭そうに頭に手をやった。二月に展覧会場で会った時は、キリストの映画にでも出て来るような長い髪に髭《ひげ》だった。今はバリカンで刈ったいが栗頭《ぐりあたま》。髭もない。別人のようだ。

「耐えられなくなるまで伸ばしてね、そろそろ限界かなってところで、こうするんです。だから仲間に、《オコジョ》っていわれて……」

確かに、そういわれていた。

「え？　――《小此木》さんだからじゃないんですか？」

「まあねえ、それもありますけど」

「どういう――？」

小此木は、笑って、

「ほら、オコジョって冬毛と夏毛があるでしょう。――色が変わる」

「ああ――」

ふに落ちた。同時におかしくなって、都も笑ってしまった。

「いっとけばよかったですね。見た目が変わってるって」

今の方が若々しい。

「本当に。──こちらから探そうとしたら、分からなかったかも知れません」

「向かい合って、どう思いました？」

都は、小此木の頭を見直し、

「悔い改めたのかな──って」

お洒落なつまみが、皿に盛られて出て来る。次のカクテルは何にしようか、という話になる。

「この……マティーニってのは聞いたことがあるな」

「カクテルの代名詞みたいなものですね。それだけに通は、あれこれいいます」

「強いんですか」

「強いですよ。一回、作家さんを囲む会があった時、お開きというところで、その方がいうんです。《よーし、じゃあ仕上げに、マティーニ、ぐっと空けて行けっ！》って。皆、かなりお酒が入っていたから、判断力がなくなってました。だから、《おーっ！》と答えて、一気飲みして外に出た」

「どうなりました？」

「へろへろですよ。頭が、定位置からずれたところにあるみたい。首の付け根が痺《しび》れて、何というか──脳がむくんだような感じ」

「はあ」

「強いから、本当にマティーニの味が分かるのは最初の一杯だっていいますね。——夜更《よふ》けになっても、立て続けにマティーニやってるのは、ただの酔っ払い。——酒を味わってる奴《やつ》じゃない」

そこで都の携帯が震えた。取ってやり取りし、小此木にいう。

「編集長が、そこまで来ています。挨拶《あいさつ》に顔を出しますので」

5

「マティーニ！」

と、露木がいう。都が言葉を添えた。

「通はマティーニから——ですね」

露木は、首をくっと斜めにし、

「それよ、——そのことよ」

と見得を切る。そして、小此木に向かい、

「——いつだったか、銀座でマティーニやりましてね。これがどうもいけない。店を替えては、いかん、いかんと愚痴りましてね。——結局、五軒目でここに来ました。いやー、マティーニはここに限る」

小此木は、眼をしばたたきながら、神妙に頷いた。《立て続けにマティーニやってる》奴が現れてしまった。

……こりゃあ、間が悪かったな。

都の思いも知らず、露木は、すっと背筋を伸ばし、

「バーの最初の一杯を何にするか。これは大事ですよ。いい加減に決めると……夜が台なしになる。《取り敢《あ》えず、ビール》なんて、もっての外《ほか》です」

小此木は、ちょこんと首を縮め、

「いやあ、僕なんかその《取り敢えず》の口です」

「あ——、そうですか。いやあ、——まあ夏はそれも結構ですね」

小此木は、露木に勧められてモスコーミュールを飲み始めた。都はジントニックにする。

「で、——どんな具合にやっていけばいいんでしょう」

と、小此木。これは、酒ではなく仕事の話だ。都が答える。

「自由に進めていただければ、と思います。作家さんと小此木さんの、両方の世界の

空気が合っているんです。だから無理に文章に擦り寄らなくていいんです。それぞれが、それぞれに主張して照らし合うような、そんなものになれば──と思います」

「……」

小此木が真剣な眼で見つめている。

「ある程度の枠──というかパターンの統一性はあってもいいと思います。取り敢えず、幾つか作っていただけますか。──理想をいえば、先に色々いただいておく。その中から、原稿に合わせて選べるようなら有り難いです」

小此木が頷く。

「分かりました。頑張ります」

露木が、ぽんぽんと都の肩を叩《たた》き、

「よろしくお願いしますよ。──こいつ、酒飲みですけど、仕事はちゃんとやりますから」

「編集長！」

露木は、ムフフ……と笑ってウォッカトニックを飲み干す。小此木が、

「打ち合わせって、よくこういうところでするんですか？」

「まあねえ。そういうこともありますが……」と、露木は物憂《ものう》げに眉《まゆ》を寄せ、グラス

の底にふうっと眼をやり、「……辛《つら》い決断の後、心疲れて一人で来ることもあります。弱いんですねえ僕は。……誰の顔も見たくないのに、完全に一人になるのは嫌だ……というわけです」

「はあ」

「そうやって、マティーニなどを嘗《な》めながら、……一日の終わりを探すんです」

駄目だよ、真剣に聞いてちゃあ、いい気になって続けるから――と都は思う。

「カクテルっていうのは数が多いんでしょう？」

「星の数ほどある。そういう中で……ふと思いがけない一杯と巡り合う。それが生涯、忘れられない出会いになる。例えば、ウォッカトニックは、その名の通りウォッカがベースです。これに似ていて、アクアヴィットというのがある。北欧の酒です。……じゃがいもが原料なんです」

「へええ――」

と、小此木が顔を輝かせた。

「癖のある酒ですが、こいつをベースにしたカクテルにいいのがある」

露木は小粋《こいき》に手を上げ、お店の人が来ると渋い声で注文した。

「ストックホルム……」

相手は一瞬、けげんそうな顔をした。だが露木は気がつかない。小此木に向かって、そのままカクテルの蘊蓄《うんちく》を傾ける。

お店の人は急いでカウンターに戻った。そして、レシピの載っているカクテルブックをあわただしくめくっている。表情が険しい。もう一人のバーテンダーが側《そば》に寄り、こちらも深刻そうに話しかけている。

名門バーである。知らないとあれば、沽券《こけん》にかかわるのだろう。緊迫した雰囲気だ。

「編集長、――編集長」

都は小声で呼びかけた。露木はうるさそうに、

「何だ」

「――それって、ひょっとして――コペンハーゲンのことじゃないですか？」

露木は色白の頬を、ぴくりと引きつらせた。

「……そのことよ」

6

バーテンダーが恐縮してやって来た。分からない、レシピを教えてくれれば作る、

という。

どうするのかと思っていると、露木は、

「いやあー、随分前に、赤坂で飲んだきりでねえ。レシピまでは分からないなあ。それじゃあ――」

と、ごまかした。ここが青山だから、とっさに赤坂となったのだろう。業界で、《ストックホルム》という幻のカクテルが話題になるかも知れない。

逃げるわけではないが、露木は他に用もあり、その辺りで出て行った。

「小此木さん、さっき、《じゃがいも》って聞いたら嬉《うれ》しそうな顔しましたね」

「あ、分かりました？」

「ええ」

小此木は、懐《なつ》かしい友を語るような温かい顔をして、

「じゃがいもが好きなんですよ」

「へええ。いつ頃から？」

「さあ……。そういわれても……。物心ついたら、もう好きでしたね。うちの父も大好きだったし、確か……祖父もそうだったと聞きました」

「遺伝ですか」

「そうでしょうね。実家の近くに肉屋さんがあってね。母が年を取って揚げ物をしなくなると、父は自分で肉屋に出掛けてポテトフライを買って来ました。それがおいしくてねえ。熱いうちに、フウフウしながら食べると、なお、おいしかった」

「ポテトフライ……」

「フライドポテトじゃありませんよ。——牛乳と乳牛は違いますから」

「確かに……」

乳牛を飲むのは難しい。

「実家に帰る時ね、歩いて行く途中にその肉屋さんがあるんです。田舎だから、まだ続いてる。名前も消えかけた昔の看板が、まだ出てる。何だか時間が前に返ったみたいでね、嬉しくなります。——いつも、《親父《おやじ》に、おみやげにしよう》と思います。おみやげなら東京から買っていくのが当たり前でしょう。住んでる町のを持ってくのも、変ですけどね。——お店に入ると、しばらく前に二円値上げして、今はひとつ十二円になってる。それを十個買うんです。切りがいいから」

「はい」

「寒い時は、手に温《あ》ったかい。つい誘惑に負けて、つまみ食いしちゃう。歩きながら、ほくほく食べるんです。そうするとね、せっかくのおみやげが、うちに着く頃にはなくなってしまう。――やあ、こりゃあいけないと、回れ右して、また買いに戻ります」

見えるようだった。

「東京だとどうなんです」

「え？」

「あの……奥さんとかに揚げてもらうんですか」

奥さんとか？《とか》って何だ――と、自分で突っ込みたくなる都だ。

「いやあ、独身ですから、てんぷらなんか出来ないです。不器用なんで」

――おお、そうか。

ポテトフライも一見簡単そうで、実は下茹《したゆ》でしたりとか面倒である。都は、はしゃいだ声でいった。

「あら、不器用じゃ、版画は出来ないでしょう」

どういうものか、いつもあまり使わない《あら》を口にしてしまった。

「え、――それは、何ていうんだろう、別腹ってのは違うな、――別器用ですよ。僕は、じゃがいもはね、もっぱらタワシでごしごしやって、サランラップの衣装を巻いて、それからレンジでチンです」

そうかそうか――と頷《うなず》きつつ、

――さて次は何を頼もう。アクアヴィットを行ってみましょうか。それにしても、

うーむ、今夜のカクテルは――どれもこれも美味であるなあ。

と、ほくそ笑む都であった。

9

王妃の髪飾り

1

中野の実家の夢を見た。

台所のテーブルを囲んで、父と母と姉と都、それから——どういうわけかオコジョさんがいる。

要するに、こっくりさんでもやりそうな態勢だ。全体に暗く、都達だけスポットライトを浴びたように、明るく浮かんでいる。

テーブルの上には、家でもめったに使わない大皿がのっている。姉と都がまだ小さかった頃、運動会などがあると、母が稲荷《いなり》ずしを大量に作った。それを、この皿に盛り上げた。自分達が小さかったから、実際以上に大きく見えたのだろう。

それが、記憶にあるままの大きさで、でんと目の前に置かれている。

だが、皿に盛られているのは、稲荷ずしではない。――じゃがいもだ。茹《ゆ》でたか、ふかしたか、そういう感じで山盛りになって湯気を立てている。現実には不可能なくらい、高く積み上げられている。

それを囲んで一同が、体を左右に振りながら呪文《じゅもん》のように叫んでいる。

「――じゃがいも、最高！　――じゃがいも、最高！」

軽く握ったこぶしを招き猫のように上にあげ、リズミカルに振っている。

自分も含めてそうやっているのを、もう一人の自分が客観的に見ている。そして、

――儀式みたいだなあ……。

と、あきれている。

だが、その視点がテーブルを囲む側の自分に戻ると、今度は単純な動作と言葉の繰り返しが、妙に快い。

「――じゃがいも、最高っ！」

体を揺すりつつ叫んだ。何度目かで目が覚める。

ベッドの中にいた。梅雨時の朝の、弱い光が窓からさしている。

しばらくぼんやりし、やがて、

——何だ、こりゃあ？

と、思った。

都は、あまりじゃがいもに好意的な方ではなかった。思い返せば、体型に気を配り出した大学生の頃から、あまりいい感情を持たなくなった。

じゃがいもは、栄養価が高く、腹持ちがいい。そういう当たり前ならプラスのイメージが、逆に働いた。

——太りそう……。

乙女の敵——という気がしたのだ。居酒屋に行っても、じゃがバターやジャーマンポテトの類《たぐ》いには背を向けて来た。

だが、昨日聞いたオコジョさんの話が、妙に心に残ってしまった。

幸い、その日は七時頃に仕事が終わった。編集者としては、早く会社を出られた。夏だから、真っ暗というわけではない。そのことがまた、気持ちを軽くした。

地下鉄の駅に下りず、右に曲がると商店街がある。九時頃まで開いているスーパーがあった。

——肉じゃが、やろう！

胸の内でつぶやくと、何だか、野望の宣言のように思え、高揚して来た。

じゃがいもはメークイン。五、六個入った袋入りを取る。隣にタマネギがあった。

――はて？

いくつかストックはあった筈《はず》だ。しかし、最後に使ったのがいつか分からない。大きな声ではいえない、しばらく包丁を握っていない。ひとつぐらい残っていたかも知れない。だが――。

――発芽してるかも……。

小学生が、栽培の実験をしているわけではない。そうなってしまっては、料理に向かない。結局、タマネギの小袋も買うことにした。それに薄切りの牛肉をワンパック。

都は、手提げの他にスーパーのレジ袋を持ち、帰路についた。地下鉄の中で、ガタガタンという車輪の音に合わせ、小さな声で口ずさんでいた。

「……肉じゃが、最高。……肉じゃが、最高」

飲まなくても、怪しい奴《やつ》になる都であった。

2

肉じゃがでビール――という取り合わせが、当然、頭に浮かんで来る夏の夜だ。

しかしまあ、それだけではすませられない。お米をシャカシャカといで、小さな炊飯器に入れ、《早炊《はやだ》き》のスイッチを押す。鍋《なべ》は、レンジでことこと音を立てている。

出来上がってからビールと行きたいのだが、人の——というか都の——欲望は簡単に制御出来ない。キンと冷えた缶のプルトップを、引っ張ってしまった。先の楽しみがあるから、勿体《もったい》なくてちびちびやる。

それだけ抑えたから、ビールと共に口に運ぶ肉じゃがの味は格別だった。きめ細かくむっちりした身が、お汁の旨《うま》みを誠実に受け入れている。

「うーん、うまいぞ。——おいしいぞ」

と、口に出してから、

……何だかなあ……長らく、大切なものを見落としていたような……そんな感じだよなあ。

ふと、そんな感慨にふける都であった。

翌日の夜は、一応主婦の村越早苗と飲んだ。暑さに立ち向かおうとピッチをあげたから、かなり早く、気分がよくなった。

「暑い時の一杯は、いいよねえ」

と、都がいうと、美貌《びぼう》の主婦は、

「まあ、ヴィヴァルディにいいけどさ」

「ほっ？」

「四季にいいってことさあ」

つまらないけど、腹も立たない。酒のおかげである。仲間には三倍親しみを感じる。もっとも、敵には五倍怒りを感じるようになるが。

早苗は続けて、

「――だ、だけどさあ、暑いと危険なこともあるわよお」

その話は、前にも聞いた。

「路上に寝ちゃうから？」

「それもあるけど、ねえ、――脱ぎたくなっちゃうでしょ」

「へえ？」

「何か、体を押さえられてるのがうっとうしいじゃない。酔うとさあ、本能の方が強くなるから、つい脱いじゃう」

「路上で？」

「まあ、外じゃ、あんまりやらないけど、うちに入ると、たちまちだよ」

《あんまり》というのも、どうかと思うが、しかし――、都も、夏の朝、気が付くと時に——かなり身軽な姿で、ベッドに転がっていたりする。

「い、いいんだけどさあ——どこから、うちと判断したかが、疑問でさあ」

意味が、よく分からない。

「どういうこと？」

「この間さあ、白いジーンズはいて外に出たんだ。それで酔っ払って帰って来た。その前後の記憶は、さだかでない」

「うんうん」

「ところが、うちまで来て、階段上がる途中で転げ落ちたんだよね。痛かったから、そこだけ、記憶の中のキムチというかカラシというかワサビというか、そんな感じではっきりしてる」

「うん」

「ケン君、帰って来てびっくり。寝てるわたしを、《可哀想《かわいそう》に早苗ちゃん。足が血だらけだよお》と、撫《な》で撫でしてくれた」

ケン君は、早苗の旦那《だんな》である。よく出来た生き物係として、会社でも評判だ。

「で、《ケンくーん》と抱きついて、その場はめでたしめでたし――だったんだけどさ、翌朝になって大疑問」

「何が」

「脱いだジーンズに、染《し》みひとつないんだよね。足が血だらけなんだもん、ただですむわけないじゃん」

　都の目に、たたまれた純白のジーンズが浮かぶ。

「――そうだねえ」

「考えられるのは、階段の下まで来たところで――予知能力が働いた。《これから、あたしはここから転げ落ちる》。――そう思って、ジーンズを脱いだ。でね、色っぽい姿で上って落ちて《よしよし、これでジーンズは無事だ》と安心して、うちに入った」

「そりゃあ――変だねえ。予知したんなら、ジーンズ脱がずに、気をつけて上るでしょう」

「だけどさあ、運命ってのはアラガエないんだよ。もう落ちるって決まってるんなら、いっくら気をつけたって落ちるのさ」

「そうか」

「そうですよーん、そう思ってぇ」

と哀願口調の早苗に、都はいう。

「でも、前提としてですね、村越さんに予知能力なんかあるの？」

「そりゃあ……普段はないけど、お酒の力で出て来たんじゃないかな」

都は、ぐっとビールをあおり、

「無理っぽいなあ。考えられるのは、──どこか途中でジーンズ脱いで、肩に引っ掛けて、鼻歌うたいながら帰って来た──ってとこかな」

早苗は、おお──と手を慄《ふる》わせ、

「それは、恐ろし過ぎる結論ですぅ」

3

何が真相かは、分からない。しかし、かつて軽井沢で人間消失事件を起こした早苗だ。都は、アクシデントか誘拐か──と、振り回された。相手が彼女なら、何をやっても驚かない。

早苗は、首を横に振り、

「いくら何でも、それは……ねえ」

都は、ちょっぴり意地悪そうな口調で、

「でもねえ、お酒がからむと、人間て、自分でも理解出来ないことをするもんですよ。この間、気が付いたら、うちの玄関の棚に不思議なものが置いてあった。コンビニの袋に入った、――特大パスタです」

「何それ？」

「わたしもそう思いましたよ、目を点にして。――女の子だし、一人暮らしだし、《特大》なんか買う筈がない」

都は肩をすくめ、

「季節はずれのサンタ？」

「サンタかヨンタか知らないけれど、わたしでないとすれば、誰かでしょ。謎《なぞ》の人物が玄関口まで来た？　泥棒？　――とか考えて、あせりました」

「泥棒って、持って行くんでしょ。置いてかないわよ」

「じゃあ、逆にしてボードロ」

新語を作る都である。

「そのボードロの正体が――自分だったわけ？」

話の流れからいって、そうなる筈だ。

「まあねえ。――わたしの財布に、ぐしゃぐしゃに丸めたレシートが入ってました。だから、素面《しらふ》になったら不可解だけど、帰り道、何だか突然、パスタが食べたくなったんでしょうねえ」

早苗は、大きく頷《うなず》き、

「酔っ払いは塩分摂《と》りたくなるからねえ、肉体の欲求として」

「そこで気が大きくなって、《特大》買っちゃったんですね、きっと。――普段、手を出さないようなものに、ひょっと手が出ちゃう。――素面で眺めて、《あり得ねー》と、ため息ついちゃいましたよ」

「あはは」と、笑ってから早苗は、「――でも、あたしの場合、物的証拠がないもんね。当日のビデオでもない限り、ジーンズの謎は解けないよ。ま、解けない方が幸せかも知れない。――じゃあ」と、腰を浮かし、「塩分摂取に行こ。締めはラーメンだよん」

都もそういわれて、ラーメン気分になった。近くの、よく行く店に入った。

ここのメニューに、チャーコロというのがある。チャーシューを使ったコロッケである。お店ご自慢の逸品だ。早苗は、このチャーコロを愛している。ラーメンのおかずーといった感じで、それも頼んだ。

麺《めん》を啜《すす》りながらの話になる。都は、結婚への道の先輩に聞いた。

「ねえ、恋愛ってどういう風にするもんでしょうねえ？」

早苗は、ずるると音を立てて、ラーメンを啜りながら、

「うむむむ、……よくぞ聞いて下さいました。都ちゃん、恋愛はね、うっかりするもんよ」

「ほっ？」

「そんな顔するんじゃないわよ。いい、ここが、恋愛の肝《きも》なんだからね」

都は、箸《はし》を止め、

「そんなもんですか」

「もっちろん！　しっかりしてたら、恋愛なんか出来ないんだよ。――恋にうっかりは、付き物なんだよん」

「はあ……」

いわれているうちに、深遠な御《ご》託宣《たくせん》のように思えて来た。

「つまりですね、都ちゃん。しっかりしてるようじゃあ、恋愛がおろそかになるのさ」

「なるほど……」

それは、納得出来た。チャーシューと一緒に、早苗の言葉を噛《か》み締め、

「……じゃあ結婚は？」

「そうだなあ、結婚はね、――何となくするもんよ。――恋愛はうっかり、結婚は何となく。これが秘訣《ひけつ》ですね」

「おお……」

都

「三十過ぎるとさあ、仕事が出来ることに慣れるんだよね。それに気が付くと、ちょっと恐くなる。――そっち一直線もありだけど、どっかに自分を楽しませることがあるのもいいと思うよ。ある程度の年になったら、それが課題になると思うんだよねえ。自分を楽しませるってことが。――そのためにも、仕事以外の何かがあるって、いいことじゃないかなあ。でさあ、結婚てえのを考えたら――身構え過ぎずに、何となく、いつの間にかって方が間違えない気がするんだなあ。――それって自然ってことじゃない。ナチュラルっていいことだよ」

都は、乙女っぽく、

「灼熱《しゃくねつ》の恋でなくてもいい？」

「うん。うっかりの恋で、全然、オッケーよ」

飲めば

と、早苗はチャーコロをつつく。

「でも、何となくそうなるにしても、きっかけはありそうだなあ。——村越さんの場合、彼を選んだポイントって何です」

「そりゃあ、あちらに選ばれたからだねえ」

「はあ」

「男ってさあ、適当に話を聞いてやって、感心してやれば、喜ぶじゃない。——女だったらさあ、どうすりゃ、男に気に入られるかって、そんなこと分かるじゃん。——意識すりゃ出来るんだよ、そんなこと。それの上手な女もいる。——でもさ、そういうの、やりたくないじゃん。——ケン君て、そんなことしなくてもいい相手だったんだよ。ここ大切」

早苗は、にこっとし、

「ケン君ね、《きみには、きみの気づかないいい所がある》って、いってくれたんだよ。——《どこどこ？》なんて、馬鹿《ばか》なこと聞かない。そのままにしとくのが値打ちだよ。そういってくれる人だと思えば、結婚なんか、自然に出来ちゃうもんだよ」

早苗は、いいつつ気分が高揚して来たようだ。箸を持ったまま、すっくと立ち上がり、

「おじさん。——お客さん皆なに、チャーコロ！ ——あたしの奢《おご》りで！」

大盤振る舞いの挙に出た。

「あいよ」

店の主人は、早苗の言動に慣れている。それこそ自然に注文を受けた。

ナチュラルに行かないのはお客一同だ。いきなりのチャーコロ襲来に、かなり戸惑っているようだった。

4

都は、天ぷらを揚げない。独身女性は、大体においてそうだろう。

油がはねて、壁や天井、髪にまで付いたりする。床まで滑る。

第一、揚げ立てがおいしいわけだから、わたし揚げる人、あなた食べる人——という役割分担になる。一人でやるのに適さない。共働きにも向かない。家族——という集団になって、初めて取り掛かる調理法だろう。そして基本的に、——外で食べた方がうまい。プロとの差が出る。

こんなわけで、都の台所には天ぷら鍋《なべ》がなかった。

「――お母さん」

と、都は実家に電話をかけた。

「まあ、久しぶりだねえ」

「今度の土曜、そっちに行ってもいい？」

と甘い声を出す。

「そりゃあ、いいけど……？」

母はとまどい気味である。

「でさあ、お願いがあるんだけど」

「お金かい？」

「そうじゃないよ。お母さんの天ぷらが食べたいの」

そういっておいて、土曜日の午後、中野に足を向けた。

「どういう風の吹き回しなんだか」

「まあ、いいからいいから。食べたくなるのに理屈なんかないよ。――そういう欲求って、突然に襲って来るんだよ」

「ふうん」

都は、リズミカルに繰り返す。

「天ぷら、天ぷら」

「——近頃やらないからさあ、鍋を出して来るだけで、ひと仕事だったよ」

レンジの上に懐《なつ》かしい天ぷら鍋が置いてある。温度計付きだ。昔は、皿を出したり、衣を付けたりして、手伝ったものだ。

都は、鍋を愛《いと》しげに撫《な》でながら、

「じゃがいもはあるね」

「あるけど」

「そこが肝心よ。——天ぷらと来れば、じゃがいもだからね」

オコジョさんが好きだといったのが、ポテトフライだ。母はちょっと首をかしげたが、それからニヤリとした。

「ははーん」

「何よ」

「——何でもないわよ。ふうーん」

そういいながら、支度にかかる。

温度計がない時の油の温度の見極め方、海老《えび》の尻尾《しっぽ》は水が残りやすいから端を切っておくこととか、あれこれ、ポイントを教えてくれる。

「油はねが恐いからって、揚げるものを投げ入れないようにね」

「へいへい」

「残り物は、こうやってかき揚げにするんだよ。こういうのがまた、おいしいんだからね」

都のおかげで、父は久しぶりに天ぷらを食べることになった。所在なげに、海老などをつつきつつ、

「おい、いい加減に、こっちに食べに来いよ」

と、物悲しい声を上げる。それどころじゃあない——と思う都であった。

一泊して翌日は、湿気の少ない上天気だった。青い空、白い雲の下、都は大きな紙袋を提げて実家を後にした。

袋の中にあるのは、無論——せしめた天ぷら鍋である。

5

うちに帰った都は、翌週の日曜日、満を持してポテトフライを揚げにかかった。

——天ぷらは、はねるよなあ。

そこで思った。

——エプロンだ！

四、五年前、自由が丘の小洒落《こじゃれ》た雑貨屋で買ったのがある。

友達と——女だ——評判のケーキを食べに行き、満ち足りた気分になった。その後、ぶらぶら街を歩いた。すると、ショーウィンドーで、センスのいい輸入品が、《寄ってらっしゃい、見てらっしゃい》と愛嬌《あいきよう》を振りまいていた。

入ってみると、葡萄《ぶどう》や花の柄がプリントされたエプロンがある。感じのいい発色で、嫌みでない程度に可愛《かわい》い。その時の気分に、しっくり来た。

これも、出会いである。

「こういうのってさあ、見つけた時、買っとかないと、後で悔やむんだよねえ。——そのうちにどんどん、実際以上に、良く思えて来てさあ」

などと盛り上がり——気が付くとレジに並んでいた。自由が丘でケーキの後だ。助走をつけて跳んだようなものである。魔が差した——としか、いいようがない。《使い道があるのかー》という天の声も、遠くから微《かす》かに聞こえた。だが、人生何が起こるか分からない。とりあえず、押さえておこうという気になってしまった。

以来、そのエプロンは長い冬籠《ふゆご》もりに入っていた。

——寝過ぎは、体によくないぞ。

そう思って都は、問題の品を出して来た。おまけに、身に付けた。さらに、長い菜《さい》箸《ばし》を胸の前に構え、鏡にうつして見てしまった。うふっ——と、いくつか可憐《かれん》な奥様ポーズまでしてみる。

さすがに、しばらくやっているうちに我にかえった。

——こりゃあ、同僚には見せられないぞ。写真に撮られたら、脅迫のネタになる。

と、台所に戻った。

ポテトフライは、そこそこの出来だった。母は下ゆでしていたが、現代ではレンジでチンが一般的なようだ。そうやって仕上げた、金色の明るいポテトに、ぱらぱらと塩を振り、なじんだところで口に運ぶ。

「まあ、初めてにしてはこんなものかな」

だが、フライは揚げ立てが一番おいしい。《お手製です》と、わざわざ冷えたものを持って行く手はない。そんなことは分かっている。とりあえず、行動してみた都である。

彼が好きだというものを作って食べることが、妙にやりたいし、やってしまうことだった。つまり、うっかり、恋——のようなものをしたのかも知れない。

オコジョさんから電話があったのは、それから数週間後、舌を出してあえぎたくなる本格的な夏になってからだった。

金曜日の、夕方から夜の間。空気が柔らかな頃、編集部の電話が、りりん・りりりん——と軽やかに鳴った。

「小此木と申しますが、小酒井さん、いらっしゃいますか？」

耳にしっくり来る声だ。

「わたくしです」

「ああ。先だってはどうも——」

挨拶《あいさつ》の後、小此木は、版画が出来たといった。

「幾つかまとめてというやつ、——とりあえず、十五枚ぐらい作ってみたんですが——」

都の、受ける声がはずんだ。

「ありがとうございます」

「見ていただければと思うんですが、——そちらは土日になっちゃいますよねえ」

自分が頼んだ挿絵のシリーズだ。職業人としての血も騒ぐ。

「いえ、かまいません。そちらさえよろしかったら、明日にでも——」

「土曜から泊まりがけで、山梨の方に出るんです」

「ああ……」

と、都は失望の声をあげる。当然のことながら、作り手の小此木も、早く見せたがっている。

「じゃあ、日曜の夕方でも——いいでしょうか？」

といった。

「勿論《もちろん》です」

せっかちが、二人揃《そろ》っての相談だ。簡単にまとまる。

都はかねて考えてあった、下町の駅名をあげた。そこの改札口で、明後日の夕方、五時半と決めた。

……仕事のお礼に、ちょいと一杯、接待したいではないか。となれば、夜になった方がいい。どうも小此木は、くだけた店が好みのようだ。キンミヤの焼酎《しょうちゅう》に、もずくとか冷や奴《やっこ》とか……この線がよかろう。

下町の酒場が、映画の一場面のように目に浮かぶ。香りまで付けて。

「うむ。よしよし……」

と、都は舌なめずりした。

作品を見るのも大切だが、先々のことまで、ぬかりなく気を配る優秀な編集者、小酒井都である。

心ない人は、それを――ただの酒好き、と呼んだりもする。

6

日曜の午後になった。

先日、眠りの森のエプロンを目覚めさせた都だが、ここでふと、別のものも起こしてみる気になった。

二年ほど前、青山のインポートブランド店の前を通った時、こちらもまた《魔が差して》買ってしまった上下のセットがある。アンティーク風デザインの下着である。

素材は上質のコットン、派手ではないクリーム色。可愛くて鮮やかなスミレと小花の刺繡《ししゅう》が散らされている。そこに、微妙に色合いの違う青や紫系統の糸が何種類も使われている。

一見すると地味なようだが、よく見れば手の込んだ仕事ぶりと分かる。これだけの細工をするのは容易ではなかろう。

肩紐《かたひも》には、刺繍の緑の蔓《つる》が、懐かしい童話の挿絵のように伸びている。そして、フランスならではの繊細なレースが品よく全体を縁取《ふちど》っている。

無論、いいお値段だった。しかし、たまたま、お金を持っていたのと、ひと組ぐらいこういうのがあっても……という思いが重なり、つい買ってしまった。

人に見せようという、具体的な野心はなく、実際、そういう機会もなかった。とはいえ、高額商品をただ眠らせておくのもつまらない。勿体《もったい》ない。

出掛けようとした都は、勝負！　――という炎の気負いもなく、それを身に付けてしまった。

「別にね……何か、考えてるわけじゃあないけどね……」

と、鏡の中の自分に言い訳し、上には、カジュアルな服を選んだ。下着と全く、釣り合わない。

ライトグレーのソックスにベージュのコットンパンツ。グリーンと白のボーダーシャツを着て、紺の麻のジャケットをひっかけた。

休みの日で、居酒屋に行こう――というのだから、むしろこれが《当たり前》なのだ。しかし、《内に秘めたるもの》との分裂の具合が――都さんには内緒だが――計り知れない女心ともいえる。

三回目の出会いとなる小此木は、作品を挟む画板のようなものを持って、改札口に現れた。にこやかな表情である。

駅から出ると、夕方とはいえ、かなり暑い。額が汗ばむ。ジャケットは手で持った。まずは静かな喫茶店に入り、出来た版画を見せてもらう。

都が年下とはいえ、小此木からすれば、作品を審査されるわけだ。ところが、そういう緊張が、全く感じられない。

自分の畑で穫《と》れた野菜を持って来て、食べたがっている人に分けるような、——それが嬉《うれ》しくてたまらないような目をしていた。

都は、一枚一枚、トレーシングペーパーに挟まれた版画を見て行く。まだ、挿絵の付く文章は出来ていない。それだけ自由に、小此木の世界が展開されていた。眉毛《まゆげ》のある猫や、その他にも色々な動物達が、小窓から顔を覗《のぞ》かせたり、屋根に並んでいたり、シーソーに乗っていたり、ロウソクを前に瞑想《めいそう》していたり、様々な姿を見せていた。めくっていくうちに、心がはずんだり、静かになったりする。

丁寧に見終わると、都は感謝をこめていった。

「ありがとうございます。お預かりします」

「よろしいですか？」

「ええ。予想通り——というか、予想以上に素敵なページが作れそうです。今までの、うちになかったような」

「そりゃあ、よかった。——ほっとした」

都も、くすりと笑い、

「そんな——、心配してるようには、見えませんでしたよ」

「とんでもない、どきどきですよ。恐い顔して、《なかったことにして下さい》とか、いわれるんじゃないかと思ってね」

「鬼じゃないですよ、わたし」

と、都は首を振る。

小此木は、いったん作品を受け取り、厚手のビニール袋に入れ、さらに大きな紙袋に入れて渡してよこした。

拝受して、都は、

「お話しした通り、どれをどういう順番で使うかは、こちらで選ばせていただきます。ストックがなくなって来たら、またお願いします」

「了解しました」

都はそこで、《ちょっと歩くけれど、いいお店がある》といった。

7

七時前だというのに、もう前で待っている人がいた。人気のある店なのだ。だが、順番待ちしてもあせらず、そのこと自体を楽しんでいるような、のんびりした雰囲気だ。

軽く一杯やって出て行く常連客も多いらしい。回転が早い。料亭などとは、わけが違う。そこが下町の良さだ。あまり待たずに、中に入れた。

日曜とはいえどこかでひと働きして来たような人、行楽帰りらしい夫婦連れ、近所のおじさん、若い女の子もいる。手酌《てじゃく》の一人酒もいれば、和気あいあいの仲間もいる。皆、くつろいだ感じで、箸を動かし、グラスを口に運んでいる。

カウンターではなく、ちょうど壁際《かべぎわ》の席に座れた。大事な荷物があるから、有り難い。

威勢のいいお兄さんが、さっと注文を取りに来る。夏だから、やはり最初の一杯は生ビールになる。

高い棚にテレビが載っていて、その下の縁から壁にかけて、お品書きの紙が、寄付の連名のようにずらりと並んで下がっている。

これが、お店の名物なのだ。都は、それにオムレツ、小此木は山かけを取り敢《あ》えず注文し、後はつつきながら頼むことにした。

「肉豆腐を二人前——」

「では——」

と祝杯。ジョッキを合わせてから、ごくりと飲む冷えたビールは何ともいえない。

「版画っていうと、作った版木がどんどん増えるわけでしょう？　そういうの、管理なんて……」

と、普通に頭に浮かぶ質問を繰り出しながら、都は手を伸ばす。気をきかせて、醬《しょう》油《ゆ》を取り、オコジョさんの山かけに、とくとくとかけ、

……？

ちょっと疑問がわき、

「すみません——」

失礼して小鉢を手に取った。心配した通りだ。

「どうしました？」

「——いえ、ごめんなさい。ソースでした」

「……ああ。お気になさらず」

そうもいかないから、もうひとつ頼んだ。メニューには、とんかつやコロッケもある。ソースが置いてあって不思議はないのだ。よく見ると、瀬戸物の醤油さしが目に入った。うかつであった。

「こちらは、わたしがいただきます」

「いいんですよ」

「いえ。偶然から、新しい味が生まれることもあります。お刺し身にマヨネーズが合うなんて話も聞きますから……」

と食べてみた。

むむむ、と口数が少なくなる。やはり山かけにソースはミスマッチだった。少なくとも、日本の風土で生まれ育った人間にはおいしくない。気持ちよくない。合う合わない——というのは厳然としてあるものだ。

……ところで、じゃがいもは？

と、お品書きの列を見ると、ポテト唐揚げ——というのがある。

「じゃがいも、行きましょう」

オコジョさんは、にこりとする。注文がすんでから、

「父がじゃがいも好きだ――といったでしょう？」

「ええ」

「そのせいか、うちのカレーには、じゃがいもがいっぱい入っていたんですよ。母が、ごろんごろん、と入れる。――子供の頃は、何でも自分のうちが基準になる。だから、カレーってこんなものだ、と思ってました。世の中を知ると、そうでもないと分かる。でもねえ、頭で分かった時にはもう遅い。理屈じゃなくなってる。――そういうわけでね、小さい頃から、じゃがいも訓練が行き届いちゃったんですね」

その辺から、お酒が変わる。素直で口当たりのいいキンミヤの焼酎だ。涼しげな水色に金色の亀甲《きっこう》の印、中央に《宮》という一字。そういう瓶が、ボトルキープの棚にずらりと並んでいる。

ラベルは水色だが、焼酎の色は《水》――つまり無色透明だ。割り物の梅エキスを、《いいよいいよ》と、懐《ふところ》深く受けとめる。よく合うから、くいくい行ける。

――あたしが梅で、オコジョさんがキンミヤの焼酎みたい。

と、おかしなことも考えた。

気になっていた版画は、まとめて貰《もら》えた。料理はどれもこれも、安くてうまい。酒は喉《のど》に渓流のように流れる。

ふわふわと、いい気持ちになった。

オコジョさんの笑顔が、何もかも受け入れてくれるような気分になり、都の舌はいつにも増し、蠟《ろう》の上に油を流したように滑らかになった。

こちらの仕事の話をし、あちらの仕事の話も聞いた。驚いたことに、いうつもりもなかった《天ぷら練習》の話までしてしまった……ような気がする。

——おいおい、ガードが低くなってるぞ。

と、残った最後の理性で、自らをたしなめた。

……そのあたりで記憶に、季節はずれの霧がかかって来る。

8

霧の中の都——といえば、詩情あふれるロンドンのようだ。だが、ここでは五里霧中の女編集者を指す。
都は、朝の鳥の声で目を覚ました。自分の部屋である。
……月曜日。
起きなければならない——と、顔をしかめ、次の瞬間、閃《ひらめ》いた。

――版画！

あわてて起き上がる。広くはない部屋の要所要所に目をやった。

――なくすわけはない。

そこで霧の切れ間に、小此木の顔が浮かんだ。戸口から覗いている。

――確か……玄関まで来てくれた。

酔った都を心配して送って来てくれたのか、あるいは都の方が強引に誘ったのか。《天ぷら練習》のことまで口にした……気がするから、酔った勢いで《食べに来てっ！》などと叫んだのではないか。となれば、かなり羞《は》ずかしい。

ふらふらと立ち上がって、素足でフロアを踏む。かなり飲んだ筈《はず》なのに、不思議に二日酔いの不快感は少ない。

玄関の、いつか特大パスタの置いてあった棚を見る。外から帰って来た時、バッグは玄関口、手に持っている何かはそこに置くのが、自分の習性だ。そうすると、《ゴールした》という気分になり、心がほっと――解放される。

――あった！

版画の袋が見えた。安心しつつ、

……ここで……小此木さんと、何だかやり取りしたぞ。

霧のかかった記憶が、またうっすらと、よみがえって来た。話しただけではない。何かを、オコジョさんに押し付けたような気がする。上機嫌で。

……ポテトフライ？　食べて食べて……と？

いやいや、いくら何でも、酔っ払ってそんなものを揚げる筈はない。

そこで都は、足の裏にじかに触れる、夏のフロアの感触を意識した。気持ちいい。

ふっと、村越早苗の無邪気な笑顔が浮かんで来た。

「暑いとさ、ねえ、――脱ぎたくなっちゃうでしょ？」

それと共に都は、自分の――今の姿に気がついた。かなり――どころか、かなり以上に、世の常識から解放されていた。

「あ……あっ？」

怪談は夏に似合う。都は、思いきり――ぞっとした。

9

上の下着はつけている。要するに――胸は覆《おお》っていた。だが、それ以外、何も着てはいなかった。

都は、脇腹《わきばら》から腰の辺りを意味なく撫《な》でた。何のおまじないにもならない。衣服が浮かんで来るわけがない。

昨日の晩は、とろんとするまで飲んだ。目覚めても、悪い気分ではない。ふわふわしていた。だが、そのふやけたような意識が、一瞬に覚めた。視界がくっきりした。あられもない——という言葉が、頭に浮かんだ。

——あられもなけりゃあ、かきもちもないぞ……。

都は、とんとんと後ずさりして、鏡の前に来た。

——こりゃあ……裸より、裸っぽいな。

一人だ。いつもなら《えへへ》と笑って、モデルめいたポーズぐらいしてもいいところだ。だが、そんな余裕などなかった。

酔うと体を締め付けているものが鬱陶《うっとう》しくなる。おまけに暑かった。——いつもなら、寝る前に、すっぱりと脱いで楽になった——で、すむ。しかし、昨日は——小此木が戸口まで送ってくれた。

——わたし……一体、……どの時点で脱いだの？

と自問して、

「ハハハ……」

と声に出し、力なく笑った。あまりにも馬鹿《ばか》げた問いだ。

小此木が帰る背中を見届け、ドアの鍵《かぎ》をかけ、そこで緊張の糸が切れた。《解放っ！》と、脳が自分に指令を出した。《了解っ！》と応じた手が動き、ジャケットにかかった。

こういう手順に決まっているではないか。当たり前だ。その証拠に、廊下に麻のジャケットが力なく寝ていた。

都は、ベッドに向かって歩きながら、コットンパンツ、ボーダーシャツと拾っていった。それらをきちんと畳む。

どういうわけか、そこから先、嫌な予感があった。早苗の酔っ払い体験談を、あれこれ聞いていたせいだろう。

洗濯機の横の、カゴをちらりと見るとライトグレーのソックスが見えた。だが、

——最後の一枚が見えない。

考えられるところは、もうひとつしかない。トイレを開け、狭い空間をぐるりと見回した。可能性として、いかにもありそうだ。しかし、目当てのものはない。

——シャワーも浴びてないよな。……脱いだらすぐ、ベッドに倒れ込んだ筈だ。

とはいえ、最後の望みはバスぐらいだ。チェックしたが、スミレと小花の刺繍《ししゅう》のあ

る可愛《かわい》いそれは見当たらない。

絶対にある筈のものが見つからなくなる。そんなことは珍しくない。日常生活の、ささやかな神隠しだ。

聴きたくなったCDが、出て来なかったりする。本だってそうだ。メモだってそうだ。貰った手紙だってそうだ。必要な時に限って、何故《なぜ》か雲隠れする。そんなことはある。

どの場合も、ないとなれば気になる。いら立つ。探す。探して見つかっても当たり前、儲《もう》かるわけではない。だから、余計、腹が立つ。

――探し物は何ですか……。

ふと、どこかで耳にした快速調の調べが脳内に響く。メロディに罪はない。だが一瞬、からかわれているような気になった。

自制しつつ玄関に戻り、もう一度、自分が動いたであろうラインにそって動く。ベッドの周りではひざまずき、特に丹念に見る。顔が近づくと、細かいほこりが目につき、《掃除しなくちゃ》と思う。だが無論、それどころではない。

手を突いて、床に這《は》っている姿が、我ながらみじめである。心細い。《神様、お助け下さい》と、いいたくなる。

だが——ない。どうしても、ない。

10

——そんな馬鹿な！

昨日まで存在していた、そして今もこの世にあるであろう、ひとつの物質が、《この部屋の中》にない。となれば、理屈からいって、それは——《部屋の外》にある。

都は、眉《まゆ》を寄せた。

「嘘《うそ》……」

二つの可能性から一つを引けば、残りは一つ。実に単純な計算だ。

しかし、納得し難い。小此木に送られて来たのだ。その途中で、脱ぐ……ことなどあり得ない。……筈だ。

その時、外から鳥以外の、朝の声が聞こえて来た。窓は、目覚めた時より明るくなっている。マンションの前が通学路になっている。早朝は、小学生が通る。元気な、朝のノイズだ。男の子の声もボーイソプラノだから、かん高い。そういう声が叫んだ。

「何だ、こりゃあっ！」

都は、ぎくりとした。あわてて窓に寄り、細く開く。

黄色い通学帽が、菜の花の集団のように見えた。角度のせいで、足元までは見えない。だがどうやら、路上に落ちた何かを囲んで騒いでいる。

「やめなよ、男子っ！」

女の子の嫌悪《けんお》に満ちた声がする。お馬鹿相手には、逆効果だ。けしかけたことになる。男の子達は、わいわいと騒ぎ、その《何か》を靴の先でいじる。午後から雨の予報なのか、傘を持っている。その先で、えいえいと突いたりもする。

獲物を取り囲んだ猟師の集団のようだ。

「エローい」

陽気な歓声があがる。

見ようによっては、のどかな光景だ。だが、都の目にはそうは映らない。

「あわわわ――」

たたんだばかりのシャツを引っかけ、コットンパンツをはき、外に飛び出した。こういう種目の陸上競技があったら、県大会ぐらいには出られたろう。

血相変えて出て来た都を見て、男子達は敏感に動きを止めた。朝からうるさくしていたのだ。怒られると思ったのだろう。

「行くよっ」

通学班が揃《そろ》ったらしい。班長らしい女子が、すたすたと歩きだす。男の子達も、何食わぬ顔になる。そして、お行儀よく列に続いた。

後に残ったのは、誰かが路上に投げ捨てたスポーツ新聞だった。男子が広げたようだ。

水着姿のモデルの大きな写真が、下から都に向かって愛嬌《あいきよう》を振り撒《ま》いていた。

都は、身構えた力が抜けがっくりした。

――よりによって……こ、こんなもの、捨てやがって……。

おそらくは、深夜、この道を歩いた酔っ払いだろう。都は激しく――酔っ払いを憎んだ。

だが、そのまま こぶしを握り、路上で激怒しているのも妙だ。ご近所の手前もある。公衆道徳に厳しい女のふりをして、新聞を拾い上げ、くるくると巻いてぎゅっとねじった。

「うむっ」

力が入る。路上に投げるわけにもいかないから、それをつかんで部屋に戻った。思いがけず、紙ゴミが増えてしまった。

ものが見つからなくなって口惜《くや》しいのは、無駄に探すことだ。だが、胸に引っ掛かって離れないから、やらないわけにいかない。ないと分かっているのに、同じところを何度も見てしまった。そんな反復運動に一時間ぐらい費やした。

収穫のないまま時が経《た》つ。いらだつうちに、女性として気になる不安が頭をもたげて来た。

——いくら酒が入っていても、そんなことがあったら覚えている筈だよなあ。

そうは思う。しかし、まさかと思うようなことが起こるのが世の中だ。

最後の下着が見つからないという、深刻な不可思議が、都を普通ではない気分にさせた。

会社の駅の、隣の駅近くにレディースクリニックがある。

雑誌も題名で手に取りやすくなったりするように、婦人科といわれるより、こちらの方がドアを押しやすい。検査や相談のために行ったことがある。診療開始は九時だ。

雑誌編集者は夜が遅い。午前様になることも珍しくない。その分、朝の出勤は遅めでも怒られない。

——大切なことだ。念には念を入れてもいい。

朝一《あさいち》で行ってみることにした。

11

しかし、相談は至って曖昧《あいまい》なものになった。《もし、何かがあったとして、その結果、何かがというようなことがあるでしょうか》と、回りくどいことを聞いた。慣れている向こうは、ずばり《妊娠なんて、今の段階で分かるわけないでしょう》と答えた。

なるほど、こんなことを記憶なしで質問している自分がとんでもないと思う。落ち込んだまま、出社した。

エレベーターで、書籍の瀬戸口まりえと一緒になった。ふと、聞いていた。

「あの――《あられもない》っていうでしょう」

「ええ」

「あの《あられ》って何でしょう」

「よくぞ聞いて下さいました」

まりえは眼鏡をきらりと光らせ、答えた。

「江戸時代には、武士に比べて貴族の羽振りが悪かった。位は高くても、それに応じた生活なんて出来ない。まして下級貴族なんかになると、もう大変、雛《ひな》の節句になっても雛あられがない。みっともないったらない。そこから転じて、《あられもない》というようになりました」

「へええ、そうなんですか」

感心すると、まりえはあっさり、

「――嘘ですよ」

「は？」

脱力する。

「雪は風情《ふぜい》があるでしょう。これが、霰《あられ》になると屋根に当たってうるさいし、体に当たると痛い。ろくなもんじゃない。ところが、その霰さえ降らない。つまらないものに至るまでない。そういう、とことん味気無い様子。これを《あられもない》という」

「本当ですか？」

まりえは平然と、

「――勿論《もちろん》、嘘です」

「ええー」

「知らないと思われるのもしゃくだから、この辺で正解をいいますよ。《あられぬ》っていいます。《あることが出来ない》ってこと。——《あられもない》は、まあこの仲間ね。だから、女の《あられもない姿》っていったら、女性としてあるまじき、あってはならない、とんでもない姿だわよ」

「うわあ」

「どうかしたの？」

「いえ、別に」

それから、いろいろと考えた。問題のものが、室内から室外に移動したとする。勝手に歩きはしない。足はない。となれば、人間が持って行くしかない。昨日、都の部屋の戸口から立ち去って行った人物は、ただ一人しかいない。

——オコジョさん？

考えるとおかしい。しかし、名探偵が理詰めで推理して行く時、可能性を排除して残った人物は、いかに意外であろうと、犯人なのだ。

——でも、あんなものを……。

持って行く筈《はず》はない。そこで都は、思い返す。昨日の晩、自分の方から小此木に向かって——何かを押し付けた。上機嫌でそうしたという記憶がある。

——まさか、まさかね。

都は、一心に思い出そうとした。しかし、記憶の壁は、《何かを渡した》という、もどかしい一点だけを覗《のぞ》かせ、堅固にそそり立っている。難攻不落——という感じだ。宙ぶらりんにされたような、こんな気持ちではたまらない。仕事も手につかない。

午後になった。晴れていた空に、暗雲が漂い出した。

都は意を決し、小此木のデザイン事務所に電話をかけた。

12

小此木の声は、明るい。

「あ、どうも、昨日はお世話になりました」

「いえ。……お世話になったのはこちらです」

羞《は》ずかしながら、言葉通りだ。

マンションまで送ってくれた時も、あのままだと、自分の版画がどうなるか分からない、うっかり落とされたら大変だ——という心配があったろう。思えば、すっかり羽目を外してしまった。

しかし、どう切り出したらいいのか。

「それで……あの……ちょっと確認させていただきたいことがありまして……」

「はい？」

「わたくし……あの……昨日の晩ですね……お別れの時、うちのドアのところで、何か……渡しましたでしょうか？」

小此木は、即答した。

「あ、はい。——お借りしましたっ」

内心、悲鳴をあげる都だ。声がかすれる。

「……ど、どうしてまた……そんな……？」

「いやあ、ほら、最後の飲み屋さんで、僕の仕事の話になったでしょう」

「は……はあ」

「今度は、ファンタジーの挿絵なんです。お宅の仕事じゃないのに、熱心に聞いて下さった。——いろいろアドバイスも、してくれた。僕だけじゃあ、とても分からないことなんか、いってくれて——」

「そうですか……」

女性でないと分からないことなどを、いい気になってしゃべったのだろうか。

「有り難かったです。――それでね、《どうも、ぴったり来る資料がなくって》といったら、《うちまで来れば貸してあげる》って」

「は」

「で、お言葉に甘えまして――」

ヒロインが、下着姿になるのか。それにしても甘え過ぎじゃないか、と思う。小此木は、率直に続けた。

「――いやあ、役に立ちますよ。想像だけじゃあ、分からないこともありますからねえ。やっぱり、あちらのものを見るに限りますね。何といっても色がいい。――発色が違います」

都も気に入っていたスミレと小花の、鮮やかなのにしつこくない色合いが目に浮かんだ。

「……は、花の……？」

「え？　――ああ、綺麗《きれい》でしたよ」

嬉《うれ》しくない。

「ひ……人に見せたり……してないでしょうね」

「ええっ？　いや、せっかくですからねえ。事務所の仲間にも、今、見せてるとこです」

都は、身をよじって叫んだ。

「や、やめてっ！」

小此木は、けげんそうに、

「はあ――？」

「返して下さいっ」

「――お急ぎですか？」

「ええ」

「じゃあ、今、コピーとりますから」

「やめてっ！」

打てば響くというが、聞いた途端に叫んでいた。信じられない。

「必要なとこだけ――」

「駄目ですっ」

都は、電話を即座に切ると、スケジュールのホワイトボードに、青山の事務所と書いて駆け出した。地下鉄表参道の駅は深い。離れたところに、エレベーターやエスカレーターもあるが、まどろっこしい。たたたたた、と生身の足を使う。小洒落《こじゃれ》た街路に立った時には、肩で息をついていた。

まだまだ若いつもりの都だったが、学生時代とは違う――と、思い知らされた。

空は曇り始め、直射日光にいたぶられることはない。しかし夏だから、じわじわと暑い。

小走りでデザイン事務所に向かう。道からすぐには入れない。マンションの二階にある。行って戻っての折れた階段を駆け上がった。ドアを開けると、事務所の人がいる。

「す、すみません」

名乗って、小此木を呼んでくれと頼んだ。すると、

「あれ、あなた、小酒井さん？　さっき電話のあった？」

「はい。――はい」

「だったら、オコジョさん、さっき、走って出て行ったよ。――そちらが急いでるからって」

13

あわてて来た道を戻る。待っていればよかったことになる。

通い慣れた緩やかなスロープを、速足で会社に向かっていると、あちらから、すぐにそれと分かる姿がやって来た。小此木だ。

近づくなり、高い肩の上の心配そうな顔をぺこりと下げ、挨拶《あいさつ》して来た。

「受付で聞いたら、どうも、入れ違いになったみたいで——」

職場の仲間が通る道だけに、都は声をひそめ、

「あ、あの、例の……あれは？」

という。麻薬密売人と交渉するようだ。

「とにかく、急ぎなんでしょう？　だから、受付に——」

「預けたんですね？」

「——と、思ったんですよ。そうしたら丁度、ロビーを編集長さんが通りかかって——」

ひっ、最悪——と思う都であった。同じ職場の男性はまずい。

「露木が？」

——何で、そんなとこ通りかかるんだよ！

と、理不尽な怒りに燃える。

「一度お会いしてたんで、多分、間違いないと思ったんです。受付の方に確認したら、やっぱりそうだというんで——」

説明がまどろっこしい。まさか、という思いと、その流れなら、という思いが交錯する。

「渡したんですか、露木に？」

「はい」

都はあわてて会社に向かいかけ、念のため、振り返った。

「——あの、紙袋とか、そんなものに入れて？」

小此木は、手で後ろ頭を搔《か》き、

「すみません。とにかく急いだもんで、そのまま……」

都は、頭がくらくらして来た。折しも空には、もくもくと暗雲が広がり、遠雷が響く。ひと雨来そうな空模様だ。

「そのまま!?」

小此木は、都の顔付きに二、三歩後ずさりした。下がりながら、

「……はあ」

遠くの空が不気味に鳴っている。

「手渡したんですか、そのままで？」

小此木は、純朴そうな顔に誠意ある反省の色を見せる。

「――すみません。――失礼しました」

いかに誠意がうかがえても、許し難い。何というデリカシーのなさだ。思いやりのある常識人に見えたが、所詮《しょせん》は芸術家、同じ大地の上には住んでいないのか――と都は思った。ぴくりと唇の端を慄《ふる》わせ、小此木に背を向ける。

「あ。――小酒井さん」

――馴《な》れ馴れしく呼ぶんじゃない。

そういう、凶悪な心境だった。もはや問答無用。振り返らず、カッカッと靴を鳴らし、都は会社に向かった。

玄関を入るとすぐ、受付から声がかかった。

「あ、お届け物がありましたよ。露木さんが――」

預かってます、というのに、何と反応していいか分からない。泣き笑いのような顔

で、頭を下げ、エレベーターに向かった。噂《うわさ》をすればではなく、思っただけで影がさしたのか、丁度、露木が降りて来るところだった。

顎《あご》を突き出すようにして、

「おお、小酒井」

「……編集長」

「小此木さんが、お前のもの、わざわざ届けてくれたぞ」

「で、……どこに？」

「どこにって――お前の机の上に置いといたよ」

「……へ？」

目の前が、今日の空のように暗くなる。

「何、妙な顔してんだ。人に手間かけさせたんだ。礼ぐらいいったらどうだ」

都は、絞り出すように、

「あ……有り難うございます」

露木はニッと笑った。気のせいか、色白の頬がちょっと紅潮して見えた。

「それにしても、お前、――あんな趣味なんだ。フフ、――あんなところで、白馬の王子様でも待とうってわけか」

都の抑えていたものが一気に切れた。

「ば、馬鹿《ばか》ーっ！」

両手で胸を突いた。幸い後ろが壁だったから、露木は倒れずにすんだ。よろけて無防備になった腹に、都がパンチを入れる。

「うわわっ！」

露木がうめいた時、もう一台のエレベーターが開き、大曾根さんが降りて来た。ちらりと、打たれる男を見て、

「露木ちゃん、大概《たいがい》にしなよ」

そういい捨てて、足早に去って行く。露木は驚きのあまり、しばらく正常な反応を失っていた。だが、大曾根さんの背中を見、都のこぶしを見、やっとのことでいった。

「な、何故《なぜ》だ……、何故だーっ」

片方の眉《まゆ》が吊《つ》り上がっている。世の理不尽さに抗議する声に構わず、都は開いたエレベーターに駆け入り、編集部の階のボタンを押した。

ドアが閉まるのも、古めかしいエレベーターが昇るのも、ドアが開くのも、何もかももどかしかった。

自分の机のところまで走って行く。都が、その上に見たのは、――フランスの城の

写真集だった。

14

何年か前、渋谷の文化村で展覧会を観《み》た後、ハーブティーを飲み、地下の洋書屋を覗《のぞ》いた。横文字の本を眺めているうち、絵画的気分になっている自分にぴったりの写真集を見つけた。――これがそれだ。

豪壮な城ばかりでなく、領主の別荘といった感じの、小ぶりだが素敵な建物も載っていた。しんと静かで、余計な自己主張をしていない。それだけに見飽きることがない。何より、写真家の腕なのだろうが、空気感が素晴らしかった。彼岸《ひがん》――というか、遠く澄んだ秋の世界がそこにあるようで、感傷を越えた宗教性まで感じた。

外国のものだからいいわけではない。しかし、普通には手に入らないところも《自分だけの一冊》という感じがしてよかった。

――ええと、何だ。……この本が、ここにあるということは？

錠前に刺さる鍵《かぎ》があれば、堅固な扉も開く。都の、失われた記憶がほぐれて来た。

小此木は、ファンタジー系の挿絵を頼まれた——といった。

——ありきたりのイメージで描きたくない。お城にしたって、ドイツの有名な古城の観光写真なら、あちらこちらに溢《あふ》れている。そういうものに寄りかかりたくない。本当ならヨーロッパを歩いてスケッチして来たいところだ。しかし、時間も金もない。

酔った都が、そこで身を乗り出し、この写真集を押し付けたのだ。

——役に立った。喜んでくれたのだ。

それにしても話が合い過ぎた。都が、色のことで《花》といった時、思い浮かべたのは下着の模様だ。小此木が答えたのは、ヨーロッパの風の中、建物の庭で、そよと揺れる赤と白のヒナゲシだった。

都は、写真集を開いてその印象的な花々を見た。ヒナゲシは、フランス辺りでは雑草扱いだという。小此木は華美に飾らずとも美しい風情《ふぜい》に、ふと親切な都を重ねたのかも知れなかった。

——それは、希望的観測に過ぎるか。

だが一転。無理やり貸した写真集を、今日は強奪同然に取り返した。強引なところは同じだが、やったのは別人のような振る舞いだ。ヒナゲシどころか、ヒイラギの葉のように刺々《とげとげ》しい顔をしていたろう。明らかに、おかしい。

――どういったら、納得してもらえるだろう。

何をどう考えて行動していたか。本当のことは口に出来ない。それは無理だ。

都は、写真集を胸に抱え、つぶやいてみた。

「……実はこれ、母の形見でした。思い返せば、末期《まつご》の言葉が、人の手には渡すなという……」

不自然だ。

いつの時代の話か分からない。おまけに、母はまだ生きている。この間、天ぷらの揚げ方を習って来たばかりだ。

おかしい――といえば、たった今、露木に対してとった行動もそうだ。

《お前、あんな趣味なんだ。あんなところで、白馬の王子様でも待とうってわけか》という台詞《せりふ》。あれも愉快ではない。だが、ヨーロッパのお城を前にしていわれるのなら、そんなに腹も立たない。毒気が百倍ぐらい薄れる。《えへへ》と笑ってすませそうだ。いや、すませたろう。

露木の悲痛な《何故だー》という叫びが、思い出される。人生には、いろいろなことがある。

――とりあえず、こちらを解決しておこう。

都は、社内を歩いて露木を見つけ、ひたすら頭を下げた。

「すみません、すみません」

何度もこれを繰り返した。とんでもない勘違いをしていた——といった。全面降伏である。

「何なんだよ、その勘違いって？」

——いえるものか。

したり顔で変な心理分析でもされたら、たまらない。映画の話をしていると《その場面というのは、即《すなわ》ち、人妻の隠れた欲望の表れで》などといい出す露木なのだ。何をどうねじ曲げられるか分からない。

都は擦り寄り、

「ウィスキー一本でどうでしょう」

お代官様に揉《も》み手する悪徳商人の要領だ。

「何？」

「マッカランで手を打ちませんか」

露木がバーでよく飲んでいる銘柄だ。シェリーの樽《たる》にウィスキーを入れて貯蔵する。樽の木の香に、シェリーの香までが加わる。

「うーむ」

と、露木は顎を撫《な》でて考えた。職場に波風を立てるのも、編集長として好ましくない。都は、実際、揉み手をして、

「十五年ものでいかがです」

三十年では、大袈裟《おおげさ》になり過ぎる。都は続けた。

「丸みを帯びて、あくまでもまろやか。それでいて、しつこくないマッカラン。――いやあ、編集長のようなお酒だなあ」

その辺りで示談となった。

15

窓から外をみると、とうとう降り出した。かなり強い雨だ。

さて、露木はそれで収まったが、問題は小此木である。今頃は、雪の穴に埋もれたオコジョのような気分になっているだろう。

すっかり振り回された彼の顔が、目に浮かぶ。この出来事の前より、ずっといい人のように思えて来た。

今度は廊下で、瀬戸口まりえに会ったから、こう聞いてみた。

「何か、じゃがいもに関する、意外っぽいエピソードってありますか」

まりえは、律義《りちぎ》そうな目で見返し、

「わたしは、蘊蓄《うんちく》女王ですか？」

「いや、まあ……いろんなことをご存じなんで……」

「マリー——」

「はい？」

《まりえ》かと思った。

「マリー・アントワネットはね、じゃがいもの花を髪飾りにしたことがあるんですよ」

「へええ」

びっくりだ。そう思ったところで、ちょっと首を傾ける。まりえは、笑って、

「本当だから、安心していいわよ」

都は頷《うなず》き、

「食用なのに——という、逆を突いた趣向ですか？」

「違うわよ。その頃、ヨーロッパではまだ、じゃがいもが普及していなかったの。あ

れってもとは南米のものでね、コロンブスが持って来たの」

「ほう」

じゃがいもは西洋料理によく似合う。そう思っていたから、これまた意外だ。

「王家の方で、これを国に広めたい――と思ったわけよ。飢饉《ききん》の時なんか助かるでしょう。ところが新しいものには、拒否反応が付き物。そこで、じゃがいもの花を、王様がボタン穴に、王妃が髪飾りにしたりして、宣伝に努めたんですって」

マリー・アントワネットといえば贅沢三昧《ぜいたくざんまい》というマイナスイメージがある。そんな彼女が、じゃがいもの髪飾りで広告塔になっていたと聞くと、好感度アップである。

まりえは続ける。

「じゃがいもというと、洗練されてないとか、そういう感じがするでしょう。でも、花は白や薄紫で、綺麗《きれい》なんですよ」

都は、礼をいって別れた。じゃがいもが、今度はまた、別の方向から輝いて見えた。

――王妃が髪飾りにするんだからな。こりゃあ、捨てたもんじゃないぞ。花も実もある、じゃがいもさんだ。

小此木には、一席設けて、非礼を詫《わ》びようと思った。それまでに、うまい言い訳を考えたい。

ところで衝撃的な騒動があったおかげで、《例のもの》がどこに行ったかという疑問を、しばらく忘れていた。落ち着くと、それがよみがえって来た。

都は、うちに帰るまでの間に、ひとつの仮説を考え出した。

——二日酔いなどしなかった。でも、あれだけ飲んだんだ。うちに帰って、吐いても不思議じゃない。脱いだところで、気持ちが悪くなった。咄嗟《とっさ》に、問題のあれで受けて生ゴミの袋に捨てた。

説得力があると思った。

——これで、どうだ。

実際のところ、もうそれぐらいしか考えられない。帰ってから、生ゴミの袋を確認した。しかし、最後の可能性にもノオという答えが出てしまった。

「おっかしいなあっ！」

お手上げである。

都は、疑問を抱えたまま、洗濯にかかった。汚れ物のかごの前で膝《ひざ》をつく。

「——ん？」

日常の中の行動習慣は、多くの場合、育った家庭で作られる。

都の母親は、ソックスをかごに入れる時、ひと組がばらばらになるのを嫌った。一方のソックスにもう一方の先を押し込んだ。洗う時、ばらす。

こうすると、片方だけがどこかに飛び、洗濯の時、後回しになる――ということがない。いつの間にか、右だけ、左だけになることが減る。

子供は親を見ている。だから、そうするものと身についている。刷り込まれている。ところが今、見直すと、かごの中のソックスが、ばらばらになっていた。――単体である。それなのに、片方のお腹《なか》が何かを食べたように膨らんでいた。

「あっ！」

ひらめくのと、ソックスを取るのが同時だった。指を入れて引き出すと、中から丸められたクリーム色の下着が現れた。

――そうか。

ふわふわした頭で、かごの前に立つ。片方のソックスを脱いだ。その時、手に下着を持っていた。――逆でもいい。ゆるくなった片方のソックスを脱ぎ、手に持っていた。そして、下着をとった。――長年の習慣の力で、無意識に手が動く。ソックスの中に、サンタクロースが贈り物を詰めるように、片手のものを押し込む。――もうひとつのソックスを、下着のようなつもりで、かごにほうり込んだ。

言葉にするとややこしい。だが、自分という人間を知っていると、簡単に理解出来る。酒のもたらした間違いの喜劇だ。

「やった！」

不可解な謎《なぞ》が一瞬に解けた。偉業を成し遂げたような気分になった。都は、下着とソックスを持ち、洗濯機の前で踊った。

深夜のダンサーである。そこはマンションの中にあり、そのマンションは都市の中にあり、その都市を夏の雨が包んでいた。

——もう、あれこれ悩まなくていい。見つからなかったら、今夜、どんな嫌な夢を見たか分からない。

いいようもない解放の思いが、都の胸に、潮のように満ちて来た。

16

次の休み、オコジョさんを、お詫びの席に招待した。

こちらが頭を下げるのだ。向こうが足を運びやすいところにする。小此木にとって気楽であろう青山にした。といっても高級過ぎても妙だ。

気楽で静かに話せる、おばんざいの店にした。そこの個室を予約した。

気のせいか、やって来た小此木は、わずかにおびえているように見えた。そんなに危険な女ではないと、了解させねばならない。

「先日は、失礼いたしました」

と、頭を下げる。

「はあ」

まずは、加茂茄子《かもなす》の田楽などが出て来た。ステレオタイプだが、とりあえずビールだ。口を湿したところで、都はあの写真集を取り出し、小此木に渡す。

「こちらはどうぞ、ゆっくりお使い下さい。わたし——あの、実はあの時、勘違いしていたんです」

「……勘違い？」

「ええ。酔っていたでしょう。それで、つい気持ちが緩んで、別なものをお渡ししたんじゃないかと思ったんです。それで、すっかりパニックになってしまって——。あ、鱧《はも》ですね」

と、次の皿を見る。

「はあ」

と、小此木はまた曖昧《あいまい》な相槌《あいづち》を打つ。

「これをみると、いかにも関西って感じがします」

「別なものって……何か、僕が借りちゃあいけないものですか？」

と、核心に迫って来る。

「いけない──というか、わたしにはちょっと羞《は》ずかしいものです。──男の方には、そんなもので、どうしてそこまでパニックになるのか、──理解出来ないかも知れませんけれど──」

都は、そこで用意のそれを、小此木に手渡した。

「これです」

小此木は首をかしげ、

「……エプロン？」

「そうなんです。翌朝、台所の片付けをしていたら、これが見えなかったんです。前の日、あんまり気持ちよく飲んだんで、最後にどんなお話をしたか、ほとんど覚えていませんでした。ただ、小此木さんに、何かを押し付けたという──そんな記憶はありました。それで、これを渡したんじゃないかと──そうなると、もう燃えるように羞ずかしくて、──つらいと思うから、かえって、思い込みがつのってしまって──」

「しかし……」と、小此木はビールを一口飲み、「どうしてまた、これを僕に――って考えたんです。僕は……エプロンなんかしませんよ」

「そこなんです。あ――冷酒でも頼みましょうか」

青竹に入った酒が来る。都は注ぎながら、話す。

「小此木さん、じゃがいもの話、なさったでしょう」

「ええ」

「あれが、とてもおいしそうだったんです。わたし、うちに帰ると、すぐ肉じゃが作っちゃいました。それを、ほくほく食べていて、思い出しました。――小此木さんは、《自分じゃ揚げ物しない。ポテトフライを食べてない》ともおっしゃった。そんなに、お好きなら……作ってあげたいな、と思っちゃったんです」

「はあ……」

小此木は、好感をもって受け止めているようだ。

「天ぷら揚げる練習してるなんて話、したでしょう？――ちらりと」

「はい、ちらりと」

都も、冷酒を口に運ぶ。舌にきりりと染《し》みておいしい。

「このエプロンして、練習してたんです」

「そうですか」

「天ぷらのこと、酔ってたからいえました」

小此木は、返しようがなくて、エプロンに目をやっている。都は続けた。

「――これ、自由が丘のお店で買ったんです。四、五年前に」

「はあ」

「使う機会がなかったんです。それを出して来て、頑張って揚げてみました。――酔ったまぎれに、そんなことまでしゃべって、《見て見て》って感じで押し付けたのかなと思って。――そうしたら、無性に羞ずかしくなったんです」

「……なるほど」

納得しているようだ。

「だからお電話したら、小此木さん、事務所の他の方にも見せてるって――。何だか、大事なものを人目にさらされたみたいで、――思わず、あんな声出しちゃったんです」

「……そうですか。それで分かった。……なるほどねえ」

都は、実際、頬を染めながら、

「色がいいとかおっしゃったでしょう。外国製は違うって。あれ――この辺りのことかと思ったんです」

都は、エプロンの葡萄《ぶどう》や花の柄のプリントを指さした。じゃがいもではないだろうが、白や紫の花びらもあった。

「――それでなくても、エプロンは身につけるものでしょう。人に見られるのは、羞ずかしいです。それなのに、小此木さん、《コピーする》とか」

と、都は拗《す》ねたような声を出す。小此木は、自分の頭を打って、

「あ、そうか。ひどかったなあ。反省します。――どうも、申し訳ありませんでした」

「いいえ。本のつもりでおっしゃったんですもの。小此木さんは全然、悪くありません。悪くないけど――でもねえ」

と、都は唇を曲げてみせる。勘違いがおかしい。次の瞬間、二人の間で、あはは、と屈託のない笑いがはじけた。

「そうしたら、お届けいただいたのが写真集でしょう。驚くと同時に、何があったのか、すっかり思い出しました。――うちに帰ったら、エプロンの方も、洗い物のかごの奥に隠れていました。大失敗です。――これは、お詫びをしなくちゃあと思いました」

鮎《あゆ》の塩焼きやら冬瓜《とうがん》と鶏肉《とりにく》の煮物が出た。最後は、冷房で冷えた体に嬉《うれ》しいにゅうめんだった。身も心も、ほっと温まる。

——よしよし、これで全部、説明がついたぞ。

しかも、小此木は都のことを、純情で、けなげで、料理好きと思い込んだらしい。

一石何鳥かだ。

——むふふ。

と、心で笑う都であった。

都は、恋に慣れていない。しかし、下には下がある。純朴な男は、ちょっとした手《て》管《くだ》で簡単にひねられてしまう。

やれやれ、ご用心、ご用心。

10

割れても末に

1

夏が来た。

一年前のこの時期、襲いかかるピンチを土俵際《ぎわ》で打っちゃり、小此木の心を、見事、鷲《わし》づかみにした都であった――回想の画面にナレーションを入れたら、そうなるだろうか。

何はともあれ、あれ以来、二人の仲はまことに順調。とんとん拍子の、とんとん鳴る音が、ずっと聞こえるような一年だった。――とんとん。

連載の挿絵の打ち合わせも、ごく親密に行われるようになり、やがて、ごくごく親密に行われるようになった。

小此木からは仕事を越え、個人向け版画や絵も贈られるようになった。紙の上に、手を取り合った眉毛《まゆげ》猫のカップルが描かれたりする。睫《まつげ》の長い女の猫の頭には白いヴェールが飾られている。

第三者が見たら、《勝手にしろ》といいたくなる。絵具がとろけている。こういう時の、あなたとわたしは、大体において馬鹿《ばか》げた二人になる。日常からメルヘンの世界に、片足、踏み外したようなところが、当人達には味わいどころだ。

というわけで、都は比較的、機嫌のいい夏が送れている。しかし、露木は仏頂面《ぶっちょうづら》をしていた。

編集部の月例会議は、前号の作業終了、二日後ぐらいにある。小会議室に集まる。

「あんなの、俺も考えていた」

と、露木は唇をねじ曲げた。ライバル誌の企画について――である。

出版業界は営業不振が続き、なかでも雑誌の売れ行きが芳《かんば》しくない。定期購読してくださる有り難い読者は、まさに神様だ。そこであちらは、定期購読者のための特別プレゼント――を打ち出した。

中途半端《はんぱ》なものではない。目次に並んでいるほぼ全作家の、その号の原稿一枚目をプレゼントする。現代ではほとんどの書き手が、パソコンを使っている。そういう人にも、冒頭だけを書かせて《一枚目》を作った。

釣りの餌《えさ》には、形を虫らしく作った疑似餌《ぎじえ》――というのがあるという。疑似といえなくもないが、しかし、普段は手書きしない人の原稿だけに、かえって貴重という考え方も出来る。

担当編集者が熱心に打ち合わせしたのだろう。原稿用紙の選択にも個性が出ている。中には、パソコンなら消える推敲《すいこう》段階をわざわざ再生し、線を引いては消し脇《わき》に書き込んでいる若い作家もいる。担当は、都も知っているベテランだ。パーティや作家を囲む集まりで、会話を交わしたこともある。切れる男だ。

「こうしたら、どうかな？」

「――それ面白いね。やろうやろう！」

そんなやり取りが目に浮かぶ。

単なる思いつきではない。時間をかけて準備したことが分かる。名門誌の暖簾《のれん》をかけた仕事ぶりだ。

無論、一貫してペンを使っている大家のものは現物である。それらをグラビア四ページで、巧みに紹介している。なるほど、眺めているだけでも面白い。都が読者だったら、

——欲しい。

と、思いそうだ。貰《もら》って、額に入れて飾っておきたくなる。

定期購読者、並びに次号から申し込んでくれる方に、応募資格のあるハガキが付いている。好きな作家名を書いて投函《とうかん》する仕組みだ。

無論、これだけで、購読者が劇的に増えはしないだろう。世の中、そんなに甘くはない。

しかし、出版不況と合わせ、ひと味違った企画——と、記事にする新聞社も出た。話題作り、雑誌に目を向けさせる手段としては成功している。

「ああいうのを、俺もやろうと思っていたんだ」

露木が、重ねていう。

なるほど、酒の席でそんなアイデアを聞いた——ような気もする。

「み、皆の原稿をだな……」

とか。都も回らぬ舌で、

「そ、そうれすにぇ！」

と、相槌《あいづち》をうったような気もする。そういう時、耳にする企画は、大体において天下無敵に思える。

だが、今うかつに同調して、

——お前がリークしたな。

と、いわれてもつまらない。所詮《しょせん》、人間の考えることだ。他の人間も考える。勝負は、やるかどうか、付け加えるなら、どうやるか——だ。

「あれに負けない面白い企画はないか。どうだ、思いつくかなー」

最後を《なー》と伸ばし、皆の顔を見る。

「販促プレゼントの？」

という声が上がる。

「そうだ」

後追い企画は、恥ではない。地ならしが出来ている。世間が受け入れやすくなっている。そうか喉《のど》が渇いていたんだ——と皆が気づいたようなもので、そこに《よりおいしい水》を差し出せばいい。

露木がいう。

「ありきたりじゃないものがいいなあ。どうだ、——小酒井、何かないか」

急にふられても困る。

「えっ、あ、あの——編集部全員の寄せ書きとか……」

露木は肩を揺らし、きゅっと眉を寄せていった。

「——こ、ろ、す、ぞ」

スタッカートだ。近頃の口癖である。殺されてはたまらない。

2

オコジョさんと二人、めでたく婚約者という関係になり、都の両親には挨拶《あいさつ》した。次の土曜日には、オコジョさんの実家に行く。北の山形市内だ。

足は車——ということにする。

——身分証明書代わりにもなるし、運転免許は若いうちに取っておいた方がいい。

そう思った都は、大学四年の夏、教習所に通い、無事に免許証を手に入れた。

編集者という仕事は、とにかく忙しい。特別な趣味でも持っていないと、金を使う暇がない。女だと、衣服や身の回りの品に化けるか、エステにでも通うところだが、それならいっそ——と、フォルクスワーゲン・ゴルフを買った。色は赤である。

とはいえ、通勤には使わない。地下鉄の方が、はるかに便利かつ楽だ。おまけに飲んだら、乗れない。だから、せいぜい、休みの日の買い出しに使うぐらいだ。一人だと、遠出も楽しいというよりまず面倒だ。

つまり今までは、運転感覚を忘れないように——という役しか果たしていなかった。

——ゴルフが泣いてるぜ。

という気もした。

しかし、小此木と過ごすようになると、走行距離が飛躍的にのびた。関東のあちこちに足をのばした。二人になれば、今までしないこともする。

小此木は、免許を持っていない。都だけがハンドルを握ることになる。それでも、話しながら行けば苦にならない。時間は、あっという間に経《た》ってしまう。

何より都は、頑張るのが好きな方だ。

「お世話になるけど、車がいいな。山形から、先まで足をのばしたいし——」

と、小此木はいった。

さらに北の温泉で一泊しようというのだ。お鷹めの街があり、そこを、愛する都に見せたいらしい。車でないと回れないところもあるそうだ。

ご両親に挨拶するのだから、緊張はする。だが、楽しい旅になりそうだった。

そこで、——後から予定が動いた。

露木が、こともなげにいう。

「笹原《ささはら》先生との打ち合わせ。金曜日でないと駄目だそうだ」

それだと出発前日になる。都は、身を引き、

「次の日、朝から予定があるんです。遅くとも、——十一時には抜けたいんですけど」

「そりゃあ、大丈夫だろう」

笹原先生は、ベテランの人気作家、あっさりした人柄だ。飲んでからむようなタイプではない。お酒になっても長引かない。いつも早めに家路につく。

ゴルフは、あらかじめ小此木のマンションの、来客用駐車場に移しておいた。首都高六号向島線の入口に近い。高速に乗ってしまえば、外環から東北道へと気分よく走れる。

「朝は、早く出るからね」

と、小此木に釘《くぎ》を刺しておいた。

3

笹原先生を、露木と、単行本、文庫の担当者、そして雑誌担当の都が囲む。

来年から連載をお願い出来ることになり、そのお礼だ。まだ先の話だし、今日のと

ころは簡単なご挨拶ですむ筈《はず》だった。食事の時までは、まさにそんな感じで、世間話や作家の噂話《うわさばなし》などに終始した。

ところが、酒の席の途中で様子が変わった。単行本の担当者がふと口にしたアイデアが、絶好のヒントになった。ひとつの種から、先生の構想がぐんぐん広がり出す。

「そりゃあ面白い。傑作になりますよ、先生」

と、露木も乗り出し、そのテーマの物語を先行作と差別化するには――と、理論家らしく滔々《とうとう》と語り出す。

――都が、そろそろ失礼しようかと身構えたところでこうなってしまった。

ベテラン作家が前向きに語りだし、先輩があれこれ意見を述べている。創作の火が点《つ》いたのだ。ぼうぼうと燃え始めている。そこで、――雑誌連載を直接担当する都が抜けられるわけがない。というより当然、都にも意見がある。こうすれば――と、いい出すと、対案やら修正意見やらが出る。

編集者としては願ってもない盛り上がりである。抑えていた酒にも、つい手が伸びる。笹原先生は、長い顎《あご》を撫《な》でながら、さらに語る。

結局、解散は二時になってしまった。

銀座に出るというので、会食の前、資生堂パーラーによって焼菓子の詰め合わせを買っておいた。明日の手土産である。深酒はしていないから、忘れない。しっかり持って、バーを出た。

タクシーで小此木のマンションまで行き、足音を忍ばせ、部屋に入る。翌朝は早いといってあるから、小此木はくうくう寝ている。

起こさないように気を遣いながら、水やスポーツドリンク、さらにはしじみエキス錠剤も飲み、シャワーを浴びて寝たのが三時。

うとうとした……と思ったら、無情の目覚ましが鳴る。

「六時だよ」

と小此木がいう。眠い、だるい。

「……ごめん、もうちょっと寝かせて……、先に食べといて……」

これから、高速に乗る。無理は出来ない。不安感を抱いたままハンドルは握れない。

自分に《運転、オッケー》の指令を出せるまで休まないといけない。

枕《まくら》に顔を埋め、気持ちがいいとはいえない眠りの底に沈んだ。

目覚めたのは八時近く、すでに出発予定時刻を一時間、過ぎている。

4

あわただしく外に出られる顔にし、用意のワンピースを着た。ふんわりした膝下丈《ひざした》で、色はミントグリーン。これで、見た目だけは爽《さわ》やかになった。ウェストを白いベルトで引き締める。

出られるような用意はすでにしてある。それが救いだ。支度しているうちに、時計の針が駆け足をする。正午には着こうと思っていたが、どう考えても不可能だ。

ドライビングシューズの足がアクセルペダルを踏んだ時には、もう九時を過ぎていた。

途中のコンビニで、ウーロン茶のペットボトルとおにぎりを二個だけ買った。朝食代わりである。運転しながら食べるつもりだ。今のお腹《なか》と相談したら、おにぎりは一つでもよかった。しかし、先発とリリーフを用意した。宇都宮辺りを過ぎたら、二番手も口に運びたくなるだろう。

高速に入る時には、十分にスピードを出さないと危ない。流れに乗るためだ。下の道の感覚で、もたもたしてはいられない。だから、合流地点で、ぐうんと加速する。

隣の小此木が、

「う……」

と、声を出した。

無論、急ぎたい。かといって、飛ばされるのも微妙に不安——という雰囲気だ。車の列に入る。乗ってしまえば下より神経は遣わない。ただ単調になるから、眠くなるのが怖い。

「何時？」

「九時四十……一分」

「電話、入れといて」

「え？」

「高速が渋滞で大変だ——って」

実は流れている。小此木は、《遅れそうだ》と電話をかけ、切ってから、

「お昼、用意してくれてるから……」

「……」

頷《うなず》いた。そんなことは、分かっている。だから、早く出ようとしていたのだ。

「昨日、何時頃、帰って来た？」

日付が替わる前には戻る、といってあった。

「……二時……かな」

「抜けられ――なかったんだろうけど――」

「うん。仕事の話になっちゃって」

小此木は、間を置いて、

「――最初だからさ」

「ごめん。……飲んでないよ」

――少ししか。風景が投げ捨てるように後ろに流れて行く。

「いやあ、その――」

小此木がウーロン茶の蓋《ふた》を開け、渡してくれる。前を見たまま左手で受け取り、口に運ぶ。

ふと、《免許証、持ってないくせに》という言葉がちらつく。小此木が運転出来れば、車の中で寝ていけたのだ。

都は小さく頭を振り、いやいや、そんなことを考えてはいけない――と思う。すると、こちらが《免許証、持ってないくせに》と思っていると、小此木が思うのではないかと思う。――やれやれ、ややこしい。

——そんなこと、考えてないからねっ！

と、きっぱりいいたくなるが、ちらりとは思ったので、断言しにくい。都は、つい刺々《とげとげ》しく、

「こっちだってさ、大事な日だって分かってるから。……当たり前じゃない、子供じゃないんだから。……それでも、どうにもならない時ってあるんだよ。一人で仕事してるんじゃないからさあ」

と、ペットボトルを横に出す。小此木は受け取って、蓋をしながら、

「ああ、分かるから、——とにかく、気分よく行こうよ。——おにぎり、食べる？」

「……うん」

「シーチキン？　昆布？」

「昆布」

ビニールの、上の方を剝《は》がしてくれる。そのおにぎりを受け取って嚙《か》む。一口では、昆布が出て来ない。前を向きつつ、時にちらりとおにぎりに目をやる。最後の方は、多少、押し込むような感じになる。

「ありがとう」

と、ゴミになったビニールを渡す。代わりに、またペットボトルを受け取る。声が

いら立つのは、むしろ自分に対してだ。

小此木がいう。

「あっちに着いたら、丸くね」

……丸く？

ふと、今の嫌な自分が見えたようで、かちんと来た。とっさに、駄々っ子のようにいってしまった。アクセルに力が入った。

「結婚するからって——丸くなんか——なりたくないんだよおー！」

ひゅん——と、赤いゴルフが突っ走り、小此木が身を縮める。

とはいえ、それがただ、初めて会うご両親の前での礼儀のことだ——ぐらい、都にも分かっている。

ただ、記念すべき日に、こんな流れになってしまったことに対する、大袈裟《おおげさ》にいえば運命への怒りから、思わず叫んでしまったのだ。

サービスエリアでの休憩も短時間にし、カフェインドリンクや、目が覚める刺激性のガムなどを仕入れて、ひた走った。

天が味方したのか、土曜にしてはおかしいぐらいに流れ、思ったより早く山形に着いた。そこはそれ、小此木の実家に着いてしまえば話は別だ。

ドライビングシューズを、清楚《せいそ》を絵に描いたような白のパンプスに履き替え、同時に、オーラも可憐《かれん》なものにする。

ご両親は、お昼の食事を待っていてくれた。遅れたことをひたすら恐縮する。

「いやあ、鮨《すし》とっちゃったからね。届ける時間を遅らせてもらっただけだよ」

小此木によく似たお父さんが、気にしないで——と、いってくれる。テーブルの上にあるのは、出前の鮨だけではない。汁などと並んで、じゃがいもの鉢がある。都はそれを見て、にっこりした。箸《はし》を取って、小此木と一緒に食べる。

じゃがいもで仲直りするカップルであった。

5

こちらでは、特別な話もない。

ご両親との対面は、つつがなく終了した。《これから、二人で温泉に行きます》などとは、いわない。夕方になって、お宅を後にした。いつまでも見送って下さる。

角を曲がり、しばらく行ったところの赤信号で止まった。すると、斜め前の酒屋から、頭を先にするような、不安定な歩き方で出て来た、主人らしい男が小此木を見た。

口の格好が、

「おっ……」

となる。

同時に小此木も気づきの口を作り、

「――そこに入れてくれる？」

と、酒屋の駐車場を指す。

権田《ごんだ》酒店――という看板が出ていた。交差点を越したところで、曲がって入る。男が車の動きに合わせ、ゆっくりとついて来る。

停まったところで、小此木が外に出た。都も降りて、後ろにつく。

「こちら、権田。――会ったことあるよ」

と、小此木にいわれ、ぼんやりとだが思い出した。彼の個展を観《み》に来ていた。

丸っこい顔に、がっしりした体格。東京で見かけたから、山形の人――という印象がない。そのせいで記憶が繫《つな》がらなかった。

「小酒井都です」

権田はぺこんと頭を下げた。髪が薄いから、小此木より年上に見える。しかし、二人の様子から見ると、地元の同級生なのだろう。

小此木は、都の会社の名をいい、

「仕事の面倒、みてもらってる」

権田は口を薄く開け、

「おっ、お、……おう？」

と首をかしげながら、うめきのような、不思議な声を出す。付き合いが長いせいか、
小此木にはそれだけで通じるらしい。

「まあさ、――そんなわけだよ」

「うーん」と唸《うな》って、「親父《おやじ》さん達に挨拶？」

「ああ」

権田は感慨深げに頷くと、都に向かって、

「よろしく頼むよ。……こいつのことは、俺も気にかけてたんだ」

「はあ」

版画などに興味がありそうにも見えない。それだけ、個人的な繋がりが深いのだろう。権田は、頷き続けながら、

「……中学、高校と一緒でさあ。いや、……悪いことは、みんな、こいつに教わったなあ」

「嘘《うそ》つけ」

と、小此木。

「思い返せば……酒も煙草《たばこ》も、全部、こいつだ」

「酒はお前、売ってるじゃないか」

「学校にいたくてもさ、こいつが抜けて帰ろうっていうんだよ。……困ったもんだ」

「それも、お前だろ」

小此木が切り返すが、表情はむしろ、やり取りを楽しんでいるようだ。

「寄ってけないか」

「うん。先の予定があるんでな」

「じゃあ、……ちょっと待て」

権田は店に入って行くと、片手に酒瓶を提げて戻って来た。

「これ、持ってけ」

渡すと小此木に顔を近づけ、何かぼそりといい、肩を叩《たた》く。

「ありがとう」

車が動き出したところで、都はいった。

「こっちから東京まで、わざわざ絵を観に来てくれたの」

「ああ、黙って、じろっと眺めて帰って行った。そういう奴《やつ》なんだ」

「――酒も煙草も教えたの？」

小此木は首を振り、

「だから、逆なんだって。――あいつが毎日、うちに来て煙草吸うから、部屋が臭くなって困ったよ」

「ふうん」

「うちへ来てごろごろしててさ、腹が減ると、勝手にラーメン取っちゃうんだ」

目的の温泉までは、高速に乗らずに国道を行く。二時間もあれば着くだろう。

「お母さん、怒らなかった？」

「それがさ、何だか――変に気が合ってたみたいだな」

昔からの友達というのは、いいものだな――と思う。

「お酒、くれたのね」

「ああ、《頑張れ》ってさ」

「えっ？」

赤信号で停まったところで、小此木が足元に置いた四合瓶を見せた。日本酒である。ラベルに青い字で《くどき上手》と書いてあった。

色々な酒があるものだ。

6

車は、緑の田圃《たんぼ》の間をひた走る。夏の日は長い。まだまだ明るい。

山に抱かれた温泉地に入り、目指す宿には六時過ぎに着いた。

宿の人が小此木の頭を見て、まず、いった。

「さっぱりしましたね」

この前に来た時、長髪だったのだろう。今は夏毛のオコジョさんだ。

小此木は用意して来た版画の額を渡す。挨拶《あいさつ》の品だ。

見ると、壁に小此木の額や色紙が並んでいる。宿の売店では地元の名産と共に、眉《まゆ》毛《げ》猫の絵葉書も売っていた。

子供の頃、関東の地図を見ていて、《おもちゃのまち》という駅があるのを見つけて、不思議な気持ちになった。今は、《オコジョさんのまち》に来たような気がする。

食事は七時からなので、ざっと汗だけ流して浴衣《ゆかた》に着替えた。宿の中にも、当然温泉はある。だが、ちょっと上がった所に、車で送り迎えしてくれる露天風呂《ぶろ》があるという。食後にそちらでのんびりすることにした。

せっかくのご好意だから、《くどき上手》の味見はしたい。地元のお酒と一緒にやることにした。仲居さんは気をきかせたものか、二人だけにしてくれた。

とろりと口に含んで、

「……甘口ね」

「くどくんだからな」

まあそうだろう。人間関係で辛口――となったら、くっつくより離れそうだ。

香りが華やかだった。その分、もっと冷やしてから飲みたかった。一応、着いてすぐ冷蔵庫には入れておいたが、常温に近い。

「きりっと冷えたら、この甘みが引き締まって、もっと旨《うま》みになるだろうねえ」

「じゃあ、冷静になってくどこうか」

「それもいいかも。――高校生じゃないんだから」

ご両親との対面と運転で、かなり気疲れしている。後があるから、ちょっとセーブして飲んだ。

呼び物の露天風呂までは、宿のワゴンに乗せてもらった。坂を上って脇道《わきみち》に入ると、料理屋の門のような入口がある。その中に案内してくれる。

まず、バスの停留所めいた東屋《あずまや》があった。

「お出になったら、こちらで待っていて下さい。時間になったら、お迎えにあがります」

所々に小さな照明のある小道を歩き、風呂の前まで連れて行ってくれる。

二人だけになると、辺りはしんと静かだ。お湯の湧《わ》き出す音だけが、わずかに響いている。

小此木が先に浸《つ》かっているところに、都が後から入った。山側でない方に目隠しがあり、後は開けている。

都は、暗い山の方を見て、

「キツネとかクマとか、入りに来ないかな」

「一応、――宿に泊まらないと入れないからね」

「――そうか」

闇《やみ》は甘口の酒のようにとろりとしている。いい気持ちになって来た都は、

「何だかこの――柱があって壁がないのって、どこかで見たようだな」

「そう？」

「何だろう、この――柱があって屋根があって壁がなくて、それで――」

「それで？」

「――裸の人がいる」

謎《なぞ》の建物だ。

「……？」

都は、《ああ、そうだ》と思った。お湯の中だから、膝《ひざ》は打たない。

「――お相撲だ。――土俵の屋根だよ」

小此木は、ちょっと考え、

「……あれは上から吊《つ》るんじゃないか？」

「それは本式のでしょう。――うちの高校に相撲部があってさ、そこの土俵は、四方の柱に屋根のついたやつだったよ」

「へええ」

わざわざ建物を作るよりは、安上がりだったのだろう。《女は土俵に上がってはいけない》という話を聞き、友達と《こっそり行って、上がってやろうか》と話したこともある。

無論、本気ではない。人の嫌がることを、わざわざやろうとは思わない。相撲の神様のバチが当たって、力士に追いかけられる夢を見たら、つまらない。

そういえば、小此木は、猫の相撲取りも描いていた。きりりとしていて、しかし、可愛《かわい》かった。まわしひとつの姿だが、猫はもともと裸だから、脱いだ——という感じにはならない。

「相撲部ってのは、今時、珍しいんじゃないかい？」

「今時って、もう、十年以上も前の話だけどね。——でも、あの頃だって、人集めに苦労してたみたい。大会になると、他の部活の子にも声かけてたんじゃないかな」

あの土俵も、とうになくなっているのかも知れない——と、思う都であった。

気持ちよく湯から出て、下駄を鳴らし、東屋に行く。小さな扇風機が、元気よく回っている。

宿の人が、次の客を連れてやって来た。外国人だった。若い男の二人連れだ。一人は栗色《くりいろ》の髪、一人は見事な金髪だ。

露天風呂と外国人——という取り合わせに、ちょっと驚いた。

7

ハンドルを握った宿屋の人に聞いてみると、フランスの大学生で、日本の温泉を研究しているそうだ。

世界は広い。色々な人がいるものだ。

「昨日は道後温泉に行ったそうです」

なるほど外国人だ、と思う。日本人なら、《四国に行き、次の日に東北》というプランは立てない。

「浴衣を、上手に着てましたね」

「そうなんですよ。近頃の子じゃあ、日本人でもああはいかない」

特に栗色の方は、和の装《よそお》いが時代劇から抜け出たように似合っていた。帯の締め方など、一分の隙《すき》もない。シャキッとしている。それでいて背が高いから裾《すそ》が短い。微妙にアンバランスで、そこが、ご愛嬌《あいきょう》である。一方、金髪の方は襟元が緩んでソフトな感じだった。緊張と緩和――いいコンビだ。

小此木がいった。

「すみません。駅まで行ってもらっても、いいですか」

「はい？」

「ちょっと、見せたいんで――」

「ああ、なるほど」

「歩いて帰りますから」

ワゴンは、すぐ近くの駅に向かった。

湯上がりの浴衣で降りる。星が綺麗《きれい》だ。山沿いに走って来た電車が左に曲がって、これから川を渡ろうという手前に駅があった。

チョコレート色の駅舎に向かって、緩やかな坂を上る。山近くで夜も遅いから、さすがに涼しい。

昔の小学校の渡り廊下のような、屋根付きの通路が待合室まで続いている。横手の自動販売機の明かりが現実めいているが、後は童話っぽい。猫が、駅員の服でも着て出て来そうだ。

「浴衣で見物して、いいかしら？」

「大丈夫、夜と朝は無人駅になるから」

引き戸を開けて中に入る。白い壁に、焦茶《こげちゃ》の柱が縦横に通っている。

「ああ……」

見せたい――といっていたものが何か、分かった。小此木の絵のパネルが、四方の壁高く、何枚も並んでいた。

この温泉地は、こけしで名高い。それぞれに、こけしが描かれている。

ウサギがそれを頭上にかかげているもの、キツネが雪から守っているもの。様々だ。こけしの顔は猫になっている。

「ねこのこけし――ねこけし、ね」

早口言葉のようだ。小此木が、そっと、

「……ね、こけし」

「うん」

二人でしばらく、山小屋のような作りの、高い壁を見上げていた。貸し切りの美術館に来たようだ。

駅の近くに雑踏があるわけではない。温泉街の中心は、ちょっと離れている。夜になって誰もいない駅舎は、闇にぽつんと浮かんでいる。

「どうして、ここに絵を？」

「初めて来た時、聞いたらさ、すぐ近くに小学校がないんだって。――子供達は、ここから隣の駅まで通うんだ。そうと知ったら、《行ってらっしゃい》と《お帰りなさい》の絵を飾りたくなって――」

町の人に話したら、構わないということだった。最初は、小さいパネル二つという約束だったが、東京に戻り、アクリル絵具で描き始めたら、興に乗り次々と出来てし

まう。大きいパネル、五枚になった。話は違うが――、

「取り敢《あ》えず、送っちゃったんだ」

「飾ってもらえて、よかったねえ」

「うん、本当だよ。――電気屋さんとか、皆、協力して、高いところにつけてくれた。そうなるとさ、こっち側の壁が寂しくなりましたね――とかいって」

「また描いちゃったのね」

「うん」

そうやって、この町とオコジョさんの繋《つな》がりが出来て来たのだ。

ホームに出てみる。室内の照明の中から外に出たせいか、空の星が、歩いて来た時より、一層、自然に美しく見えた。山が、暗い懐《ふところ》に様々な物語を秘めているように見える。

下駄を鳴らしながら、鉄橋側の端まで歩いてみる。

「シャルルとフランソワは、もう出たかなあ」

「え？」

「あの二人。温泉研究の大学生。――露天風呂から出たかな」

「名前、聞いたの？」

都は、首を振る。

「――イメージ」

「何だ」

「シャキッとしてた方がシャルル」

「そうか」

「お風呂でお相撲の話、したかな？」

「しないだろう」

「日本通なのにね」

ホームの終わりの柵《さく》のところに並んで立った。レールは、鉄橋を渡り、はるか先へと続いている。

小此木が、都の手を握った。

8

翌日、朝風呂に入ったのだろう、タオルを粋《いき》に肩にかけ、売店のおみやげ品を見ているシャルルに遭遇した。あいかわらず、きちんと浴衣を着ていた。お江戸のシャルルさんという感じだ。細いウエストを、帯がキュッと締めている。

「ハーイ、シャルル」

と声をかけたりはしない。

さて今日の都は、活動的な格好でいいから気が楽だ。アイボリーの五分丈のパンツに、白のTシャツを着た。日差し避《よ》けと、室内では冷房対策にもなるカーディガンが欠かせない。下が白だから、こちらは藍《あい》にした。

朝ご飯を食べると、早目に出た。遠いところから先に回る。渓谷を眺めたり、ブルーベリーを摘んだりした。

お昼は、おいしい野菜料理のお店に入った。凝り過ぎず、仰々しくない自然さがいい。ちょっとずつ盛られた小鉢や小皿が、沢山出るのでお腹《なか》が一杯になる。デザートは、自家製のどぶろくで作ったプリンだった。

満足満足——といいながら、温泉街に戻ってぶらぶら歩きをする。小此木が描いた、大きな壁画もあった。その下に《ご利益《りやく》足湯》という看板が出ている。ここでも、眉《まゆ》毛《げ》猫が笑っている。

お店の横に湯の湧き出している素朴な作りだ。

「入ろう」

と、都がいう。いわゆるナマ足にサンダルだから、好都合だ。湯桶《ゆおけ》を囲んで、切株の椅子《いす》が幾つか並んでいる。都は、奥のそれに腰掛け、サンダルのストラップをはずした。

小此木も隣に並んで、靴下を脱ぎ、ジーパンをまくり上げる。入れた足が底に着くと、溜《た》まった湯の花がゆらっと、煙のように舞い上がる。後から入って来た小此木の足先に、

「えいっ、――シャルル」

と、ちょっかいを出す。

「何だ、フランソワ」

と、小此木が足の親指で、都の親指を押さえようとする。

「負けないぞ」

と、都は左足に加勢をさせた。

「ちょこざいな」

と小此木。古めかしい台詞《せりふ》だ。

「相撲だ、相撲だ」

湯の花の煙が、もくもくと立つ。

こけしのような髪形をした女の子が通りかかって、母親にいった。

「――あの人達、変だよ」

そうかも知れない。

9

温泉神社というところに行き、縁結びのお守りを買った。結ばれた布の間から、並んで顔を出した男こけし、女こけしが可愛らしい。

それから、こけし屋さんに入る。

「ああ、小此木さん」

と、親戚《しんせき》のように迎えられる。ここでは絵つけ体験というのをやった。白木のこけしに、自分で顔や胴の模様を描く。

小此木は、ただすっすっと筆を走らせても、味のあるものになってしまう。プロだから仕方がない。顔は猫、胴にも肉球などをあしらっている。

俳句の五七五のように、まずこけしという型があり、そこに絵を付けていくのは面白い。人によって千差万別のものになる。都も、自分なりの個性を出そうと努力した。

しかし、どうもうまくいかない。筆が、意気込みのようには動かない。修正しようと姑息《こそく》に筆を加えると、かえって逆効果だ。結局、妙に目付きの悪いこけしになってしまった。

「君らしいよ」

「……どこが？」

「いや、その——なかなかいいよ」

小此木は、自作をお店に残す。都は一般人だから、無論、持ち帰る。置いていかれたら、お店が迷惑するだけだ。

その後、小此木が好きだという田圃《たんぼ》の中の道を歩いた。遠くに山を見る、田舎の道だ。

——このまま、夕暮れまで歩いていてもいいな。

そんな気がした。しかし、明日は仕事のある身だ。くるりと一回りしてゴルフに戻り、今回の最終目的地に向かう。

山裾を進んで行くと、素敵な滝があるという。細い道なのに、対向車が時にやって来る。冷や冷やしながら、そこに着いた。

車を停めて、ちょっとだけ上がる。

「どうかな……」

と、小此木がいささか気弱げにいう。規模の大きな、観光向きの滝ではない。

都は見上げて、

「あ——いいじゃない」

「そう」

ほっとしたようだ。

向かいの高みで、一旦《いったん》、受け皿のような窪《くぼ》みに溜まった渓流が二筋に分かれ、子供がはしゃぐように軽やかに流れ落ちている。白い糸は、下の谷川で一体となる。

涼風が頬を撫《な》でる。足下には、黄色い野の花が美しく咲いていた。

——割れても末に、だ。

岩にせき止められ分かれた流れも、やがてひとつになるように、一緒になろうね、僕と君……という古歌を思い出す。

そして、都は考えた。

——縁結びのお守り、ここで売ったらどうだろう？

意外に、商才があるのかも知れない。

10

「――編集長」

翌日、差し出されたものを見た露木が、

「何だ、そりゃあ？」

「温泉に行って作った、自作のこけしです」

「――抽象芸術か？」

「どちらかといえば具象です」

露木は眉を寄せ、

「まさか、俺へのみやげじゃないだろうな」

頭の丸いところで、肩ぐらい叩《たた》けそうだ。都は、胸を張り、

「そうではなく、そうでもあります」

「うん？」

「ほらー、この間の、読者プレゼントの件ですよ」

「ああ……」

「これって、単価、そんなに高くないんです。——白木のやつを大量注文してですね、作家先生達に、それぞれ自作のこけしを描いてもらったらどうでしょう」

「ほう……」

鋭い男だから、話の方向性はすぐにつかむ。ちょっとだけ、身を乗り出す。

「——やってみるとね、案外、面白いんですよ、これ。——担当編集者が、筆と絵具を用意して説明したら、先生方、乗ってくれそうな気がします」

露木が頷《うなず》く。

「——予備も含めて、お一人三本ぐらいあれば、何とか——一本は出来るんじゃないでしょうか。葉巻をくわえたのとか、黒眼鏡のとか——勿論《もちろん》、自画像じゃなくてもいい、動物でも何でも、そこに個性が出るでしょう。ね、《作家の描いたオリジナルこけし》なんて、今まで、あんまりプレゼントされたこと——ないでしょう？」

露木はうなった。

「——そりゃあ、ないな」

「物が、こけしです。貰《もら》った方は、そのまま飾っておける。——グラビアページに、当代人気作家描《えが》くこけしが並んだら、欲しくなると思いませんか」

「うむ……」

「――評判にもなるでしょう」

《こ、ろ、す、ぞ》とは、いわれなかった。検討の末、東北みやげのアイデアは採用されることになった。

そして、めでたく来春の出版界の話題となるのである。

転んでもただでは起きない――という。転ぶどころか、婚前旅行を仕事と結び付ける。

――やはり、都には商才があるのかも知れなかった。

11

象の鼻

1

めでたく結婚の運びとなった、都とオコジョさんである。

入籍は、九月に入ってすませた。

披露宴は、当時から流行《はや》り始めていたレストラン・ウェディング。都が前々から目を付けていた、代官山のお店で行なった。

いくら場所に目を付けていても、これぱかりは相手がいなくては出来ない。都は、結果的に《深謀遠慮の女》となり、

――よしよし。

と、笑うのであった。

さて、招いたのは両家親族のみ。——こういう形も、その頃にはもう、珍しくなくなっていた。

ウェディングドレスは、ことが現実となってから、あちらの雑誌、こちらの情報誌と物色した都のハートを、ずんと射ぬいたツーピース。

清楚《せいそ》かつ活動的なノースリーブ。しとやかでありながら颯爽《さっそう》としている——という無理なところを見事にまとめた逸品。胸元から背へのぐるりと裾回《すそまわ》りに、ラインストーンが、居並ぶ星のように列を作っている。その輝きを両の耳元に見事にすくい上げたような、同じ石のイヤリングを付ける。そしてAラインのスカート。

これを買った。

「素敵だよ」

と、小此木もいってくれた。

……まあ、いわない新郎も稀《まれ》だろう。後々のことがある。しかしながら、相手も美術のプロ。適当なお世辞ではなかろう。

ツーピースの上の方は、

——後で使えないこともないな。

と、都は思った。

都の会社は大きな文学賞を主催している。ライバル各社もそうだ。当然、授賞式がある。そういうパーティの時など、スーツの下に着られる。

……などと考えたのも、実はレンタルにしなかった言い訳を、ちらりと自分にいってみたのだ。本音としては、日常では使いたくないのが女心だ。一回着れば、コストパフォーマンスの問題は解決している。それが、ウェディングドレスというものだろう。

会場のレストランは一軒家の建物で、以前、テレビドラマの舞台にもなっていた。別に、だからいい——とも限らないが、この場合は、なるほど人に見せたくなる雰囲気の良さがあった。

わざわざ山形から出て来て下さった、小此木家の方々にも、東京の嫁が目先の流行を追いかけている——などと思われない、しっかりした選択だった。

披露宴についての対応も万全で、安心出来た。ヘアメイクなども提携しているところがあり、手落ちはない。

そして、口に入る料理は、レストランだから専門——と来ている。こちらは、当然、前に食べ、舌で確かめてある。

当日は空も、青く高く、晴れ上がった。それでいて思いやり深く、残暑きびしい

——というところまでは照りつけない。

まことに気持ちのいい集まりになった。

2

かくして都は、《小此木都》となった。

取り敢《あ》えずは、小此木のマンションが新居となる。版画の道具や、今まで彫った板などが山と積まれている。よくある話だが、一見、混乱した様子が、当人にとっては分かりやすく、居心地がいい。うっかり動かすと、どこに何があるか見当がつかなくなる。——というわけで、引っ越しするのも大変なのだ。

とはいえ結婚を機会に、仕事場となる一戸建を探そう——という話にはなっていた。多少、遠くなっても、今ある物が余裕をもって置ける程度の広さが欲しい。

しかし、あわてるつもりはなかった。楽しみつつ、慎重に選ぼうと思っていた。

会社で変わったことといえば、給与明細の名が《小酒井都》から、中の二字だけ《此木》になった。

サンドイッチみたいだ。パンの間の具を、ハムからレタスに入れ替えたようなものだ。都は、活字の並びの中間部を指で押さえてみたりした。

——変身っ！

そうすると、違いが分からない。

いわゆる職場ネームは、多くの女性社員がそうしているように、旧姓のままにしておいた。だから、あまり変化を感じない。

そんな新妻——都のデスクに、村越早苗が、いきなり寄って来て、

「お祝いしたいよーん」

都は微笑《ほほえ》み、

「ありがとうございます」

「心の叫びだよん」

と、座っている都の肩を、とことこ連打する。小太鼓でも打っているようだ。

「はあ」

「口先だけじゃないよ。——ねえ、会費制なら、堅苦しくなくていいでしょ。あたし達が幹事やるから、披露パーティ、進めていいでしょ」

「ほ？」

書籍の酒仲間のトリオ、体も心もゆったりとした太田美喜、眼鏡の蘊蓄《うんちく》姉さん瀬戸

口まりえと、たった今、話をまとめたという。

「それでさあ、善は急げと、ハアハア、走って来たわけ。というのは——」

こういう時、大変なのは場所の確保である。書ネエこと美喜が、行きつけの小洒落《こじゃれ》た創作料理の店に、電光石火、電話を入れた。

交通の便も、大きさもぴったりだ。人気のある店だから、当分、ふさがっていると思った。まあ、念のため確認したに過ぎない。

そうすると驚いたことに、たった今キャンセルがあり、十月の土曜が空いた——という返事。仕事の片がつかなかったら、雑誌編集者に土曜も日曜もない。だが、うまいことに都の校了明けになる日だった。

ピンポイントで命中。ラッキーというしかない。

「神様がさあ、旗振って《やれー、やれー!》と叫んでいるようじゃない」

随分、くだけた神様だ。

「——でもさあ、都ちゃんの予定、聞かなくちゃ、まことのラッキーか偽りのそれか、判断出来ないでしょ。あたしはね、——金と思って真鍮《しんちゅう》を拾って、喜ぶような女じゃないのよ」

どこかで聞いたような台詞《せりふ》だ。

「——都ちゃんがカムチャッカに出張とかだったら、駄目じゃない。ねえ、どうかしら」

それで都は、食べ過ぎのお腹《なか》のように分厚い手帳を開く。時間と勝負する編集者の端くれだから、細かい書き込みもあり、付箋《ふせん》も色とりどりに貼《は》ってある。

ひと月先のスケジュールを見ると、幸い、その日は、出張の予定もない。

「オッケーです。……旦那《だんな》も多分、大丈夫だと思います」

《うちの人》ともいえず、とりあえず、まだいいやすい《旦那》を使った。口にしながら鼻先がむずむずした。

しかしまあ、版画家という仕事上、時間は自分でコントロール出来る。個展の初日などにぶつからない限り、空けるのは難しくない筈《はず》だ。

「じゃあさ、せかして悪いけど、旦那様に連絡してくれる。多分——を、多分じゃなくしてほしいの。——とにかくね、主役二人の出席確認が取れないと、どうにも動けないんですよん」

といいながら、もう半分以上、動き出しているようだ。こうなったら、誰にも止められない。

その日の夕方には、《社内では、こんな人に声をかけたい。不都合はあるか》という段階になった。小此木の方の人数と、都の友人枠も調整しなければならない。

うちに帰ると、小此木は素直に喜んでいた。

「事務所の連中や、まだ会ってない人にも、まとめて紹介出来るから、いいんじゃないかな。ほら、こういうのを何とかいったじゃない。ああ、そうだ、――一網打尽」

納得している。使い方がちょっと違う、と都は思った。

3

二人でちょっと外に出て、小此木の顔見知りに会うことがある。近所のおばさんだったりする。スーパーのお総菜売場あたりで知り合ったらしい。

「あ。結婚しまして……妻の都です。これから、一緒に住みますんで……」

などと、小此木がいう。

何だか申し訳ないことをしたように、頭を下げている。並んで都もお辞儀する。

「あーら、奥さん？」

などといわれると、ちょっとどきどき。

新鮮な感覚である。そのうち、これが当たり前になるのだろう。

披露パーティの準備の方は、早苗が中心になって着々と進めてくれている。来て下さった方には、小さな花形の石鹼《せっけん》とミニ皿、それに小此木手描きのこけしの詰め合わせを、おみやげにすることにした。

最後のひとつは、都発案の企画の実物説明めくが、何といっても、彼らしく一体一体に心をこめて絵筆を取ったところが値打ちである。都が見ても、人にあげず自分が欲しくなる。どれもいい表情をしていた。

そういう品物の用意の都合もあるから、参加人数の確認は必要だ。編集部でおおっぴらにやることでもないから、社員食堂に行った。コーヒー一杯五十円なので、気楽に一息つける。

ただし、用意した分が売り切れると閉まってしまう。四時頃に行ったので、もう自動販売機のお世話になるしかなかった。

早苗達と話していると、大曾根さんが自販機にやって来た。ちらりとこちらを見て、

「ああ、象の鼻――」

と、いった。ガタンと缶の落ちる音がする。早苗が、

「あわっ」

と変な声を出した。

大曾根さんは、都を見てなぜか頷《うなず》き、途中で言葉を飲み、

「ああ、そうか。――で、あたしも行かせてもらうから」

パーティのことだと分かるから、都は恐縮して、

「ありがとうございます」

「うちの亭主も連れて行きたいんだ。いいでしょ？　――面白いから」

美形の旦那様、月形瓢一《つきがたひょういち》とは、都も一緒に酒を飲んだ。顔見知りだから、無論、来てもらっていい。いいが――、と思っているうち、忙しい大曾根さんは缶を握り、さっさと行ってしまった。

都はわずかに釈然とせず、大曾根さんの背中を見ながら、

「……何で面白いんだろ？」

早苗は、不自然な笑みをたたえ、

「いえ、それはさ、――やっぱり版画家さん仲間とか、デザイナーさんとか来て、楽しいだろうと――そういうことよ」

都は眉《まゆ》を寄せ、顎《あご》を撫《な》でる。

「……そうかなあ？」

「そうそう」

「だけどさ、あの……《象の鼻》って何よ」

「え、――そんなこといってた？」

と、早苗は驚いてみせる。

「いったわよ」

「あらまあ、ダンボのお耳ねえ」

「ダンボじゃなくっても聞こえるわよ」

まりえがテーブルに身を乗り出し、片手を上げて叫んだ。

「――ガネーシャ！」

「はあ？」

「ガネーシャですよ。インドの神様。現在でも、盛んな信仰の対象になってます。ほら、――お顔が、象なの！」

といって、上げた片手を自分の顔の前で、象の鼻のように揺らす。なるほど、そんな神様の絵を、どこかで見たような気もする。

「それがどうかしたんですか」

「これが仏教に入ると、歓喜天《かんぎてん》とか聖天様《しょうでんさま》とかいわれます。双身の像もあり、男女の抱き合う姿をしていたりするんです。つまりですね、ちょっぴりセクシー。――そんなわけでね、夫婦和合し、良い子を得、豊かになって、病魔を避ける――」

何だか、わけが分からない。分かったのは、まりえが物知りだということだ。

「はあ？」

「――ですからね。大曾根さんのところに行って、出席の確認をした時、ガネーシャ様から歓喜天様の話になったんです。都ちゃんも、夫婦和合し、お幸せになればいい――と」

「そうですか？」

「そりゃそうでしょう。――あなた、そう思わないの？」

「……思いますけど」

丸め込まれてしまった。

4

当日は、マンションでドレスを着て、タクシーを呼んだ。披露パーティという正式の場であるから、堂々と二回着られる。得をした気分になる。

ウェディングドレスとはいっても、ツーピースのタイプだから、それほど大袈裟《おおげさ》にはならない。ヴェールをして行くような仰々しいこともない。シンプルな花の髪飾りを付けた。

小此木がスーツなので、こんな風でないと花嫁を連れて逃げる男のようになったかも知れない。

開宴の五時までに余裕をもって着き、受付をやってくれる人達に挨拶《あいさつ》する。

書ネエが、にっこり笑って、

「都ちゃん、これこれ」

と、受付のテーブルに積んであるパンフレットのようなものを取り、渡してくれた。

表紙は、都の編集している雑誌十月号のレイアウトそのままだ。しかし、タイトルは書体は同じで『小説新婚』。《大人のための結婚特集》と書かれ、新郎新婦の名が作家名のように刷られている。

開くとまずグラビアページで、小此木の事務所やこちらの編集部で隠し撮りしたらしい、二人の日常のスナップが並ぶ。電話している、机に向かっている、笑っている……。

――こ、これだけの情熱で仕事したら。

と思いつつ、作ってくれた仲間の熱意にほろりとする。

ページをめくると《特集　これが噂《うわさ》の版画家》となっていて、小此木の作品が縮小して並べられ、事務所の人が彼の人となりを語るコメントが並んでいる。左下に、小此木に向かって矢を射るキューピッドが描かれている。顔は写真のコラージュになっている。キューピッドは編集長の露木だ。ニッと笑っている。しかし、サインペンで描き加えた尻尾《しっぽ》や角が付いていて、愛の神兼任の悪魔にされているのだ。なぜ——とは思うが、理屈を越え異様に似合っている。

次が《傑作感動長編　愛の編集者》。雑誌の挿絵をうまく流用し、小説仕立てで都の略歴を紹介している。

——まあ、『愛と酒の編集者』にされなかっただけいいか。

と、都は胸を撫で下ろす。

編集後記に至るまで凝りに凝って作られたこのミニ雑誌は、会場のあちこちで開かれ、大受けであった。

微笑みの並ぶ中、苦虫を嚙《か》みつぶしたような顔が近づいて来た。

「……おめでとう、小酒井君」

「ああ！」

「君と初めて会った時、コサカイのサカイは、泉州堺の《堺》か——なんぞと聞いた気がする」

大ベテランの編集者だ。文学史に残る大作家を担当し傾倒した。都が新入社員だった頃には、もうすっかり綺麗《きれい》な銀髪だった。薄くならない髪らしく、いまだに地肌を見せていない。とうの昔に定年を迎えているが、その大作家の全集編纂《へんさん》に欠かせない人だから、嘱託《しょくたく》の形で残っている。

「そうでしたっけ」

銀髪氏は、ぐっと顔を近づけ、

「そうだとも。——君のことは忘れんよ。酒の井戸だ。確かに、——酒の井戸だ」

と、有り難くない連呼をする。

「わざわざ、おいでいただけて光栄です」

「うん。何といっても、この腕が忘れない。——あの時、君に締められた痣《あざ》。今でもくっきり残っている」

と、背広の袖《そで》を上げげシャツをまくり出す。

「——ほ、本当ですかっ？」

銀髪氏は、ぐっと細い腕を突き出し、

「嘘《うそ》だ」

やれやれ。銀髪氏は、にんまりとし、

「――往時《おうじ》茫々《ぼうぼう》だなあ」

「は、ボウボウ王子？」

銀髪氏は、ひとつ咳《せき》をして、

「――過ぎ去りし日々は遠くはるか、ということだよ。あの時の君が結婚すると聞き、感慨ひとしおだ」

「はい……」

「何だか孫が結婚するような気がして、他人事《ひとごと》と思えん。きみは、――妙に可愛《かわい》い子だ」

「はあ」

そこで、小此木の方を見て、

「あんたが新郎かね」

「はい」

「腕に気を付けたまえ、腕に」

銀髪氏が行ってしまうと、小此木は首をかしげ、

「どういうこと？」

長くなるから、説明は後にした。

前の上司で、次期出版部長と噂される遠藤も来た。がっしりした肩先は相変わらずだが、腹がかなり出て来た。

「おめでとう」

「ありがとうございます」

彼との間の、一番の思い出は、赤ワインをかけてワイシャツを台なしにしたことだ。

遠藤は顔を寄せ、嬉《うれ》しそうに、

「――小此木がお好み」

「は？」

「これでどうだ。――駄目か？」

この日のために用意して来たのだろう。駄洒落《だじやれ》好きは相変わらずだ。

「えーと、……六十七点」

遠藤は肩を落とし、

「残念」

5

司会は早苗。挨拶は出来るだけ少なく——ということで、双方一人ずつ。都の方は、直属の上司の露木が進み出る。

「これがまた、何ともはや、よく出来た子でございまして……」

《よく出来た子》なのに、どうして《何ともはや》が付くのか。

——頭隠して、かよ。

と、都は思う。

拍手が止《や》むと、美喜とまりえが、店の片隅に置いてあったポリバケツを持ち、前に出て来る。

早苗がいう。

「さて、これから当幹事団の用意いたしました、ちょっとしたイベントでございます。皆さんは象鼻酒《ぞうびしゅ》、あるいは象鼻杯といって、蓮《はす》の葉の、茎を通してお酒を飲む——というのをご存じでしょうか？」

一同、きょとんとした顔になる。バケツの中には、大きな蓮の葉が立ててあった。

十本以上あるだろう。河童《かっぱ》の傘置き場のようなので、一体全体、

——何だろう？

と、思っていた。

まりえがマイクを引き取り、

「元は中国のもので、漢詩などにも歌われていました。長寿に繋《つな》がる縁起のいいものです。日本でも関西のあちらこちらで七月頃、これを飲む催しがあるようです」

まりえは、そこで都に微笑《ほほえ》み、

「——都ちゃんのお祝いの席で、何か出来ないだろうか、という時、これをやってみようかというアイデアが出ました。問題は、ピチピチした蓮の葉の入手です。もう十月だから無理だろうと話していたら、丁度その場に、お若い頃、茨城で暴走族——いえ、茨城から房総半島にかけてよく旅をしていたという、大曾根悠子先輩が通りかかって、《蓮、欲しいの？》という声。——何でも、霞《かすみ》ヶ浦《うら》のあたりは蓮の本場、他ならぬ大曾根さんの親戚《しんせき》が蓮農家だという——まことに、渡りに舟の言葉。早速、電話して下さって、《何とかなるだろう》というご返事をいただきました」

話が見えて来た。まりえは続ける。

「——わたくし、蓮係となりました。——本日、常磐《じようばん》線『フレッシュひたち』に乗り

まして、茨城は土浦まで行って参りました。広い畑の中を行きますと、数ある中には、まだまだ瑞々《みずみず》しいものがございました。――《やったー》と叫び、竹取ならぬ蓮取物語。抱えて帰る車中ではお客様方にギョッとされ、その上、密閉空間になると匂《にお》いもかなりきつい。やむなくデッキに出て過ごし、何とかここまで運んで参りました。――葉先がしなびて見えますが、これでもお昼頃には新鮮そのものだったのです。憎いことに、みるみる萎《しお》れるのですね、これが」

と、愚痴が入る。

「――この葉の中心――茎に繋がる部分に、尖《とが》ったもので穴を開けます。そして、葉にお酒を注ぎます。――茎は細くても、いわゆる蓮根状態になっています。幾つもの空洞があり、それを伝ってお酒が下に流れるのです。――蓮のストローをくわえれば、緑の香り漂う美酒が飲める――と、こういう段取りです」

早苗が、マイクを受け取り、

「お酒をうまく流すため、葉の方は高く持ち上げます。象が鼻を上げた形に似るため、象鼻酒といわれるようです」

――なるほど、それで《象の鼻》か。

と、都は納得する。

パーティのサプライズだから、はっきりいえなかったのだ。これなら確かに、――《面白い》。

「――三々九度のお杯などというのがありますが、ここでは末長い健康を祈念して、花嫁花婿《はなむこ》に、同じ葉から象鼻酒を飲んでいただきます」

立食形式だが、新郎新婦の席は作ってある。美喜とまりえが、一番、形のいい葉を持って、都達に近付く。

都は囁《ささや》く。

「――びっくりです」

「そうでしょ、わたしもこんな飲み方知らなかったわよ」

と、美喜がいいながら、尖った錐《きり》で葉の大杯の底に穴を開ける。小此木が、いわれるまま茎の先端をくわえる。こういう時の新郎新婦は、どんなサプライズを仕掛けられても無抵抗だ。借用書にもサインしてしまうかも知れない。

まりえが、純米酒の小瓶を都に渡していう。

「じゃあ、彼氏に注いでさしあげて。――葉っぱは洗ってあるから大丈夫よ」

都は頷《うなず》いて、蓮の葉を覗《のぞ》く。

薄緑が中心に近付くにつれ色を濃くし、その一点に向かい、放射状に黄緑の線が集まっているようだ。パラソルを裏から見ているようだ。

茎を長い柱とするなら、その頭の部分——葉の中心は、ほとんど白い。微《かす》かに緑を感じさせるだけだ。指先ほどのそこに、美喜の開けた幾つかの穴が見える。

都は、蓮の自然の大杯に、とくとく酒を流し入れた。——天からの水のように、蓮の葉に酒が溜《た》まる。

「それでは、新婦は葉を差し上げて下さい。新郎は、チューと吸ってみて下さい」

都は、自由の女神が灯火を捧《ささ》げるように腕を上げた。

小此木はパイプを持つように茎の先を持ち、くわえている。口元の動く感じから、どうやら懸命に吸っているようだ。一途《いちず》な、少年のような表情が、いかにも彼らしい。

「——流れてますか？」

早苗に聞かれた小此木は、目で《うむ》と頷き、左手でＯＫサインを出した。

「おおっ！」

期せずして温かい拍手が沸き、二人を包んだ。

その時、都の胸に、自分が《面白い》格好をしているというのに、——意外にも泣きたいほどの感謝の念と、同時に《この人と、一緒に暮らして行くんだ》という思いが、湯を一気に注ぐように、こみ上げて来た。

――ああ、この葉と、この茎で、今、わたしは、この人と繋がっている。尊い水が、命を伝える管を通って、わたしから、この人に流れている。それは形だけのことではない。――確かに今、わたしの心は、この人に向かって流れているんだ。

6

役回りを交替し、今度は都が吸ってみる。どういうものだろう――という興味はある。

吸ってみると、甘口日本酒のふんわりした香りが、シャープになったような気がする。全体に味わいがすっきりした。それは、ほのかに感じられる、青い感じの味のせいかも知れない。

――ふむふむ。

細い管から受ける一点に神経を集中するせいか、分析的になる。酔いは、早く回るかも知れない。

後はしばらく、ご歓談となった。

象鼻酒のアイデアは大受けだった。会場のあちらにもこちらにも、蓮の葉が踊っている。都達は夫婦だから同じ口から吸ったが、人から人に渡す時は先端をナイフで切る。茎はかなり長いから、何度も使えるわけだ。

都達の席には、次々と人々が挨拶《あいさつ》に来る。にこやかに言葉を交わしながら、ふと見ると、暗くなった窓辺で、まりえと、めっきり所帯じみた池井広行が、賑《にぎ》わいを離れ、楽しそうに話していた。

都は、──懐《なつ》かしいものを見たと思った。

今は部署も変わった。しかし、都が新人だった頃、二人は文庫のセクションの息の合ったツートップだった。まりえと池井の、こうやって話し続ける姿がよく見られた。斜め向かいの机から、窓際《まどぎわ》のまりえの席に行って、池井が話し込む。相手が立っているから、まりえも立つ。窓辺に寄った二人は、仲のいいご近所のおばさん同士のように、風景の一部となり、立っていることを忘れたように、いつまでもいつまでも話しあっていた。

──それも、社内の過ぎ去った時間の、遠いひとこまだ。

まりえは、時にちらりと、揺れる蓮の葉を見やっては、何かいっている。象鼻酒について蘊蓄《うんちく》を語っているのだろう。そのうち、ぽんと池井の肩を叩《たた》いた。《何いってるのよ》という感じだ。次の唇が《にいさん》──と動いたように見えた。

まりえは昔、年下の池井を《にいさん》といっていた。二人の間の慣用句が、久しぶりに出たのだろう。

様々ある料理は、新郎新婦の特権で、誰かが皿に盛って運んで来てくれる。蛸《たこ》の梅風味マリネ、ミートソースのイタリア風トルティーヤ、豆腐に季節のあんかけ、つぶ貝のガーリックオイル焼き、柔らか豚のヒレカツ、トマトパスタ、クリームパスタ、シェフのおすすめピザ……などなどが押し寄せて来る。

象鼻酒の方はシャンパンで試している人もいる。大曾根さんの美形の連れ合い、月形瓢一クンがそうだ。

大曾根さんに注いでもらって、葉を持った手を上に伸ばす。自分で持ち上げるのが、正しい象の形かも知れない。だが、不思議と何事もしくじる月形の、手の加減が悪かったのか、葉の縁からシャンパンがこぼれた。

——しようがないわねえ。

といった感じで、濡《ぬ》れたネクタイのあたりを、大曾根さんが拭《ふ》く。ナプキンやらハンカチやらを、次々と当てる。

遠目にも、かいがいしい世話女房ぶりだ。

「やってみようか、シャンパン」

そういって、都達も挑戦してみる。

注いでみると、きめ細かい泡が白くクリームのように溜まる。なかなか可愛《かわい》い。吸ってどうかというと、炭酸が弱くなる。――というか、はっきりいってしまえば気が抜ける。アルコール分も抜ける感じで、甘みの方を強く感じた。日本酒の時より、草っぽい味になる。

白ワインをやってみると、とても効く。ストローで飲むと、酔いが回るというあの理屈だ。ましてウィスキーなど注いだら、危険かも知れない。

途中から、都達も席を立ち、会場を回って挨拶する。

幹事と司会の大役を兼ねる早苗には、感謝をこめて、

「――飲んでますかっ！」

と、いった。早苗は、愛嬌《あいきょう》のある顔に微笑みを浮かべて、手を横に振った。

通り過ぎてから、都は、

――そういえば、早苗さん。近頃、お酒の席に出て来ないな。

と、思った。

かつては、酔って銀座裏を靴なしで走り、《裸足《はだし》で駆け出す、愉快なサナエさん》という尊称を奉《たてまつ》られた早苗だ。酒とは、空気と人のように、切っても切れない仲だっ

た。

――体調が？

などと、ふと考え、《そんなことない、そんなことない》と打ち消した。

「おうっ！」

と、露木に肩を叩かれる。

「あ、どうも、ご挨拶ありがとうございます」

露木は、色白の頬を、目尻《めじり》から紅色のスプレーを吹いたように染めていた。

「うーん、可愛い部下のためだもの、不肖露木、何でもいいます。――いわせて下さい」

蓮の茎から、ウォッカでも飲んだのかも知れない。

「小酒井都という奴《やつ》は、……それよそれよ、そのことよ……」

わけの分からない話になりかけたところで、歌の余興になって助かった。

7

八時のお開き間近になり、トイレに行った帰り、都は窓の外に人影を見た。

いる。

――貸し切りだって、分かる筈《はず》だけどな。

しかし、ただの通りすがりではなさそうだ。明らかに、こちらの様子をうかがって

近くに、頼りになる書ネエがいたから耳打ちしてみた。

「ねえ、何だか変な人が、こっち見てるんだけど……」

美喜は、うん？　――と並んで外を見て、

「ああ、あの人なら大丈夫。入ってもらおうか」

「……え？」

ドアを開けると、手招きをした。スーツの男が腰をかがめ気味の、遠慮した様子で

入って来る。

都のドレスを見れば、一目で今夜の主役と分かる。生真面目《きまじめ》そうな口調で、

「――おめでとうございます」

と、挨拶した。

「あ……ありがとうございます」

男は、しまったというように頭に手をやり、

「申し遅れました。村越早苗の連れ合いです」

「ああ……」

美喜が、お母さんのような笑みを浮かべ、

「こちらが、噂《うわさ》のケン君よ」

酒が入ると、早苗がよく話す。面倒見のいい亭主の見本——といわれる人だ。早苗がどうにも動けなくなった時、車で救出に来てくれたこともあったという。都は、その現場には居合わせなかった。

美喜はおそらく、何度か会っているのだろう。

「——今日はね、早苗を迎えに来てくれることになってたの」

「会社が近いものですから、拾って行こうと思いまして」

なるほど、面倒見がいい。いや、良すぎるかも——と思った時、ケン君が小声で聞いて来た。

「早苗、飲んでませんね？」

「え？　……はい」

都がとまどいながら受けると、美喜が笑い、

「心配ないわ。——母子ともに健康よ」

——あ、そうか！

と、都は了解した。近頃、早苗が飲まないのも、いささか早いケン君のお迎えのわけも。

美喜は、笑顔を近づけ、

「……まだ内緒よ。まりえとわたししか、聞いてないから」

都は頷き、今貰《もら》った《おめでとうございます》を、こだまのようにケン君に返した。

ケン君は、壁に寄せた椅子《いす》の隅の方に座った。

都は小此木と並んで立ち、二人それぞれにお礼の言葉を述べた。最後に、小此木が、

「これからも、皆さん――」

というのを合図に、声を揃《そろ》え、

「――わたし達と、どうぞよろしく、お付き合い下さい」

と、頭を下げた。

会は、とどこおりなく終わった……が、ちょっとした後日譚《ごじつたん》がある。

明けて翌週の月曜日、会社に行くと、露木が顔に傷を作り、憮然《ぶぜん》とした表情で机に向かっていた。

「――どうかしたんですか？」

と聞いても、《……うん》とか《むうう……》とかいっている。何があったのか？

夕方までに仲間から仕入れた断片的な情報を、整理し繫《つな》ぎ合わせるとこんな具合になる。

パーティの後、露木は何人かを引き連れ、バーをはしごした。強いマティーニなども、飲んだのだろう。

さて、そのうち話題は、今日のサプライズ——象の鼻のことになった。日本酒はどんな味になった、シャンパンならこうなった、俺様はワインも試みた——などと話しているうち、《あれならどうなり、これならどうなるか》という予測の段階に進んだ。

そうなると、歯止めのきかない酒飲み達だ。

「よーし、やってみようっ！」

と、なった。

露木が、その店にあった焼酎《しょうちゅう》など、和洋酒の小瓶を買い、ポケットに押し込んだ。それだけならいいが、蓮《はす》を切るのに必要だと、店のフルーツナイフも失敬した。

外に出て、四、五人でタクシーに乗る。

「……ど、どこに行くんですよお？」

という誰かの声に、露木が、こぶしを上げて、

「馬鹿野郎《ばか》っ。東京で《蓮》っていえば、お前、――不忍池《しのばずのいけ》に決まってるだろうっ！」

と、夜更《よふ》けの上野に車を走らせた。

金を払ったりしているうちに、先に降りた露木がふらふら歩き出してしまう。

「おい。――どこ行ったんだ、編集長？」

その辺を探したが見つからない。酒瓶も何も持っていない連中は、そうなるともう、蓮に未練などない。あっさり、――解散してしまった。

二時間近く経《た》って、編集部の電話が鳴った。土曜の深夜でも、出版社というところは、たまたま仕事を抱えた社員がいたりする。そういう男が、受話器を取り、

「――はいーっ！」

と、嬉《うれ》しそうに応じた。

待っている原稿の連絡かと思ったのだ。だが、声がいった。

「お宅に、露木という人はいますか」

警察からだった。

何でも露木は、手にナイフを持ち、深夜の不忍池周辺を、よろよろ徘徊《はいかい》。何度か転んだらしく泥だらけ。コートのポケットには酒の瓶を詰め、わけの分からない言葉を

繰り返していた。

これはもう、立派な不審者である。

「わけの分からない？　――何ていってるんですか？」

警察官は答えた。

「《象がー》とか、《鼻がー》とか。そして時折、――《こ、ろ、す、ぞ》。――こりゃあ、上野動物園に侵入して、象の鼻を切る気か――と、そう解釈しました」

意外な言葉だ。――象の鼻切り魔、露木。

「心当たりはありますか？」

《こ、ろ、す、ぞ》は、確かに最近の露木の口癖だ。人違いではないだろう。しかし、あの男が象を襲うだろうか。

「えっ、そうですね。……そんなことは……あまり、しそうもない人ですが」

相手は、少し考え、

「あまり――ですか」

「はあ……」

「まあ、酒に酔うと、――心の奥深くしまわれている反感や敵意が、ひょいと表に出て来たりしますからね。その――露木さんは、象の鼻に、何か――？」

ややあって、答える。

「さあ……」

「とにかく、その様子を見たカップルがおびえましてね。まともな人間ではない――と一一〇番通報してくれました。そこで、早速、出掛けて保護した――と、こういうわけです。――連絡先を聞いたら、すらりと、この番号をおっしゃったんで――」

「はあ。どうも、大変なご迷惑を――」

結局、貰い下げに行くことになった――という話である。

こういう話は、人から人へ伝わるごとに、よりドラマチックに脚色される。しかし、火のないところに何とやら――だ。一緒にタクシーで来た連中が姿を消し、憤懣《ふんまん》やる方なければ、つい、いつもの口癖の《こ、ろ、す、ぞ》ぐらい、つぶやくかも知れない。とにかく、ある程度のことはあったらしい。

いずれにしても、これから不忍池といわれると、露木を連想することになりそうだ――と思う都であった。

8

十一月、都に京都への出張が入った。

その時、《関西では、象鼻酒を飲むイベントが、かなり行われている》という、まりえの言葉を思い出した。

調べてみると、洛南《らくなん》にそういうお寺がある。まだ、行ったことのないところだ。蓮のシーズンではないけれど、訪ねてみようかと思った。

「ねえ旦那、――京都行こう」

と、小此木に声をかけた。

「うん？」

《新婚旅行》は、やっていなかった。仕事が後から後から追いかけて来る。まとまった休みが、なかなか取れない。年末年始に、どこかへ――と思っていた。

秋の京都というのは、そのプロローグになる。

出張の用事は土曜一日。何人かの作家さんと会い、食事もご一緒する。しかし、日曜は空いている。小此木と合流して、古都の秋を満喫出来そうだ。

「いいねえ」

と、小此木も賛成した。

心掛けがよかったせいか、当日はよく晴れ、ところどころに浮かんだ白い雲が、空の青さを引き立てる日となった。

京阪電車で行く方が近いところだが、一気にJRで宇治まで行った。そこで食事をする。源氏物語の舞台らしく、店先にムラサキシキブが植えてあった。玩具《おもちゃ》のブドウのような、小さな紫の実が、秋の光にくるまれていた。

急ぐ旅でもない。ゆっくり食べ、タクシーでお寺に向かう。

降りると目の前に、《こちらへ》というように高い緑の生け垣に挟まれた道が続いていた。

「──空《す》いてるねえ」

それが何よりの贅沢《ぜいたく》に思えた。ゆったりした気分で歩ける。蓮の他にも、ツツジやアジサイで知られた寺らしい。花時には人が溢《あふ》れるのだろう。今は紅葉も、盛りにはやや早い──というところだ。それが幸いしたのだろう。

山門から本堂へ向かう道の、左は山、右の眼下は見渡す限りの庭園である。季節には、何万という花々が咲き乱れるのだろう。植え込みの間に、幻影の人波を見る思いがした。

石段を上る。

「あ……」

つっとやって来た赤トンボが、都の足先をよぎり、石にしがみついた。濃い小さな影を映したまま、作り物のように動かない。今まで飛んでいたのが嘘《うそ》のようだ。寒くなる前に、全身で陽を受け止めておこう——というつもりなのか。

石段を上り切ると、本堂の庭が広がっていた。広い蓮池を想像していたが、盥《たらい》より大きな鉢が焼き物の見本のようにずらりと並んでいた。それぞれに水が張られ、蓮が植えられている。蓮池はといえば、コンクリートで作られた四角く長いもので、そちらも幾つにも仕切られていた。

お札などを売るところが脇《わき》にあった。聞いてみると、蓮は交雑しやすく、広いところに一緒に植えると個性を失ってしまうらしい。

「色々な蓮を、そのままの姿で皆様に見ていただきたく、こうしております」

ということだった。

貼《は》られた写真を見ると、なるほど七月頃に来ると、さぞ見事だろう——と思う。花も葉も生き生きとしている。

まりえが、苦労して運んでくれた葉は、残念ながらかなり萎《しお》れていた。秋という季節のせいではない。取った最初は、瑞々《みずみず》しい緑だったという。

「象鼻酒も、こういうところで、切ってすぐやらないと本当の味は出ないんだろうねえ」

「そうだねえ、蓮の葉と奥さんは新鮮な方が――」

「ん？」

「いや。まあ、奥さんは、その時々で味があるんだろうねえ」

都は、小此木の背中を叩《たた》き、

「せいぜい、萎れないように気をつけます。――旦那もね」

「了解」

鉢を覗《のぞ》いて行く。蓮はほとんど枯れ果て、葉もくすんだ銅板のような色になり、水に浸っている。茎は堅くなり、先端を切り取られている。切断面を覗くと、それぞれ幾つもの穴を見せている。ミニチュアの蓮根のようで可愛《かわい》い。風に乗って来た紅葉が、沈んだ色の水面に一点の鮮やかさを加えていた。

「こっちこっち」

と、小此木が呼んだ。少し先で、赤土色の鉢を指している。

「何？」

寄り添って覗くと、枯れた茎から緑の茎が伸びて、先は蓮の葉に続いていた。大福ほどの小さな葉で、それが丁度二つ、双子のように並んでいた。

「季節はずれの、お二人さんだ」

秋の水の上で、柔らかな緑の色を見せる蓮の葉の並び。根元で、しっかり結ばれている。

あまりにおあつらえ向きなので、都は、思わず、

「何だか……待っててくれたみたいだね」

この可憐《かれん》な小さな葉のコンビとも、来なければ出会うことはない。見ることもなかった。そして小此木と二人、つい数日前までは、あることさえ知らなかったお寺の庭に、自分達は、こうして立っている。

——縁って、不思議だな。

と、都は思った。

12

ウィスキーキャット

1

結婚して二年の月日が、あれよあれよと経《た》って行った。

基本的には、《まあ悪いものじゃない》と思える日々が続いていた。家は、千葉県の一戸建を手に入れた。都心から直通の電車があるから、それほど不便ではない。

互いの仕事のペースは、結婚前と変わらない。変わったことといえば、都の酒の好みだ。野球チームに譬《たと》えれば、打線の中軸にウィスキーが加わった。

昔は、ウィスキーというと《おじさん達の飲み物》――という感じがあった。そこに、都の手がかかった。口の悪い奴《やつ》は、《要するにおばさんになったんだ》というかも知れない。だが、都にいわせれば、探求心から――である。

去年の冬、ハードボイルド小説の大家と酒場で並ぶことがあった。

大家は、キープしてあるボトルから、ウィスキーを小さいグラスに注いでは飲んでいた。唇を突き出すようにして渋面を作っている。

ちょっと会話が途切れたところで、

「これ、飲んでみろ」

開けたグラスに、指二本分くらい琥珀色《こはくいろ》を入れ、都によこした。

「いただきます」

殊勝にいって口に持って来た。薬っぽい。いかにも強そうな香りだ。大家は、生態観察でもするように都を見ている。

――きついんだろうな。

と思う。口に含むと、分かる人には分かるアイラ島で作られるウィスキー。思わず、

――あいらーっ！

と声を上げたくなった。

大家は何だか嬉《うれ》しそうだ。見えない簾《すだれ》でも押すように顔を寄せ、唇の端を上げ、

「どうだ！」

味を聞いているのではない。《まいったか》という調子だった。

「……何だか、黒くて丸い、……あの薬……」

正露丸のような匂《にお》いだ。飲んで楽しいというより、いじめにあったようだ。

「うむ。――それが飲みなれると、《匂い》から《香り》に変わる」

「よくなるんですか」

「そうだ。――香りちゃんになる。――うーん、香りちゃん。――たまらん」

大家は体も大きい。その体を揺らす。都は首を振り、

「わたしは都ちゃんで、人妻ですけど」

太い眉《まゆ》が上がり、

「まあ、道を極めると、そんなことも忘れる。それぐらいよくなるわけだ」

モルトウィスキーの原料は大麦。泥炭《でいたん》を燃し、それで麦芽を乾燥させる。この泥炭――ピートによって独特のスモーキーフレーバーがつく。アイラ島の泥炭には海草が多く含まれる。そのため、海草のヨードの香りが加わるのだ。

――《臭い》は《うまい》か。

と、都は思う。

世界の珍味には、鼻をつまみたくなるものがある。普通の人には嫌がられる。だが、好きな者には、それがたまらない。何物にも替え難い天上の美味だ。

くさやの干物の例をあげずとも、よりポピュラーな納豆だって、初めてなら食べられないだろう。経験により、良いと思える領域が広がる。

分からないことがあるのは口惜《くや》しい。階段を一歩一歩上ることによって、神秘の扉に近づける——というのは魅力的だ。ウィスキーにしてもしかり。今は分からぬこの良さが、いつか自分のものになるかも知れない。

都はそこで素直に、

——少し学習してみようか。

と、思い立ったわけである。

丁度その頃、露木がこんなことをいい出した。

「どうだ、皆。ロマンを買わないか」

「栗《くり》ですか？」

「こ、ろ、す、ぞー」

などというやり取りがあった。よく聞いてみると、はるか西の果て、スコットランドの某蒸留所——分かりやすくいえばウィスキーを作るところだ——が再開されることになった、という。

一実績のあるところなんだ。ひと口にはいえない事情があって閉じられていた。そこがこの度、酒好きの夢をかなえるため復活の運びとなった」

「はあ――」

「ところが、目玉焼きじゃないから、フライパンに落としてジュッ。はい出来ました――とは行かない。ウィスキーともなれば、長の年月、樽《たる》で寝かせないといけない。スコットランドなまりの英語で、《ねんねんよう》といってやるわけだ。――ということはつまり、すぐに金にならない。運転資金にさしつかえる」

「そりゃあそうですね」

「だろう？ ――それを前もって、ひと樽三十人で買わんかという話だ。今、金を出しておけば、ラッキーセブン、七年経って、一日の時間、二十四と同じく二十四本のウィスキー瓶が送られて来る」

酒場で聞いて来た話らしい。露木が頰を染め情熱的に語ると、どういうわけか、うさん臭く聞こえる。編集部員の一人が、

「……先物取引ですね」

「まあ、そんなもんだ」

「うち、爺《じい》さんが小豆《あずき》相場で身上《しんしょう》つぶしてるんですが……」

「いやいや、そんなもんじゃあない」

「……以来、一家は艱難《かんなん》辛苦。毎日の食事にも事欠き……」

「違うといってるだろ。――どうだ、自分のモルトが、僻遠《へきえん》の地ヨーロッパで眠っている。大きな樽の中で、一日一日と育って行く。――うーむ、ロマンだ。――こりゃあ、ロマンだ。聞こえるぞ、俺には。――スコットランドの風が」

聞くだけではない。露木の目は、うっとり遠くを見ている。都は、一家の主婦らしく考えた。そういうことなら、かなり割安で手に入るのではないか。

「ひと口いくらなんですか？」

露木は、指を立てて示す。

「お買い得の三万円。――わずか三万だ。――おお、これはまた何と安い」

そういわれても、一人で二十四本は多すぎる。売るほどあっても困る。都は相談の上、同僚二人と組んで、ロマン仲間に加わることにした。

――一万円の投資で本場のウィスキー八本。これなら、まあいいか。

と、思った。

そうなってみると、なるほどスコットランドの琥珀色の液体のまどろみが、とろりとろりと脳裏に浮かぶようになった。

モルトの声がする。

――待っててよー。一人前になったら、行くからねー。

こんなわけで都は、ウィスキー一般に対しても、他人ではないような親しみを持つようになった。

2

春の人事異動で、露木は文庫の部長になった。責任の重い部署である。力量を買われてのことだ。新しい編集長には、池井広行がやって来た。上が若くなった分、前よりものがいいやすくなった。

そして日常は続き、また寒い風の吹く季節になった。

出版社にいると、歳時記を開いたように、またその時になったか――と思うことが幾つかある。文学賞もそのひとつだ。

自分にかかわりのある本が候補になると、いいようのない程どきどきする。作家との一体感を感じる。

めでたく受賞の運びとなれば、喜びが爆発する。一方、期待していたのに当てがはずれると、やり場のない思いになる。

今年も、冬の大きな賞の発表が近づいていた。都の会社では、村越早苗の担当した本が候補に上がっていた。

育休明けに手掛けた最初の本だ。休んでいる間も雑誌に連載されている作品を読み、

——仕事に復帰したら、わたしがこれを本にするんだ。

と、装丁のことなど、あれこれ案を練っていたという。和菓子屋のようだ。

そういうわけで、早苗の思い入れもひとしおである。

「よかったね」

「緊張してますよん」

早苗の赤ちゃんは母親似の可愛《かわい》い女の子だったが、こちらの本も、もう一人の子供。その受験の結果を待つようなものだ。

「——ま、本の価値は賞とは関係ないけど」

とはいいつつ、気になる早苗だ。

都の雑誌も、ライバル誌も校了になった後、その賞の選考会がある。今回は、長く引っ張ってくださった作家さんがいて、都の仕事はぎりぎりまで終わらなかった。

待ちに待った、今月号最後の原稿が、ファックスで朝の四時に届いた。都の担当だ。

読んでみると、幸い、大きな疑問の出るようなものではない。

コピーに何字何行といった指定を入れ、朝一に、印刷所の夜間受付に置いて来た。

冬の夜明けは遅い。タクシーを呼んでも、早朝だと、なかなか来ない。

その日の昼すぎ、ゲラが来る。まず校閲に渡る。回って来たものを都が見て、編集長が確認。あれやこれやの末、印刷所に戻した。

雑誌編集者はこういう、一点差満塁で救援に立つピッチャーのごとき、後のない状況のスリルとサスペンスを、実は楽しんでいるのではないか——という人もいる。都は、手を腰に取り、断固いう。

——そんなことはない。

翌日は、不測の事態に備えて待っていたが、これといったこともなく、無事、作業は終了した。

何とか切り抜けて、いつもより早めに家に帰り、旦那《だんな》と鍋《なべ》などつつく。

「大変だったねえ」

「まあね」

昨日からは、普通に寝られていたから、体力は回復している。丈夫が取り柄の都である。

「一段落？」

と、都は鍋のキノコを口に運ぶ。小此木が、スーパーの見切り品のキノコや野菜を買って来たのだ。当人は、安くていい買い物をしたと思っているようだ。しかし、見切り品ともなれば、早く食べねばならない。ちゃんこ鍋、フグ鍋など、色々あるが今日のは《ねばならぬ鍋》である。

「……元気？」

「うん」

「元気だよ」

小此木は、下手に出た声で、

「……校了明けだと、ちょっと体空くよね」

「そうね。代休取れるけど——何か？」

「今、海の版画やってるんだけどさ」

童話の挿絵を頼まれたのだ。下絵の段階だが、どうも今ひとつ乗り切れないという。海と気持ちが繫《つな》がらない。

「……ちょっと見て来られたらいいなあ、と思って」

「ああ……」

打ち寄せる波が頭に浮かんだ。季節は冬で、海岸を歩いてもロマンチックどころではなかろう。しかし、面倒な仕事が片付いたところで広い風景を見に行く——というのは、心の健康にとてもいいと思った。

青山のデザイン事務所には電話を入れておけばいい。小此木の体は、創作のためなら比較的自由になる。

車を運転するのは都だが、この場合は大歓迎だった。

「わたしも行きたい」

「そう」

「海辺に、どれぐらいいればいいの？」

「まあ、一時間もあれば——」

「そうか……」

翌日、早苗の本が候補になっている大きな賞の発表がある。夕方には、その結果待ちの席に行きたい。

「……じゃあ、朝、早く出るんでもいい？」

車を飛ばして大洗《おおあらい》に行く。那珂湊《なかみなと》の市場で新鮮な魚でも買って帰れば、一石二鳥だ。昼過ぎに向こうを出れば、結果発表に間に合うだろう。

3

いい天気だった。

途中、海を見下ろすところで一度、車を止めた。黒い岩が、うずくまった動物の群れのように見える。それを波が洗っていた。

「あんまり荒れてないね」

と、都がいう。

「そうだね」

「岩を噛《か》む冬の波――じゃなくてもいいの」

「うん。穏やかで結構」

海岸の近くで車を停め、浜に降りて見た。さすがに海からの風が冷たい。都は、小此木のコートの襟元のマフラーを直してやった。

遠くから波が、横の長い一線となって、次々と寄せて来る。膝《ひざ》を立てるように盛り上がり、水の厚みを見せ、砂浜近くで崩れる。白い泡がレースのように広がる。

その動きが、尽きることなく繰り返されていた。

落ち合う場所を目に入った鮨屋《すしや》と決め、一旦《いったん》、別れることにした。

小此木は、小さなスケッチブックと色鉛筆を持って、海と気を通わせに向かう。都は水族館に行って、マンボウや鮫《さめ》を見た。

マンボウを縦に眺め、見方によって物事は変わるものだと痛感し、鮫の険悪な顔付きに、こんな奴《やつ》に食われるのは嫌だと思った。

――もっとも襲われた時には、向こうの人相まで見てる余裕はないだろうな。いや、人相じゃない。――魚相か。

勿体《もったい》ないが速足で見てまわり、鮨屋に戻った。小此木が先に来て、軽くビールを飲んでいた。

「寒くないの？」

「大丈夫」

「役に立った？」

小此木は、大きく頷《うなず》き、

「大いに」

そういわれると嬉《うれ》しい。二人で暮らしていると、してもらうのもいいが、してあげられるのが有り難い。

鮨も、海辺と思って食べるせいもあってか、おいしかった。予定通り、《那珂湊おさかな市場》というところに寄り、アンコウ鍋のセットを買った。得を他にマグロの切り身、普通に買ったら五千円ぐらいのものが三千円で買えた。得をした感じ。珍品はアンコウの肝――いわゆるアンキモの蒸したもの。サツマイモぐらいの棒状で、アルミ箔《はく》に包まれていた。いかにも、《俺を酒のつまみにしてくれ》といっているようで、買ってしまった。

強行軍で家に着くと、買ったものを入れた発泡スチロールの箱の始末は小此木にまかせ、すぐ、東京に向かった。

4

発表待ちの店には、会社の仲間が集まっている。都が加わったところで、丁度、連絡の電話があった。

思わしい結果ではなかった。

「くぅー、無念ですう」

と、早苗がいう。

口調は剽軽《ひょうきん》だが、目尻《めじり》が潤《うる》んでいる。悲しみがあり、喜びがあるのが、こういう時の常だ。

受賞したのは、雑誌で都が担当しているベテラン作家だった。その前の担当は、ずっと露木だった。二人と編集長の池井は、受賞の記者会見からお祝いの席まで回った。今まで何度か、この作家さんと発表待ちをし、苦杯をなめて来た露木は、特に感慨が深いようだ。

「いやあ、村越の手前、大きな声じゃあいえなかったが、俺は嬉しいっ。——こうなるべきだったと思う」

そういってから、都に、

「お前も、ウィスキーに目覚めたんだよな」

「はあ、おかげさまで——」

「おかげさま？」

「ほら、ひと口三万円」

「ああ、あれか。楽しみにしていろよ。——明日待たるる宝船だ。で、何かひいきの銘柄があるのか？」

「いえ。まだ、あんまり偉そうには語れません」

「そうか。まずは、《ザ・グレンリベット》と行こう」

香りもよく飲みやすい。ウィスキーの優等生だ。

「――最近はなあ、モルトブームとかいって、猫もしゃくしも、珍しいモルトに走る。だが俺は、そういう軽薄なことはしなーい。まず基本を忘れない。――そういう男でありたい。――分かるな？」

露木は、しゃべっては飲み、作家さんのところに行って語り、また戻って来ては飲む。

「――《グレンリベット》てのはな、《静かな谷》ってぇ意味なんだ」

と池井にいっている。

これは、酔うたびにいうから、皆、知っている。

夜中過ぎに祝いの会が閉じられた後も、露木の興奮は収まらない。

「もう一軒。――もう一軒行って、打ち止めにしよう」

そういって、新橋のバーに入った。こちらでは、染《し》み入るような声で、

「……《グレンファークラス》」

と頼んだ。サッチャー元首相ごひいきの酒らしい。ひと口含んで、

「うーん、実に芳醇《ほうじゅん》で深みがある。――若い奴は、ただ粋《いき》がって、刺激の強いモルト

を追いかける。だがなあ、本当にものの分かった大人は、最後にこういうところに行き着くんだ」

都は、つい聞いてしまった。

「《グレンファークラス》って、どういう意味ですか？」

「……ん？」

露木はグラスの中を見つめ、ややあって、ゆっくりと答えた。

「《静かなファークラス》だ……」

「はあ」

「静かだ。……実に静かだ」

入社してからの、様々なことを思い返しているかのような、表情だった。

そして、露木はいった。

「いいか、小酒井。――昔、風渡るスコットランドの酒蔵《さかぐら》には、ウィスキーキャット
と呼ばれる猫が飼われていたんだ」

「……猫、ですか？」

奇妙な取り合わせだ。

「そいつらが、群れ成す敵から、大麦を守った。奴らは命がけで、嘴《くちばし》鋭い鴉《からす》や牙《きば》を

剝《む》く大ネズミと戦ったんだ。傷つき、倒れても、決して屈することはなかった。――そうなんだ。――モルトウィスキーってのはな、――奴らが、己れの誇りをかけて守り抜いた、命の水なんだ」

都も池井も、何となく丸めがちだった背を伸ばした。

露木は高らかにいう。

「いいか。小酒井、池井。――俺達編集者はそれなんだよ。――俺達は、本の蔵に住むウィスキーキャットなんだ」

5

ようやく、お開きとなった。

池井は、体調のせいか、このところ酒をセーブしている。ずっとコーラを飲んでいた。当然、しっかりしている。だが露木は、立ち上がると足元が危ない。

ふらふらしながら、

「池井ー、頼むぞ。我がなき後はお前に託したーっ」

と、自分の次の編集長、池井の肩や腰を叩《たた》く。

「はいはい」

ドアを開け、踊り場に出たところで、気分が高まったものか、露木は、

「うー、池井くーんっ！」

と叫んで、ひしと抱きついた。

それが相撲の押し出しのような形になった。間の悪いことに、池井の後ろは、地下二階へと続く下り階段だった。

「わわわっ」

何とか受け止めようとした池井である。しかし、土俵際《ぎわ》、突然の襲撃だ。無理と知りつつ、かろうじて身をよじる。そして二人は、もつれ合ったまま、ごろごろと地の底へ落下して行った。

都の酔いは、一瞬にさめた。

——悪夢だ。

髪が逆立つというが、ぐうっと体を上に引っ張られるような気がした。口を開けていたが、大声で悲鳴をあげたらしい。今まで飲んでいたバーのママが、あわてて出て来た。

「どうしたのっ？」

「あれ、あれ――」

手の示す先に、二人が倒れている。池井が上で、露木が下になっている。

ママが、

「大丈夫？」

といいながら、階段を降りて行く。都も後に続いた。

「う、うーん」

という池井の声が、まず聞こえた。そして、手をついて起き上がる。新編集長は無事なようだ。しっかりと立った。だが、……露木が起きない。

都は、先程の彼の言葉を思い出した。

――ウィスキーキャット。

露木とは思えぬほど、胸を衝《う》つ言葉だった。もっと酒が入っていたら、感激のあまり握手を求めていたかも知れない。

――考えていたより、ずっと立派な人だったのかも知れない。

思わず過去形になる。あれが露木の辞世だったのか。

――いいえ、違う。違うわよ。ウィスキーキャットなら――猫なら高いところから落ちたって、平気な筈《はず》じゃない。

「露木さん、露木さん！」

池井が、顔を覗《のぞ》き込んで呼びかけている。

「……そ、それよぉ……」

やっと、聞こえた。おなじみのかん高い声だ。都は、ほっと息をついた。

池井が手をかけ、まずゆっくりと、酔っ払いの上半身を起こす。

「腕とか、足とか――平気ですか？」

「……何？」

状況が飲み込めていないらしい。

池井が手を貸し、とりあえず、元のバーのソファに寝かせた。手足の骨に異常はないらしい。あの階段を下になって落ちたのだ。奇跡的なことかも知れない。

酔っ払っていたから、落下の時、無理な抵抗をしなかった。それがかえってよかったのだろう。

しかし、どきりとすることをいう。眉《まゆ》を寄せ、

「……頭が……痛い」

脳に何かがあったら大変だ。ママがいう。

「救急車、呼びましょうか？」

それが耳に入ると、スタイリストの露木は、敏感に反応した。

「……やめてくれ、……きゅ、救急車だけは」

格好つけてる場合じゃないでしょ——と都はたしなめた。だが、確かに担架に乗せるほどではない。意識はしっかりしてるし、立てる。

「タクシーに乗せちゃった方が早いんじゃないか」

ということになり、急いで、近くの病院に運び込むことにした。その途中でも、露木は、《うーうー》と声をあげる。心配だ。

運転手さんは、こういうことが初めてではないのか、すうっと救急入口に付けてくれる。

池井が露木を支え、都が窓口に向かった。

「事前にお電話いただけましたでしょうか？」

と、いわれた。

「いえ。頭が痛いというんで、すぐに——」

「困るんですよね、前もって、ご連絡いただけないと。——対応出来ない場合もあるんですから」

「はあ。……申し訳ありません」

まず所定の用紙に、必要事項を書き込まねばならない。露木と並んで座り、住所や電話番号を聞き、記していった。用紙を出すと、

「保険証はありますか？」

「それは……」

ないだろうと思うと、露木が情けない声で《鞄《かばん》に……入っている……》という。用意のいい男だ。保険証が、個人別のカード型になる直前だった。三つ折りの紙に、家族全員が載っている。持ち出された家の人が困らないかと思う。

とにかく、頭の問題は微妙なので《すぐ、CTスキャンをとりましょう》ということになった。

電話番号が分かった都は、露木の自宅に連絡を入れた。万一のことがあったら、大変だ。病院の場所を教えると、奥さんがすぐやって来るという。

検査があり結果が出るまでが、異常に長く感じられた。

中待合室——といったところに入り、やがて露木だけが、蜜《み》柑色《かんいろ》のカーテンの向こうに呼ばれた。辺りは静まり返っている。都達にも、医者とのやり取りがよく聞こえた。

「心配ないですよ」

という第一声が耳に入って、ほっとした。露木が聞く。

「脳内出血とか……？」

「ありませんね」

露木は、念を押した。

「でも……痛むんですけど」

あっさりした答えが返って来た。

「たんこぶですよ」

《単なる打撲》ではなく《たんこぶですよ》というのが、都には柔らかく嬉《うれ》しく、そしておかしく響いた。そう思えるのも、心が解放された証拠だろう。

都は、にやりにやりと微笑《ほほえ》んだ。

全部、終わったところで奥さんがやって来た。露木は、照れ臭かったのか、口を突き出し、

「遅いぞ」

と、いった。確かに緊急事態にしては、ちょっと時間がかかっていた。そのわけは、すぐ分かった。

「保険証、探していたんですよ。あっちこっち見たんだけれど……」

「俺、持ってる」

「あらっ。……そういうことは、いっておいてもらわないと」

奥さんとしたら心外だ。心配し、懸命に探し、なくて困った末に、《遅いぞ》では、むっとして当然だ。

——酔っ払いの連れ合いって、大変だよなあ。

と、都は思った。

6

都が、タクシーを飛ばして、ようやく家に帰り着いたのは、朝の六時頃だった。空の暗さが、次第に薄らいで来る。

星が見えず、曇りかと思うと、金の粒を張り付けたような、一点の明るい光が空に残っていた。そろそろ、東の空から冬の日が顔を出す。

完璧《かんぺき》な午前様だ。

——酔っ払いの連れ合いって、大変だよなあ。

自分の思いが、我が身に返って来る。《……だよなあ。……だよなあ。……だよなあ》とこだまする。

——うちの旦那《だんな》は、理解があるからいいけど。

しかし、我慢する人間は、内に思いを溜《た》める。吐き出さずにいたものが、積もりに積もり、ある時、一気に——ということはないだろうか。

都は、そこで微笑む。

——あの人に限って。

わずかに白み出した空を背景に、我が家がどんより黒く見える。

——起こさないようにしないと。

門もそっと開け、足音を忍ばせドアに寄る。鍵《かぎ》を入れカチャリと回した。ゆっくり、ゆっくりと開ける。うちの中を見て、都は、あっと叫んだ。

明かりは、玄関に点《つ》いている。パジャマに赤い半纏《はんてん》をひっかけた小此木が、階段の途中からこちらを見下ろしていた。歯を嚙《か》み、かっとばかりに、目を見開いている。

その手には、——バットが、きつく握られていた。

7

二日続きで、よく晴れた。

都と小此木は、午後、バットとグローブを持って河川敷に向かった。お互いに商売柄、座り仕事が多くなる。健康のために――と買ったものだ。

キャッチボールだけではつまらない――という小此木の意見で、ノックもする。

都は、あまり打球をコントロール出来ない。空振りすることもある。しかし、小此木は、器用にボールを飛ばす。都のいるところに、フライを打ち上げる。多少は動いて、グローブを差し出す。空から落ちて来た白球が、すぽっ――と我が手に収まる感触は、なかなか心地よい。

こういうことも、二人いるから出来るのだ。だが、今朝は、そのバットに、すっかり驚かされた。

「驚いたよ。――鬼に金棒、旦那にバット。怒って、どうかしちゃったかと思った」

と、都。

「ごめんごめん。でも、――本当に怪しかったんだ。どきどきしてたのは、こっちなんだ」

小此木が、明け方、目を覚ましてトイレに行こうとした。すると、どこかで、

――カシャッ……。

という音がする。

気のせいかと思った。しかし、トイレから出たところで、また、カシャッ。

静まり返った早朝だ。音は、異様に大きく響く。

――ドア……？

どう聞いても、誰かが鍵をいじっているようだ。これが都なら、一度で開けて入って来るだろう。

小此木は、身を堅くした。

――誰かが、開けようとしている……？

住宅を狙《ねら》う盗賊団が、ドアの向こうにひそんでいる。その姿が脳裏に浮かんだ。そこでまた、

――カシャッ。

小此木は、二階の部屋からバットを取り出し、必死の形相で階下を睨《にら》んだ。そこで
――都が戸を開けた、と、まあ、こういうわけだ。

事情を聞いた都が、

「……何それ？」

首をかしげた時、確かに、カシャッという響き。耳をすますと、どうやらキッチンの方だ。

バットを持った小此木を前に、おそるおそる行ってみると、音は流しでしていた。窓はかなり明るくなり出していた。

「――これかあ！」

と、小此木が叫ぶ。そこには、もうかなり小さくなった、氷の山があった。

「何これ？」

「あれだよ。――あの、魚の箱に入ってたやつ！」

小此木は、海岸で捕まえたイメージを逃すまいと、帰るや否《いな》や仕事を始めた。発泡スチロールの箱の始末に気づいたのは、真夜中過ぎてからだった。中身を冷蔵庫に入れ、残りの氷は流しに開けた。冬の夜とはいえ、関東地方の家の中だ。零度より下ということはない。

積み木の山のようになっていたそれが、時と共に、次第に溶け出す。氷が崩れる度に、ステンレスの流しに響き、カシャッ、カシャッと音を立てていたのだ。

分かってみれば、笑い話だ。

「だけどさあ、暗い家の、闇《やみ》からの音だよ。そりゃあ、怪しく聞こえるよ」

と、小此木はいった。

いつもはしない奇妙な音だ。闇は人を不安にさせる。確かにそうだろう――と思った。

河川敷は広く、キャッチボールのスペースはすぐに見つかる。話しながら、少しずつボール投げの距離を広げて行く。

小此木がいう。

「露木さん、無事でよかったねえ」

「本当よ。――変なことになってたら、今頃、大変」

露木のように悪酔いはするまい。これからは、我を忘れるほどは飲むまい――と都は心に誓った。

そこで、ふと閃《ひらめ》いた。

「ねえ、旦那」

「何だい」

「帰ったら、猫の絵、――描いてくれる」

「——え？」

「小さいの。——それ、額に入れて飾っておくんだ」

「どういう猫？」

——ウィスキーキャット。——いえ、ウィスキーじゃない。

と、都は思った。

本の蔵に住む猫の話をすれば、小此木はきっと、どこかわたしに似た絵を描いてくれるだろう。

ボールが午後の光を浴び、きらきら光って飛んで来た。そして、すっぽり都のグローブに収まる。

都はボールをつかんで、いった。

「——ブックキャットだよ」

「ええ？」

「後で教えて、——あ、げ、る」

都は猫っぽく笑い、小此木めがけて、ボールを投げ返した。

参考文献

1　赤いワインの伝説

小酒井不木のペンネームの由来については、クライム・ブックス　小酒井不木著『犯罪文学研究』（国書刊行会）解説（長山靖生）によった。

9　王妃の髪飾り

『ジャガイモの花と実』板倉聖宣（仮説社）

登場人物猫紹介

人生の大切なことを本とお酒に教わった
編集者魂に燃える酒女子・都の周りの個性豊かな面々……
ブックキャットとは、どんな人たちなのか。

小酒井都
酒飲み女子の
雑誌編集者

大曾根悠子
業界有名人の
女性編集長

池井広行
さわやかな人気者
「コーラを飲みます」

村越早苗
書籍編集部、
都の飲み友

露木さん
都の上司
黒い編集長

太田美喜
書籍編集部の
お母さん編集者

赤ワインを浴びた
遠藤さん

瀬戸口まりえ
文庫編集部の
おねえさま編集者
「あたしゃ、赤なまこを」

月形瓢一
年下の
イケメン編集王子

オコジョさん
じゃがいも好きの
版画家

版画／大野隆司

北村薫は女たらしである

豊崎由美

デビュー作『空飛ぶ馬』をはじめとする「円紫《えんし》さんと私」シリーズの女子大生〈私〉。十七歳でいきなり夫と女子高生の娘のいる二十五年後の世界に飛ばされてしまう『スキップ』の一ノ瀬真理子。事故に遭ったのをきっかけに、自分以外の生物がいない世界で同じ一日を繰り返すことになる『ターン』の森真希。太平洋戦争末期の厳しい時局にあって、それでも精一杯女学生らしい青春を謳歌《おうか》している『リセット』の水原真澄。『街の灯』から始まり、完結篇の『鷺《さぎ》と雪』で第百四十一回直木賞を受賞した「ベッキーさん」シリーズのお嬢様・花村英子とその運転手・別宮《べっく》みつ子。高校時代から続く女性の友情を描いた『ひとがた流し』のトリオ、石川千波&水沢牧子&日高美々。本書『飲めば都』の主人公もまた、これまでに北村薫が生みだしてきたヒロイン同様、個性的で魅力的で、読めば好きにならずにいられないキャラクターだ。その名も小酒井都。〈髪短く、鼻筋通り、すっきりした顔立ちだ。そこで、自分という車のハンドルをきちんと握っている人物に、まあ見える〉という文芸誌の編集者だ。〈さて、都さんのことを話そう〉という読者への語りかけで物語のエンジンをかける作者が、〈この《まあ》が、大抵の場合、忍び寄る恋のごとく曲者だ〉と但《ただ》し書きするとおり、都というヒロイン、かなりの飲兵衛である。しばしば酒の席で〈自分という車のハンドル〉を操作しそこねる人物なのだ。

この十二篇からなる連作短篇集開巻劈頭《へきとう》の一篇――主人公の人となりを紹介するという、いわばギアをローに入れて発進したばかりのところ――で、すでにハンドルを切りそこねて接触事故発生。新入社員であるにもかかわらず、傾倒する作家が愛する銘柄の酒しか飲まない〈退職間近のうるさ型編集者〉である大先輩にいじられ絡《から》み返し、挙げ句〈相手の枯れ木めいた上腕部を左右からがっちりと、いわゆる鷲摑みに〉して、悲鳴を上げさせる。あるパーティが終わった後、作家のお供をして訪れた酒場で、大笑いした拍子に編集長の白いシャツに赤ワインをぶちまける。都が、飲んでもつぶれたりはせず、吐いたり寝たりといった醜態もさらさないかわりに、普段よりも過激な行動をするタイプだということが明らかになる「1　赤いワインの伝説」から、つかみはＯＫ。思い出したくない酒の失敗のひとつやふたつ、すねに傷もつ大人の女性なら、都に親近感を覚えること間違いなしなのである。

いや、面白いのは都だけじゃない。仕事ができて気も合う、人品骨柄いやしからぬ年下男性への恋心をぐぅーっと内に秘めて、その彼の結婚祝いパーティの幹事を務める文庫出版部の文ネエこと瀬戸口まりえ。都の質問に対し、博識だから本当は答を知っているくせに、いつも絶妙なホラで返して笑いをとる書籍出版部の書ネエこと太田美喜。酔っぱらって〈銀座の裏通りを、髪振り乱し両腕を上げ、ネオンと月光を浴びながら——履物なしで走って行く〉武勇伝で知られる〈裸足で駆け出す、愉快なサナエさん〉こと村越早苗。社の看板雑誌のひとつの女性編集長で、〈体格もよければ気っ風もいい。中学高校の頃は、レディース《花のオオソネ組》か何か率いていた〉という噂《うわさ》が立つほどの女偉丈夫なのに、意外すぎる男と結婚して社内を騒然とさせる大曾根悠子。都と楽しく酒を酌《く》みかわす面々もまた、ユニークなことこの上もなし。さすが編集者だけあって会話は蘊蓄《うんちく》に富み、ユーモアを解し、並みの男なんかかなわないほどの俠気《きょうき》を発揮し、思いやりがあって、そのくせ優等生ではなくて茶目っ気がある。身近にいたら、ぜひ友達になっていただきたいほど魅力的な女性ばかりなのだ。

そんな面々の酒にまつわる、本人は「ぎゃーっ」と叫んで顔を隠したくなるかもしれないけれど、傍《はた》からみればおかしくてたまらない、つまり愛《いと》おしい失敗の数々が愉快千万。読めば、アルコールというガソリンを満タンにしたくなる誘惑にかられるエピソード満載の小説ではあるけれど、そうはいっても働く女性の日常は仕事の後の一杯だけで成り立っているわけではない。おっちょこちょいだったり、頼もしかったり、厳しかったり、温かかったりする諸先輩にもまれながら文芸誌の編集者として成長していくさまや、学生時代からつきあっていた彼氏と別れ、やがて運命の人と出会って結婚へと至るまでの紆余《うよ》曲折。曲りくねった山あり谷ありの道を、流れる風景を愛《め》でながらゆっくりと、でも時にはスピード違反も犯しながら、〈自分という車のハンドル〉を握って走る都の姿を、作者は優しい眼差《まなざ》しとユーモラスな語り口で描いているのだ。

しかし、それにしても、北村薫はどうしてこんなにも女性のことが〝わかる〟のだろう。覆面作家としてデビューした当時、北村薫＝女性説がささやかれたのもむべなるかな。誰と名指しはしないけれど、男にとって都合のいいドリームとしての女、刺身のつまとしての女、気持ち悪い女言葉を発する女、頭の中に藁《わら》が詰まっているとしか思えないような女、男の腕にぶら下がることしか考えていない女などなど、そんな薄っぺらで嘘《うそ》くさい女しか書けない男性作家が多々いる中、北村薫の存在は異色といっていい。

たとえば、「6 コンジョ・ナシ」。大学時代からの仲間四人に婚約を祝ってもらう席で、条件のいい結婚をする自分のことをつい「何のかんのいったって、この中で一番幸せなのは、わたしよね」と言ってしまった友人のことを、文ネエのまりえがこんな風に評する場面を読めばよくわかる。

〈自分が《幸せ》だと思うのはいいのよ。どんなに思っても。でも、《一番》って、どうして思うの——友達と比較するの。比較出来るの？　それは、そういう人だってことでしょう〉

〈——それにね、わたし達はお相手を知らなかった。花婿になるのが、確かにとてもいい人かも知れない。だけど、その《幸せ》のうちに、医者とかニューヨークとかいう、ステレオタイプな価値観が混じってるような——そんな匂いがした。だからね、——《そんなことで、幸せを判断するの？》っていう、がっかり感もありましたよ。——そう思っても全然オッケーです。だけど、それは《あなたの幸せ》であって、《全ての人の幸せ》じゃあない〉

だから結婚式にも行かないというまりえに、若い男性編集者が〈……でも、それって結局、やっかみじゃないんですか？〉〈だって、相手次第で変わるでしょ？　結婚する男が一文無しで、見てくれも悪くて、先の見込みもなかったらどうです？　そういう奴と結婚するのに、《あたしが一番幸せ》っていってたら、《潔し》と思うんじゃ面に、わたしは舌を巻く。

実は、女子度よりもオヤジ度のほうが高めのわたし自身は、この男性編集者寄りの考えをしがちで、言われた瞬間は不愉快になっても、作り笑顔で結婚式には参列してしまうと思う。そのくせ、イヤな気分にさせられたということは忘れず、友人が結婚して医者の亭主と一緒にニューヨークに行ってしまえば、これ幸いとばかりに連絡を取らなくなってしまうという姑息《こそく》な縁の切り方をしてしまう可能性が高い。でも、ここで見せる、まりえの厳しいくらいの潔癖性こそが男性にはほとんど見られない女性特有の性質なのだ。その特質に気づいている男性作家は他にもいるかもしれない。しかし、それを「女のイヤなところ、面倒臭さ」というマイナス面としてではなく、フエアな視線から描ける男性作家はとてもとても少ないのである。そのまりえが、ひそかに想いを寄せていた年下の男性の結婚を祝う会の幹事を任され、酔って、最後にあることをしてしまう「4 指輪物語」がまた「北村さん、あなたはどうしてそんなにも女心がっ」と絶句するほど心憎く切なくて。つくづく女たらしの作家なのである、北村薫は。

さて、では、北村薫はいかにして女たらし(言うまでもなく最上級の褒め言葉としての）になったのか。わたしは作家の個人生活を知らないので断言はできないけれど、作品を読めば、北村薫が耳と眼のいい小説家だということはよくわかるので、周囲の女性や国語教師をしていた頃の女子高生の言動を注意深く見聞することで、自分の中にある異性の要素（アニマ）を育てていったのだろうとは思う。でも、おそらくそれだけじゃない。「読んだ」からなのだ。

『北村薫の創作表現講義　あなたを読む、わたしを書く』という、早稲田大学で行った二年間の講義をまとめた本がある。その中の「5　短編小説を読む」という章で、作家は里見弴《とん》の「椿」を学生に読ませている。寝つかれないで、講談雑誌を読んでいる三十を越して独身の女と、その隣で寝ている二十歳の姪《めい》。椿の真っ赤な花が落ちて、その音で姪が目を覚まし――というだけの短い話なのだけれど、ここに描かれている女性二人のリアルな存在感といったらない。椿の花が落ちた音だけで目を覚ます、若い女性ならではの鋭敏な神経。そんなたわいもないことできゃあきゃあ興奮する様子。寝たと思った叔母がだしぬけに大笑いしだして、〈すぐにその可笑《おか》しい心持が、鏡にものの映るがごとくに、姪の胸へもぴたりと来た。で、これも、ひとたまりもなく笑いだした。笑う、笑う、なんにも言わずに、ただもうくッくと笑い転げる……。それがしんかんと寝静まった真夜中だけに、――従って大声がたてられないだけに、なおのこと可笑しかった。可笑しくって、可笑しくって、思えば思えば可笑しくって、どうにもならなく可笑しかった……。〉で終わるこの小説は、女性の性的ヒステリーの表出を描いて秀逸といった評価を受けていて、それはそうなのかもしれないけれど、でも、女性には笑いが笑いを呼んでどうにも止まらなくなるという経験はよくあることで、その瞬間を描いて超絶リアルで技巧的と、わたしなんかは思ってしまうのだ。読書家として知られる氏は、こういう女性から見ても女がよく描けている小説をたくさん読んできたはずであり、それらにおける優れた表現の蓄積もまた女たらしになる一助になったことは想像に難くない。よく読む者は、よく書く。北村薫はその代表といえる作家なのである。

講義録を読む限り、北村薫はそれほどこの短篇を評価していないようだけれど、読

『飲めば都』で、はじめて女たらしの北村薫に出会った女性の皆さん、だから、あなたも北村作品を読みつづけていってください。拙稿冒頭に挙げた作品で、大勢の魅力的な等身大の女性と出会ってください。そして「どうしてこんなにもわたしのことがわかるの？」と驚いてください。

（平成二十五年九月、書評家）

この作品は二〇一一年五月新潮社より刊行された。

飲《の》めば都《みやこ》

新潮文庫　き－17－13

平成二十五年十一月一日発行

著者　北《きた》村《むら》薫《かおる》

発行者　佐藤隆信

発行所　株式会社新潮社

郵便番号　一六二―八七一一
東京都新宿区矢来町七一
電話　編集部(〇三)三二六六―五四四〇
　　　読者係(〇三)三二六六―五一一一
http://www.shinchosha.co.jp

価格はカバーに表示してあります。

乱丁・落丁本は、ご面倒ですが小社読者係宛ご送付ください。送料小社負担にてお取替えいたします。

印刷・大日本印刷株式会社　製本・株式会社大進堂

ISBN978-4-10-137333-1 C0193